I tascabili

79

Il nostro indirizzo internet è:
http://www.frillieditori.com
info@frillieditori.com

EDITING
RAOUL GAZZA
RENZO TEBANO

PROGETTO GRAFICO DELLA COLLANA
CLAUDIA CORNAGLIA

LAYOUT COPERTINA
SARA CHIARA

IMPAGINAZIONE
MARINA RAVAZZA


Via Priaruggia 31/1 - Genova - Tel. 0103074224 - 0103772846

**ISBN** 88-7563-111-5

*Bruno Morchio*

# MACCAIA

## Una settimana
## con Bacci Pagano

FRATELLI FRILLI EDITORI

*A mia madre, e alla sua caparbietà*

*Qualunque riferimento a fatti o persone reali è, se non proprio casuale, inconsciamente determinato.*

*Macaia, scimmia di luce e di follia,*
*foschia, pesci, Africa, sonno, nausea, fantasia.*

PAOLO CONTE, *Genova per noi*

# Capitolo primo
## UN DETECTIVE SENZA MUTANDE

Il sibilo parte piano, come il respiro di una donna nei fumi del sonno. Uno di quei respiri che di prima mattina scivolano sul cuscino con un mugolio di piacere. È un soffio lento, che cresce a poco a poco. Finché diventa un fischio sottile, acuto, irresistibile. Sale fino alla cappa e invade tutta la cucina. Qualcosa sotto comincia a gorgogliare. Aroma di buono che, dolcemente, scioglie la crosta delle cose e concilia con la durezza del mondo. Poi, così come è cominciato, precipita in un rantolo. E ammutolisce.

Il caffè era pronto. Potevo anche chiudere il gas. Mi ero svegliato di malumore, con poca voglia di cominciare a lavorare. Ed era solo lunedì. Uno dei tanti lunedì con cui cominciava un'altra delle solite settimane. Ruminavo sul fatto che, settimana dopo settimana, la mia vita stava scivolando via senza che facessi niente per riprendermela. Mi lasciavo portare dalle cose senza avere la minima idea di dove le cose mi stessero portando. Fino a qualche anno fa questo tran tran mi avrebbe riempito di esasperazione. Oggi non più. Sono diventato abbastanza saggio da riconoscere che alla mia età non ci si domanda che cosa fare della propria vita. Un rebus del quale non si verrebbe mai a capo. Perché il problema è cosa la vita ha fatto di noi.

Mentre versavo il caffè sentivo addosso il bagnato dell'accappatoio rosso appiccicato sulla pelle. Quasi un prolungato contatto con l'acqua bollente della doccia. L'acqua bollente, l'accappatoio bagnato e il profumo del caffè. Ancora troppo poco per dissolvere il senso di evanescenza distillato dalla notte. Volevo fare colazione fuori, sul terrazzino. E godermi lo spettacolo dei tetti di ardesia di Genova fradici di umidità. Primavera sbavata dallo scirocco. Mi muovevo lento, impigrito da quell'aria pesante che grondava salsedine e noia. Era mattina presto, ma faceva quasi caldo. Un caldo e un'afa densi e grassi che evocavano climi e atmosfere vagamente subtropicali. Forse il frutto avvelenato dell'inquinamento e dell'effetto serra.

Quando ci frequentavamo, Mara scherzando mi chiamava coccodrillo. Quasi tre anni fa. Ripeteva che il rimorso mi è più congeniale del rimpianto. Per lei i miei sensi di colpa altro non erano che i succhi gastrici che secerno dopo avere soddisfatto i miei appetiti. Dovrebbe essere pratica di queste cose. È psicologa, e fa la psicoanalista infantile. Strizza i piccoli cervelli dei suoi bambini che hanno perso la gioia di vivere ma non ancora la speranza. Ripara i danni di qualche incauto genitore alle prese con le maledette grane della vita. Mara. La dottoressa Sabelli. Lei aveva sempre il nome giusto per qualunque sentimento. Non facevo in tempo ad avvertire un mal di pancia che subito la ragazza si infilava i guanti e lo sbatteva sul vetrino del suo microscopio mentale. Lo sezionava. Lo classificava. E finiva sempre per annegarlo in un bagno di formalina. Morto. Sterilizzato. L'anatomo-patologa delle emozioni. Il serial killer della passione con indosso il camice della dottoressa Kay Scarpetta.

– *Sei proprio un analfabeta dei sentimenti, Bacci.*

In sette anni me lo avrà ripetuto un migliaio di volte. Una diagnosi pesante, formulata da una come lei che è una autentica poliglotta dell'ipotalamo. Ne avesse mai azzeccata una. Possibile che non si sia mai accorta che il rimpianto è il brodo dentro cui cucino la mia vita? Da sempre. A fuoco lento. Tutte le ore della mia giornata. E anche quelle della notte, quando nel mio letto l'unico fruscio è quello delle lenzuola e il solo calore quello delle coperte. Però la storia del coccodrillo in qualcosa ci acchiappava. I coccodrilli hanno un'aria svogliata anche quando si aggirano inquieti in caccia di prede. E difatti, quella mattina, mi sentivo proprio un coccodrillo. Nuotavo in quel tepore salmastro come se fosse l'acquitrino di una palude. Mentre sorseggiavo il caffè, seduto sulla poltroncina di vimini, lo sguardo correva dal mare al campanile di San Silvestro. Si squagliava in una luce lattiginosa proprio lì, di fronte a casa mia. Con una fitta dolorosa mi accorsi che nel mio campo visivo qualcosa era scomparso. Non c'era più. Fino a qualche tempo prima nel giardino della Facoltà di Architettura svettava un leccio secolare. L'antico leccio delle suore benedettine. Riparo serale degli storni in inverno e degli studenti in pausa pranzo l'estate. Lo hanno segato tre mesi fa, il 28 di gennaio. Senza un perché. Quel leccio copriva in parte la vista del campanile, che ora può stagliarsi indisturbato davanti alle finestre della mia casa.

La mia casa. Mi avvolge e mi dà sicurezza. Allo stesso modo dell'accappatoio rosso. Ottantatré metriquadri tutto compreso. Ufficio, soggiorno, vano cucina, bagno, corridoio, stanza da letto. E la camera di mia figlia, arredata di tutto punto. E vuota. Da dieci anni. Da sempre. Perché sono dieci anni che abito qui, dopo essermi separato da mia moglie. Non avevo messo in conto di separami anche da mia figlia, e per questo le ho inandiato una bella cameretta nuova. Ma lei, per non fare un torto alla sua mamma, non ci ha mai messo piede. Così, quando non funge da stanza per gli ospiti, è diventata una specie di museo. Il museo di quello che avrebbe potuto essere tra un padre e sua figlia. E non è stato.

La mia casa. Piccola ma adatta alle mie esigenze. Parva sed apta mihi, proprio come quella del poeta. Solo che io non sono un poeta. E, prosaicamente, trascino la mia vita cercando di godermi quei quattro soldi che guadagno senza voli, sussulti né trasalimenti. Se non quelli provocati dalle belle donne e dalle bollette del gas e del telefono. Più gli extra che pago alla mia ex moglie per Aglaja. È tutto quello che ho. Una figlia di nome Aglaja che non vedo da dieci anni. Due o tre amici e questo piccolo appartamento pieno di vento e di luce, annidato sotto il tetto di un vecchio palazzo degli anni cinquanta. Anche un vecchio maggiolino Volkswagen, nero e decappottabile. E una Vespa 200 PX color amaranto. Entrambi posteggiati in un box di piazza Sarzano. La casa come il box e come l'accappatoio rosso. Una seconda pelle. Dove custodisco la mia vecchia anima arrugginita dagli anni, un po' spersa nella perplessità dell'età critica a cavallo tra la maturità e la vecchiaia. E dove, tra scaffali di libri e pile di dischi e CD, la mia solitudine distilla gli umori agrodolci della memoria e del rimpianto. Altro che sensi di colpa. Gli unici sensi di colpa che conosco sono quando sparo a qualcuno. E quando penso a mia figlia.

Mi aspettava una giornata come tante altre. Pranzo al Capitan Baliano con Gina Aliprandi, il mio avvocato. Dovevamo fare il punto sulla causa intentata contro di me da un certo Alberto Losurdo, un farabutto che avevo preso a pugni nella casa di una nobile famiglia per la quale stavo lavorando. Nel pomeriggio una breve relazione da scrivere e allegare ad alcune fotografie da presentare a un processo. Sempre le solite rogne e le stesse disgrazie. Routine quotidiana del mio sporco mestiere.

DOTT. GIOVANNI BATTISTA PAGANO
INVESTIGAZIONI
UFFICIO E ABITAZIONE IN GENOVA,
STRADONE DI SANT'AGOSTINO.

Tornai a guardare i tetti lucidi con in bocca il gusto amaro del caffè. Poi verso nord, oltre la selva di cemento colata dagli speculatori nei favolosi anni sessanta e in quelli, meno favolosi, che li avevano seguiti a ruota. Il profilo dei monti sfumava nella cappa grigia. Nuvole di madreperla spinte dal vento di mare lambivano il forte Sperone e i mattoni rossi della torre della Specola. Un tronco di cono piantato sull'estremità meridionale del forte Castellaccio. Un tempo quel luogo si chiamava le Forche e veniva raggiunto risalendo le crose della via dell'Agonia. Lì venivano impiccati i condannati a morte della Serenissima Repubblica Marinara. Più sotto, come su un acquario, galleggiavano la spianata di Castelletto, il santuario della Madonna di Loreto e il ripetitore di Granarolo. Tutto racchiuso in un solo colpo d'occhio, velato da quella luce opalina che rendeva ogni cosa irreale. Come l'atmosfera del mio risveglio.

Lo scampanellio energico del portone mi avvertì che stava arrivando Essam coi giornali del mattino. Essam è un ragazzo egiziano di quindici anni che, ormai da qualche anno, insieme a sua madre Zainab è diventato per me quasi uno di famiglia. Inoltre, bazzicando i vicoli, anche un prezioso informatore su quello che si muove nella pancia puzzolente dell'immigrazione clandestina. Gli aprii il portone, lasciai la porta di casa socchiusa e me ne tornai sul terrazzino per finire il mio caffè. Passando nello studio attaccai lo stereo a basso volume. Subito si sciolsero le prime cupe note del concerto per pianoforte e orchestra K. 466 di Mozart. Uno dei due scritti in tonalità minore dal grande Volfango Amadeo in una giornata in cui, forse, anche lui non era di buonumore. Per me la musica di Mozart è un po' come il lavoro e le donne. Una specie di malattia. Ma, a differenza del lavoro, è una malattia dolcissima che, a differenza delle donne, non pretende di essere curata. Grazie a Dio la musica di Mozart è perfetta, basta a se stessa e non ha alcun bisogno di me per essere quello che è.

I riccioli crespi di Essam si affacciarono sul terrazzino. Indossava una felpa rossa con lo stemma dei Chicago Bulls, un paio di jeans strappati secondo l'ultima moda e scarpe da ginnastica della Nike. Per vestire i suoi figli Zainab non badava a spese. Solo che le maniche della felpa e i calzoni stavano già diventando troppo corti per lui. Probabilmente anche le scarpe cominciavano ad andargli strette. Cresceva troppo in fretta, il giovane Essam. La sua figura lunga e magra ricordava il profilo di una biscia. Si presentò senza i giornali e con un insolito muso lungo che stonava coi suoi grandi occhi neri. Il suo sguardo sprizzava voglia di vivere e una belluina intelligenza.

«Che succede Essam? Sei sceso dal letto col piede sbagliato?».

«Tu piuttosto. Cosa ci fai ancora vestito così?».

«Aspetto che mi si scaldi il motore. Sono rimasto in garage per tutto il week end».

«Io invece ho macinato un mucchio di chilometri. Sono andato con mio fratello e altri suoi amici a Bologna. A sentire Vasco. Uno sballo di musica da far accapponare la pelle...».

Solo allora sembrò accorgersi delle note che aleggiavano nella stanza.

«Ma cosa è questa palla? Scommetto che è Mozart... Bacci sei proprio un brontosauro senza speranza. Possibile che non ti venga la curiosità di ascoltare qualcosa di più nuovo? Magari un po' di jazz. O del rap di marca. Ce n'è di buono in giro».

«Dove hai messo i giornali?».

«Ho capito, non vuoi rispondermi. Peggio per te, vecchio. Vuol dire che ti lascerò cuocere nello sciapo brodo del tuo Mozart e della tua pallosissima musica. I giornali li porterà fra poco mia madre con la focaccia. Dunque ti dicevo che sono andato a Bologna...».

«*Sciapo*? Dove hai imparato questa parola?».

«Perché, è sbagliata?».

«No. È dialetto toscano».

«Ecco bravo. L'ho sentita da Clarissa. Vuol dire senza sale».

«Lo so cosa vuol dire. Ma chi è questa Clarissa?».

«È proprio quello che ti stavo spiegando. Solo che tu non mi lasci mai parlare...».

«Tu non smetti un attimo di parlare, Essam».

«Clarissa è una ragazza toscana, di Firenze. L'ho conosciuta al concerto. Lei mi piaceva, io le piacevo e allora abbiamo deciso di stare insieme».

«Magnifico».
«Magnifico un cazzo. Guarda qui».
Mi porse il telefono cellulare dopo averci smanettato sopra con la solita disinvoltura. C'era un messaggio SMS di Clarissa.

*Ho rivisto Arturo. Ho capito che gli voglio ancora bene. Mi dispiace. Vuoi essere mio amico Essam?*

Raccolsi la tazzina da terra e mi alzai dalla poltroncina di vimini. Rientrando in casa gli passai vicino e gli infilai il dito indice nelle costole.
«Vuoi essere suo amico?».
«Può scordarselo, quella stronzetta».
«Perché stronzetta?».
«Le italiane sono tutte stronzette. Perché sono diverse».
Lo disse col tono perentorio dell'adolescente che colleziona certezze tanto incrollabili quanto improvvisate a uso e consumo di un presente perennemente in fuga. Del resto, lui non aveva mai avuto il problema di essere uguale agli altri. Era fiero della propria diversità. Diverso non sempre significa da meno e Essam non avrebbe mai voluto essere uguale.
«E perché sarebbero diverse?».
«Ma che domande mi fai, Bacci? Perché non conoscono la vita. Cosa ne sa Clarissa del mondo? Per lei il mondo finisce sulla porta della sua cameretta e si crede che fuori ci siano Ken e Barbie ad aspettarla».
«Avete giocato alle bambole?».
«Abbiamo giocato a leccalecca. Ma solo poco. Ci è mancato il tempo».
«Magari al prossimo concerto avrete più tempo. Leccalecca è un gioco bellissimo».
«Ma lei non vuole più stare con me».
«Giocherete a leccalecca quando vi rivedrete. Si deve stare insieme per farlo».
Mi ero infilato in camera da letto per vestirmi. Camicia rosa di jeans, leggero pullover beige e calzoni marroni fresco lana. Ai piedi calzini marrone scuro e le vecchie Timberland tirate a lucido. Il suo

silenzio era durato abbastanza a lungo da farmi immaginare che stesse riflettendo sulle mie parole. Quando uscii fuori lo trovai seduto sul divano del soggiorno col giornale aperto sulle gambe. Era "la Repubblica" del giorno prima. La sfogliava con aria svogliata, tutto immerso nei suoi pensieri.

«Allora devo rispondere che voglio essere suo amico?».

Lo domandò continuando a fingere di leggere il giornale.

«Non è così?».

«Essere amici e stare insieme non sono la stessa cosa».

Le sue labbra avevano preso una piega di sorriso furbesco.

«Essam, non cercare di bluffare con me. So bene a cosa stai pensando».

Mollò il giornale lasciandolo sfilare sul pavimento e mi guardò con aria di sfida.

«Sicuro. Sto pensando che Clarissa è proprio una stronza. Quando è a Firenze sta con questo Arturo e quando...».

«Stronza? A me invece sembra molto saggia».

«Stronza e anche un po' zoccola».

«Diciamo piuttosto realista. Non può stare con te, semplicemente perché vive a Firenze e tu a Genova. Lei sta con chi c'è, tutto qui. Se tu ci fossi, probabilmente starebbe con te».

«Ma chi ti dice che da amica accetterebbe di giocare ancora a leccalecca?».

«Se non le sei amico non potrai mai saperlo».

Un altro silenzio gravido di pensieri. Non mi aspettavo che mi desse ragione. Alla sua età costa troppo e prendere gli adulti a pesci in faccia riesce anche meglio.

«E poi da quando in qua fai la morale alle femmine? Tu non stai forse con quella... come si chiama?».

«Vuoi dire Marcella?».

«Ecco sì, Marcella. Allora perché stai con lei?».

«E me lo domandi? Ma l'hai mai vista Marcella?».

Voleva dire che qualche volta l'incoerenza è nell'ordine delle cose. Una faccenda che riguarda il mondo prima ancora della nostra coscienza. Non era colpa sua se al mondo esisteva una come Marcella e se il destino gliela aveva fatta incontrare. Marcella, la biondina dagli occhi verdi del liceo classico Cristoforo Colombo. Aveva deciso che era arrivata l'ora di non essere più la brava bambina amatissima dei suoi amatissimi genitori e per farlo aveva scelto un egiziano in modo che la trasgressione suonasse ancor più trasgressiva. Salvo poi spaventarsi a morte se quel giovane esuberante dalla pelle nera non le rimandava almeno qualche segno di familiarità. Come il telefono cellulare. O una regolare frequenza della scuola superiore e per giunta con ottimi voti di profitto. Certo mettendosi con lui dava prova di una infinita saggezza. Perché da uno come Essam non poteva che ricevere cose buone. Una ribellione all'insegna del buon senso. Altro che quelle stondaie con la vocazione della crocerossina che per fare incazzare i loro genitori si cercano un tossico da salvare. Bianco, italiano, cristiano. Meglio ancora se padano. E con un padre pieno di soldi. Per poi finire ammucchiate in un carruggio con una siringa piantata in una vena.

Gli domandai se aveva fatto colazione e mi rispose di no. Intanto di lì a poco sarebbe arrivata sua madre con la focaccia e con i giornali.

Tornammo nello studio e ci riaffacciammo al terrazzino. In attesa di Zainab. Lo vidi assorto a guardare verso il profilo dei monti, sbiadito tra le nuvole basse.

«C'è la luna piena ma non si vede».

«E tu come fai a saperlo?».

«Ne parlavano ieri sera a scuola. Sai che un lupo ulula lassù?».

Quel bizzarro gioco di assonanze era un invito a nozze.

«Lulù lulà lalù. Un lupo che ulula? Vuoi prendermi in giro?».

«Neanche per sogno», rispose serio. «Ieri ne parlavano i giornali e ce l'ha confermato anche il professore di matematica, che abita sotto il Righi. Da una settimana ogni notte si sente ululare. Stasera dopo la scuola coi miei compagni andiamo a vedere cos'è».

«Ululati di un lupo? Ma tu sei matto! Sarà un cane».

«I cani abbaiano, Bacci. Non ululano».

«A volte ululano».

A volte ululano. A volte tacciono. Attaccò il secondo movimento del concerto di Mozart ed io rimasi silenzioso in ascolto. Subito il pianoforte, secco e asciutto, tratteggia la scabra linea della melodia. Quindi l'orchestra la riprende e le fa tirare il respiro. Poi di nuovo il piano da solo. E così, più e più volte, finché l'uno e l'altra non si ritrovano a procedere insieme in un passaggio delicatissimo in cui i violini accompagnano l'aria del solista come se avessero paura di disturbarlo. Infine, dopo uno stacco degli archi, il piano e l'orchestra sciolgono insieme una scala di cupe note da far venire i brividi. Essam guardava la strada per vedere se dall'angolo di Sarzano sbucasse sua madre. Quindi tornò a contemplare i boschi delle alture dove si aggirava il suo improbabile lupo. Quelle alture velate di nebbia dove nei secoli la città si è arrampicata a strati sovrapposti. Come una vigna di vermentino o di sciacchetrà sulle fasce terrazzate delle riviere.

Anch'io guardavo. Guardavo e pensavo. Pensavo che davvero questa città ha due facce. A seconda che il vento tiri dai monti o dal mare. Due città diverse. Irriconoscibili. Quando tira dai monti noi genovesi parliamo sempre di tramontana, anche se in realtà soffia il greco. O il maestrale. Allora l'aria si fa fredda e pulita, il cielo si sgombra dalle nuvole e il sole ravviva i colori come dopo un restauro. I contrasti si fanno più nitidi, e anche i contorni delle cose. Ma più spesso il vento soffia dal mare, gonfio di sale e di umidità. E la primavera arriva spesso così. Col sole filtrato dai vapori del Mediterraneo che il vento di sud-est spinge sulla città, ad arenarsi contro i suoi contrafforti montuosi. In forma di vento, di brezza o di alito quasi impercettibile lo scirocco spira su Genova per tre quarti dell'anno. Fino ad estenuarsi in un'aria immobile e fradicia di umidità. Quell'aria sospesa, dove tutto può accadere e niente mai accade, per noi genovesi ha un nome preciso. La chiamiamo maccaia.

Quella mattina qualcosa accadde. Il telefono squillò. Dal terrazzino lo sentivo appena. Fuori lo Stradone si stava animando, invaso dagli studenti e dalle studentesse della Facoltà di Architettura carichi dei loro libri e dei loro lunghi tubi di plastica. Pensai alla mia amica Gina Aliprandi, il mio avvocato. Forse voleva accertarsi che non mi fossi dimenticato del nostro appuntamento al Capitan Baliano. Scattai per raggiungere l'apparecchio prima che la segreteria telefonica si mettesse in moto.

«Pagano. Pronto?».

Dall'altra parte la voce giovanile di un uomo. Un po' impacciata. Quasi ingenua, nel suo sussiego.

«Parlo col dottor Giovanni Battista Pagano, l'investigatore?».

«Sì, con Bacci Pagano e con l'investigatore».

«Ho bisogno di vederla al più presto possibile. Si tratta di una questione delicata. Delicata e importante».

«Con chi parlo?».

«Non le telefono per me. La contatto per conto delle assicurazioni CarPol».

Mai sentite. Ma dissi: «Allora prendiamo un appuntamento. Quando può andarle bene?».

«Il più presto possibile, faccia lei».

Ci accordammo per la mattina seguente, alle nove. Nel mio ufficio. Cioè proprio lì dove stavo seduto mentre parlavo al telefono. Perché, nel mio piccolo appartamento, lo studio che funge da ufficio è la stanza del terrazzino affacciato sui tetti di Genova.

Quando riattaccai feci un mezzo giro sulla poltrona e guardai fuori. Essam dritto in piedi aspettava sua madre. Lo scirocco filtrava dal balcone aperto, riempiendo la stanza di un tepore umidiccio. Ebbi un presentimento e anche questa volta non mi sbagliavo. Io mi fido dei miei presentimenti. Mi dissi che forse si usciva dalla routine. Ero pronto a scommettere che quel compunto giovanotto non mi avrebbe proposto un caso banale come i soliti. Forse quelle due parole ripetute, *delicata, delicata e importante*... O forse l'ora della telefonata. Non erano ancora le otto, e se un ufficio di assicurazione si metteva in moto così presto... Ad ogni modo l'istinto mi diceva che di lì a poco mi sarei trovato coinvolto in qualcosa più grosso di me. Roba di quella che tratta il mio amico Pertusiello, dirigente della squadra mobile della questura.

Ancora lo scampanellio del citofono. Era Zainab, la madre di Essam, con i giornali del mattino e la focaccia.

«Buongiorno signor Bacci», mi disse guardando ironicamente il figlio. Essam aveva inandiato un broncio tattico di circostanza, giusto per pararsi il culo. Si aspettava di essere rimproverato per non avere comperato il pane e i giornali.

Risposi al suo saluto, le offrii un caffè ancora caldo e presi i giornali per leggerli con calma in ufficio. Avevo tutto il tempo. Intanto il ragazzo si era avventato sulla focaccia con l'appetito del suo lupo del Righi. Mentre si avviava verso il bagno per cambiarsi, Zainab la giraffa mi guardò distrattamente di traverso con la stessa noncuranza con cui avrebbe passato lo strofinaccio della polvere sul comò. Questo era l'altro suo modo di salutarmi. Non quello della colf, ma quello della governante in cui si incarna l'ancella esotica di un detective senza mutande. Perché io non porto le mutande, e Zainab lo sa. Da oltre cinque anni è diventata la mia colf. Discreta e assolutamente perfetta. Come tutte le nubiane, è una splendida donna non ancora cinquantenne, alta e slanciata come un animale africano. Il secco calore del deserto circola ancora nel suo sangue. E il forte odore selvatico delle savane le trasuda ancora dalla pelle. Il suo corpo compatto custodisce il mistero delle due gravidanze e della complicata esistenza scritta per lei dal destino, che chiama col nome arabo di Dio, Allah. Come se si trattasse di faccende che hanno segnato solo la sua anima. Dopo la morte del marito ad Assuan non ha mai voluto risposarsi. Forse è di gusti piuttosto difficili e non ho mai capito bene se abbia qualcuno. Anche perché un ingrediente essenziale della sua perfezione è proprio la riservatezza. In cinque anni non mi ha mai domandato chi fossero tutte quelle signore che si aggiravano per casa con addosso il mio accappatoio rosso. Entravano e uscivano, via una l'altra, dall'accappatoio che fortunatamente restava sempre lo stesso. Né si sarebbe mai incallata a chiedere precisazioni sulla «signora Mara» dopo che questa aveva smesso di essere la mia fidanzata, sfilandosi per sempre da quella morbida spugna vermiglia. E ci ha messo sei mesi, lavando e stirando la mia biancheria e non trovando mai un paio di mutande, prima di spingersi una mattina d'estate a farmi quella fatidica domanda.

«Mi scusi, signor Bacci. Le sue mutande se le lava da solo?».

«No, Zainab. Non le uso e basta».

Uno scoppio improvviso di riso raccolto dentro una mano portata frettolosamente sulla bocca.

«Non ci credo. Voi portate tutti le mutande».

Eravamo soli e io non aspettavo nessuno. Né qualcuno aspettava me.

«Vuole vedere Zainab?».

Non disse di no e nei suoi occhi guizzò un lampo da temporale sul Tropico.

Forse è di gusti piuttosto difficili. Ma quella volta, e tutte le altre volte che vennero dopo, sull'onda di una voglia improvvisa che non aveva nemmeno bisogno di essere dichiarata, si mostrò generosamente disinteressata e di bocca tanto buona da non chiedere niente e da non riparlarne mai. E continuò a darmi del lei e a rispondere al mio lei come se nessun altro pronome potesse legare il suo destino e il mio. Sublime e tardivo amore ancillare coltivato in un silenzio dolce come il miele. Quelle estemporanee scopate rubate non già da un pivello curioso dei misteri del sesso, ma da un vecchio caprone che, dopo averne viste di tutti i colori, ha solo bisogno di essere consolato. Come il massaggio del sabato al bagno turco, dopo l'ora di jogging. O il negroni ghiacciato del venerdì sera prima di andare a cena.

Il marito doveva essere stato davvero un bell'uomo. Almeno a giudicare dalla sbiadita fotografia che la mia consolatrice tiene nel borsellino. La tira fuori raramente, con l'aria di maneggiare una reliquia, per mostrarla «a chi vede col cuore», come dice lei. Vi sono ritratti insieme, lei e il padre di Essam, il giorno del loro matrimonio ad Assuan. Tutti e due col costume tradizionale nubiano. Alle spalle il Nilo che gli ha ingoiato la casa e la terra. Zainab sembra poco più di una bambina, lui è un bel giovanotto che assomiglia come una goccia d'acqua a suo figlio, con un largo sorriso bianco come la neve su quel volto di cioccolato fondente.

Dopo avere inforcato gli occhialini che mi penzolavano sul petto, mi accomodai sulla poltrona girevole dell'ufficio e cominciai a sfogliare il "Decimonono". Lo tenevo squadernato sopra la scrivania e lo leggevo svogliatamente. Proprio come aveva fatto Essam. In bella evidenza il giornale riportava la notizia di un anziano signore ritrovato morto la domenica in un bosco sulle alture.

Squillò di nuovo il telefono. Alzai la cornetta.

«Pagano. Pronto».

Era il Capitano. Il mio vecchio amico René il Marsigliese. Aveva navigato per anni sulle navi da carico che facevano rotta nei mari del sud. Uno chef di prim'ordine. Ora che cucinava le crêpe in stradone di Sant'Agostino si accontentava di battere il golfo a bordo della *Lola*, il suo vecchio gozzo da pesca. Mi invitava in mare per una battuta alla traina.

«Datti una mossa», aggiunse. «Sono arrivati i bonitti. Le acciughe saltano che è una festa».

Non stava più nella pelle. Chiesi a Essam se voleva venire con noi. Lo sentii discutere animatamente con sua madre nel soggiorno.

«Hai fatto i compiti per stasera?».

«Certo che li ho fatti. Te lo giuro. Te lo giuro, mamma».

Con lui Zainab finiva sempre per cedere e dire di sì. Quel diavolo d'un ragazzo sapeva metterla con le spalle al muro come nessun altro al mondo. Piombò nell'ufficio e con la testa faceva segno di sì. Spiegai al Capitano che all'una avevo un appuntamento con il mio avvocato. Ne andava della mia pelle in un processo penale, e i bonitti potevano anche aspettare. Era dispiaciuto ma non tanto cocciuto da non capire. Così ci accordammo per il pomeriggio. Alle tre sul molo del porticciolo turistico, sotto le mura della Marina.

– Al diavolo le fotografie e la relazione, – pensai.

Ci salutammo e riattaccai. Essam il furetto era di nuovo sparito. Stava pressando sua madre con un lavoro di convincimento da martello pneumatico.

Ripresi a leggere il giornale. L'uomo, il morto, lo aveva trovato di prima mattina un podista mentre faceva jogging lungo il percorso ginnico del monte Peralto. Lassù, tra i forti del Castellaccio e dello Sperone. Aveva la gola squarciata come se un cane o un lupo se lo fosse sbranato. Del caso si occupavano il dottor Repetto, sostituto alla Procura della Repubblica e il vicequestore Pertusiello della sezione omicidi della squadra mobile.

# Capitolo secondo
## Una leggenda metropolitana

Onda lunga di scirocco. Da un immaginario punto di sud-est, al largo di punta Chiappa, il mare ci veniva incontro con profondi respiri. Una fitta foschia lasciava appena vagheggiare la linea dell'orizzonte. Laggiù, tra il mare e il cielo, un qualche spartiacque della natura doveva pur esserci. Sapevamo che c'era, anche se nessuno di noi riusciva a vederlo. La prua della *Lola* tagliava diagonalmente le onde e si impennava e si abbatteva con oscillazioni intermittenti e regolari. Il mare ci ninnava come se fossimo dentro una culla. Sotto i nostri piedi il vecchio motore diesel brontolava tranquillo, e il suo rumore cresceva e diminuiva a seconda dello sforzo dell'elica nel mordere l'acqua. Non perdeva un colpo. Al suo gozzo il Capitano riservava una manutenzione impeccabile. Gli assali e il fasciame di legno delle fiancate erano lustri, verniciati col flat che li rendeva impermeabili alla pioggia e alla morsa del salino.

Il Capitano, seduto a poppa, reggeva la lunga barra del timone. Essam ed io stavamo seduti sul vano motore, con la schiena rivolta verso la prua. Ai nostri lati, bloccate nei portacanne, le due canne oblique con le lenze tese che filavano silenziose nell'acqua. Avevamo calato circa trentacinque metri di lenza del cinquanta, e una decina di metri di filo terminale del diametro del venticinque. Come esca il Capitano aveva scelto due pesci finti. La canna a babordo pescava in superficie, quella di tribordo aveva un piombo da mezz'etto sul punto in cui la lenza agganciava il terminale e pescava a pochi centimentri sotto il pelo dell'acqua. Procedevamo lenti. Cinque, sei nodi al massimo. E viaggiavamo dritti verso il monte di Portofino.

Tutti e tre eravamo avvolti nei nostri leggeri kay-way che ci proteggevano dal fiato umido dello scirocco. Il Capitano portava sulla testa nel solito modo il suo solito berretto di lana. Lo teneva sulla calotta, alto sopra le orecchie, come una papalina. Ci guardavamo intorno in quell'aria brumosa, avvolti dal monotono lamento del motore, alla ricerca di qualche ammucchiata dei gabbiani su un bollo di acciughe. Avevamo superato il tratto di mare davanti alla Foce, dove l'odore di refrescume ti agguanta alla gola, ed eravamo ormai all'altezza del lido di Albaro. L'acqua era scura, d'un verde-azzurro opaco come il clima di quella torpida e afosa primavera. Man mano che ci allontanavamo dalla costa Genova si mostrava ai nostri occhi. Velata come una vedova. E lo spazio si allargava. Cresceva. Questo è l'unico modo che abbiamo per ritrovarci in uno spazio dilatato e ampio. Lasciare la città stretta tra i monti e gli scogli, e uscire in mare aperto.

Estrassi la busta del Balkan Sobranie e con molta calma caricai la pipa. Accenderla non fu un'impresa da poco, anche se avevo portato gli zolfanelli antivento. Si sentiva solo il motore girare e lo sciaguattare dell'onda contro la carena del vecchio gozzo. Nella foschia non si vedeva nemmeno una barca e io mi domandai se la storia che i bonitti facevano saltare le acciughe non fosse tutto un bluff del Capitano. Un modo come un altro per trascinarmi con lui in mare. Ma non dissi niente. Tiravo lunghe boccate profonde dalla pipa e osservavo il fumo disperdersi dietro le sue spalle. Vicino a me Essam pareva un cane da caccia sulla punta. Scrutava il mare inseguendo i rari voli di qualche gabbiano a pelo dell'acqua. Di tanto in tanto alzava gli occhi verso i cimelli delle canne, che oscillavano sincronicamente al beccheggio della barca e al movimento dell'onda.

Eravamo ormai a oltre un miglio buono dalla costa, all'altezza di Sant'Erasmo di Quinto, quando il Capitano disse finalmente qualcosa. Nella sua voce si avvertiva la preoccupazione dell'amico.

«Hai visto Gina?».

René il Marsigliese e l'avvocato Gina Aliprandi si conoscevano bene. Una decina di anni prima avevano avuto una specie di relazione. A sentir loro qualche serata di sesso alcolico e niente di più. Roba vecchia che aveva sedimentato tra quei due una vigorosa e ruvida amicizia da caserma, fatta di bevute, pacche sulle spalle e parolacce a volontà. Due inguaribili adolescenti ultracinquantenni, Gina e René. Single senza nessuna speranza di convertirsi ai faticosi rituali dello stare in coppia. E ai suoi confortevoli abbandoni. Compagni di bisboccia e assidui frequentatori del Roger Café, dove si avventuravano in movimentati tour attraverso la vasta collezione di rum caraibici e sudamericani del bar. Un campionario da non perdere.

«È incredibile, ma sembra che Losurdo voglia ritirare la denuncia».

«Dopo un anno di accanimento? C'est pas possible».

«Eppure è così. Il suo avvocato lo ha anticipato a Gina proprio questa mattina. Per ora non c'è niente di scritto, ma lei è convinta che lo farà».

«Folgorato sulla via di Damasco?».

«È difficile dirlo. Probabilmente donna Assunta Pellegrini ha fatto pressioni su suo figlio, che a sua volta ha convinto Losurdo a mollare tutto. Dopotutto è coi soldi dei Pellegrini che io pago il mio avvocato. Ricordi che mi avevano promesso di provvedere a tutte le spese legali necessarie a riottenere la mia licenza? Sono stati di parola. Così ora si saranno stufati di darsi la zappa sui piedi. Questa almeno è l'ipotesi più edificante».

«E quella meno edificante?».

«Non si può essere sicuri di niente. Ma il sodalizio tra Losurdo e il figlio della vecchia puzza di denaro sporco e di mafia. Ho l'impressione che vogliano ipotecare il mio silenzio e tenermi buono».

«E tu cosa hai intenzione di fare?».

«Ho fatto una chiacchierata informale con un magistrato della procura. Gli ho raccontato quello che ho scoperto sui loschi traffici di Losurdo. Anche se credo che non servirà a niente. Quella gente ha protezioni molto potenti. E di questi tempi sarà difficile ottenere una rogatoria internazionale sui loro conti esteri».

Col braccio destro piegato sulla barra del timone, mi guardava e scuoteva la testa.

«Che strana storia. Prima una valanga di denunce e poi...».

«Tutto quello che mi è successo nell'ultimo anno è pazzesco. Pensa alla storia della carabina».

«Un altro bel mistero. Nessuno ne ha più parlato. Nemmeno il tuo amico commissario è riuscito a sapere niente?».

Scossi il capo.

«Ma sei sicuro che sia stato uno sparo?».

«Lo hanno sentito tutti. Anche gli ispettori della Omicidi che erano sguinzagliati intorno al liceo D'Oria. Cecchi, Levrero, Fois, la Esposito. Lo ha sentito perfino Pertusiello, che era dentro la questura».

«Uno sparo di pistola».

«Sicuramente non era una carabina. So distinguere il rumore che fa una carabina da quello di una pistola».

«E dell'americano nessuna traccia».

«Come se non fosse mai esistito».

«Pensi che lo abbiano fatto fuori?».

Annuii. E aggiunsi: «Ma te l'ho detto. Non si può essere sicuri di niente».

«Dalla tua faccia sembra quasi che ti dispiaccia».

«Per due volte ha avuto l'occasione per ammazzarmi. E non lo ha fatto. E poi suonava il violoncello come un Dio...».

Portò la mano destra sul berretto di lana e lo smosse appena sulla calotta. Poi mi guardò obliquamente e storse la bocca in un mezzo sorriso.

«Si vede che in fondo gli stavi simpatico».

«Niente di personale. Uccidermi non era necessario. Tutto qui».

«E chi sarebbe stato a farlo fuori?».

Sollevai lo sguardo al cielo. Ci sono vicende sulle quali nessuna inchiesta giudiziaria è mai riuscita a fare luce. Misteri insondabili che forse hanno orientato il corso della Storia... Era passato più di un anno dall'indagine sul furto della carabina. Ed io mi ero fatto quella domanda qualche centinaio di volte. Inutilmente. Nel frattempo il procedimento contro Lagrange e i ragazzi di radio Baba Yaga era stato archiviato. La radio aveva ripreso le trasmissioni e aveva incrementato gli ascolti grazie alla pubblicità ricavata da tutta la vicenda. A seguito di una telefonata anonima alla redazione del "Secolo XIX", la carabina era stata ritrovata in fondo al lago del Brugneto. In primavera. Non aveva sparato nemmeno un colpo. Qualche giornale aveva azzardato l'ipotesi di un complotto sventato all'ultimo momento dai servizi segreti. Qualcun altro aveva suggerito che gli orchestratori della sceneggiata volessero mandare un preciso segnale al Presidente del Consiglio. Avvertirlo di ciò che avrebbe potuto accadergli se non avesse ottemperato alle loro richieste. Ma quali orchestratori? E quali richieste? Nessuno ne aveva la minima idea. Lo stesso Presidente, sorprendendo tutti, anziché inveire come al solito contro i comunisti assassini e terroristi, aveva liquidato la questione con una dimessa battuta di spirito.

«Volevano spararmi? Non può essere vero. Gli italiani mi amano».

La conclusione avallata dal buon senso fu che fosse stato uno scherzo di pessimo gusto. Restò pendente un procedimento contro ignoti per il furto della carabina, e tutto finì lì. Ma in tutto questo qualcosa non quadrava. Quando mi aveva enunciato il suo piano, l'americano – Annibale Draghi, o Anthony Sartori o come diavolo si chiamava – non scherzava. Era determinato ad andare fino in fondo e, per fermarlo, qualcuno doveva avere usato i suoi stessi metodi. Quel colpo secco nell'aria da neve in quella fredda vigilia di Natale era sicuramente un colpo di pistola. Esploso contro di lui, sono pronto a scommetterci. Lo hanno ammazzato prima che sparasse con la sua maledetta carabina. E hanno fatto un lavoro pulito, senza lasciare tracce. Proprio nel suo stile. Poi tutto è stato messo a tacere.

Stavo per rispondere qualcosa al Capitano, quando Essam sussultò puntando il dito indice verso la poppa.

«Uccelli!», gridò.

In lontananza, a meno di cinquanta metri dietro la barca, la scia del gozzo si spezzava in un ribollire del mare su cui uno stormo di gabbiani urlanti prese a scatenare la sua frenesia alimentare. Volavano in tondo a pelo dell'acqua e lanciavano alte grida che salivano al cielo e rompevano la monotona cantilena dell'onda e dello scirocco.

«Ci siamo», disse il Capitano. «È un bollo di acciughe».

In quel momento ai lati della *Lola* si levò un fischio stridulo. I cicalini dei due mulinelli sembravano impazziti. Le cime delle canne si erano entrambe piegate. Le lenze cominciarono a vibrare nell'aria e a tendersi verso l'acqua cambiando direzione e angolatura. Essam ed io ci alzammo in piedi e impugnammo le canne per estrarle dal loro innesto. Il Capitano ci guardava. E rideva.

«Allez! Allez!», ripeteva raggiante. «À la guerre! À la guerre!».

Il biglietto da visita sotto al logo della Compagnia CarPol Assicurazioni recitava

DOTT. GIANLUCA BOERO

DIRETTORE UFFICIO LEGALE

e odorava dello stesso dopobarba pubblicizzato dalla tivù che, ogni mattina, doveva evocare la presenza del suo titolare negli uffici della CarPol. Malignamente mi domandai chi altri poteva esserci in questo fantomatico ufficio legale, oltre al suo azzimato direttorino. Il vestito era in tono col biglietto da visita. Completo blu lucido in gabardine che pareva appena uscito dalla stireria. Camicia bianca. Sgargiante cravatta gialla con un nodo fatto senza economia. Inappuntabile stile rampante anni novanta. Anche nello stentoreo vocabolario fatto di frasi fatte, pure quelle riesumate dal più trito repertorio televisivo. Come il dopobarba. Con una leggera inflessione milanese, probabilmente posticcia, della quale al telefono non mi ero accorto. Una trentina d'anni, belloccio come un bambolotto fatto in serie. Capelli tagliati a pennello d'un biondo fulvo, quasi castano. Trasudava insicurezza da tutti i pori e non potei evitare di fargli coraggio, offrendogli dal portasigarette di legno sulla scrivania una Camel che cortesemente rifiutò. Intanto accendevo la pipa e mi disponevo ad ascoltarlo in silenzio, comodamente stravaccato sulla mia poltrona.

«Lei si domanderà perché ci siamo rivolti proprio a lei», esordì con involontaria maleducazione. Se ne accorse e ci mise una pezza.

«Voglio dire, chi ci ha segnalato il suo ufficio investigativo...».

Non capivo bene se mi stesse presentando delle referenze o se voleva segnalarmi che lui non si fidava dei giornali. La mia pubblicità gratis. Ogni tanto qualcuno gridava il mio nome, sbattuto nelle pagine di cronaca nera.

«La nostra compagnia è nata sei anni fa, come derivata delle assicurazioni Liaisons. Lei capisce?».

«Derivata?».

«Significa che è una società satellite, a gestione autonoma. Le Liaisons ne detengono una piccola quota e garantiscono di fronte ai clienti».

«Garantiscono davvero?».

«Il cliente può dormire tranquillo. Naturalmente la dirigenza della CarPol risponde in proprio in sede civile e penale».

«E cosa ci guadagnano quelli delle Liaisons in cambio di questa copertura verso il cliente?».

«Una quota di profitto sicura e piuttosto elevata, indipendente dal valore dei dividendi azionari. Stia pur certo che quelli delle Liaisons non danno niente per niente. Lei li conosce bene...».

Mi guardò implorandomi di cavarlo di impaccio. Gli indirizzai un cenno d'intesa. In effetti in diverse occasioni avevo già lavorato per le Liaisons e sapevo che razza di marpioni fossero i loro dirigenti. Per me si era trattato di casi affrontati senza passione, che tuttavia mi avevano reso abbastanza denaro da investirci del tempo. Questa notizia mi mise di cattivo umore. Pensai a una delle solite indagini su qualche truffa alle assicurazioni. Rognosissime. La faccenda stava perdendo per me qualunque interesse, quando il giovanotto mi suonò la sveglia con una domanda a bruciapelo.

«Ha letto i giornali?».

Lo fissai con uno sguardo che doveva malcelare il lampo di curiosità che si accendeva nei miei occhi.

«Avrà letto dell'uomo trovato morto... sgozzato». Trangugiò un po' di saliva. «Domenica mattina al parco del Peralto».

«Sui giornali ho letto che è stato sbranato, non sgozzato».

Sembrava un ragazzino colto in fallo dal professore.

«Sì, ha ragione. Sbranato. Alla gola». E giù un'altra colata di saliva. «Ecco, il fatto è che quel signore, un pensionato di sessantanove anni, era nostro cliente. Due anni fa, sotto Natale, ha stipulato con la nostra assicurazione una polizza sulla vita da due miliardi. Di vecchie lire, s'intende. La vedova li intascherà tra meno di quindici giorni, a meno che...».

E qui fece una pausa, nuovamente implorando un mio intervento risolutore. Il suo disagio di debuttante fin troppo consapevole di esserlo mi metteva nello spirito giusto per cominciare a lavorare. Evidentemente il giovanotto si sentiva appena venuto al mondo sia come direttore dell'ufficio legale sia come cliente di un investigatore privato. Per non parlare dello scomodissimo ruolo di delegato a una trattativa dove c'era di mezzo un morto. Ammazzato. Tanto assicurato quanto poco rassicurante, con quella gola squarciata da far venire i brividi. Così cominciai a lavorare, tirando una profonda boccata dalla mia pipa. Il fumo azzurrognolo del tabacco inglese si diffuse come una nuvola intorno al suo lucido vestito di gabardine. Intanto la stanza cominciava a impregnarsi di quell'odore secco, che copriva l'umido salmastro depositato dalla notte.

«A meno che..?», ripetei con tono vagamente provocatorio.

«A meno che... non lo abbia ammazzato lei. La moglie».

«Questo può accertarlo solo la polizia, non crede?».

«Sì, certo», bofonchiò. «Naturalmente. La polizia sta svolgendo le sue indagini... Ma noi vorremmo farne una nostra. Privata. Capisce?».

«Non vi fidate della polizia?».

«No. Cioè, voglio dire sì. Non è questo...».

Era veramente una frana. Devo ammettere che, nonostante il look, mi stava diventando quasi simpatico.

«Lei capisce che due miliardi non sono mica bruscolini».

Neanche la vita di un uomo è un bruscolino. Mi si affacciò alla mente l'immagine di un cargo stipato di albanesi al largo di Otranto. Mi chiesi quanto valga oggi la vita di un uomo sul mercato globalizzato della cruda sopravvivenza. Una riflessione umanitaria inguaribilmente retrò.

«Questo è un affare grosso. Il terreno sarà blindato dalla magistratura. E con la sezione omicidi di mezzo, non sarà facile raccogliere informazioni. Quanto siete disposti a pagare?».

Baravo sapendo di barare. Con Pertusiello di mezzo la polizia diventava una risorsa piuttosto che un ostacolo. Certe volte mi riesce bene, da vero figlio di bagascia.

«Dovrà un attimino accordarsi col mio presidente».

Ecco quello che mancava. Lo stile è l'uomo. E quell'*attimino* era proprio la ciliegina sulla torta.

«Ma lei riesce ad avere una sua opinione o no?».

«Se troverà le prove, anche il cinque per cento».

Cinquantamila euro, cento milioni di vecchie lire. Una discreta sommetta. Per un anno avrei potuto mandare al diavolo tutti i mariti cornuti che si presentavano alla porta dell'ufficio. Tuttavia ostentai scetticismo e disinteresse, deciso a ottenere le migliori condizioni possibili.

«E se non le trovassi? Francamente mi pare strano che una attempata signora possa far sbranare il marito in un bosco del Righi, così, in una serata di aprile».

«Attempata un corno! Ha trentun'anni ed è pure un gran pezzo di figliola».

Questo i giornali non lo riportavano. Mi spiegò che il morto, un certo Giacomino Terenzi, meglio conosciuto come Mino, un piccolo artigiano in pensione, se l'era sposata quattro anni prima dopo quarant'anni di tenace resistenza al matrimonio. Uno strano matrimonio davvero. Lei veniva da Panama, un permesso di soggiorno in scadenza e la prospettiva di battere il marciapiedi. Nel migliore dei casi, se tutto filava liscio, una vita da colf extracomunitaria. E invece incontrò il Terenzi, lo scapolo dalle uova d'oro. Forse si erano conosciuti in una sala da ballo del basso Piemonte. Il dottorino però non era proprio sicuro. Dopo qualche mese il vecchio pensionato se la sposò. E da allora Julia Rodriguez Amanzár cominciò a vivere una nuova vita. Da vera signora. Boero usò l'espressione «a spassarsela alla grande», insinuando che quel lusso era assolutamente sproporzionato alla misera pensione del marito. Tanto per dirne una, prese la patente e acquistò una Mercedes cabrio nuova da almeno centotrenta milioni. Due o tre volte al mese andava a Montecarlo, dove alloggiava in hotel di lusso e, a sentire diversi testimoni oculari, bruciava in una sera diversi milioni al casinò.

La storia cominciava a diventare interessante.

«Magnifico. Ma se per caso non fosse stata lei? Quanto siete disposti a pagare?».

Tirò un respiro profondo e impostò la voce, cercando di far prendere quota ai suoi argomenti.

«Duemila euro subito, per le spese. E trecento netti al giorno. Con la facoltà di chiudere la partita in qualunque momento, a nostra discrezione».

– Gli affari sono affari, – pensai. E anche un principiante della vita come quel bellimbusto tirato a lucido appena comincia a parlare di soldi subito cambia postura, tono, fisionomia. E pelle.

Intanto la pipa mi si era spenta fra i denti. Il racconto sulla bella Rodrigua mi aveva distratto e portato lontano con la mente. La riaccesi con calma, mi alzai dalla scrivania e andai in cucina a versarmi una tazza di caffè dalla moka. Per la seconda volta il mio cliente aveva declinato la mia offerta. Mentre mi versavo il caffè suonò il citofono. Era Essam. Feci scattare il portone e lasciai la porta di casa socchiusa. Quindi tornai in ufficio alla mia poltrona.

«Lei non accetta mai niente dagli sconosciuti, dottor Boero?».

«Io non fumo e ho già preso il caffè al bar».

Dunque almeno il caffè lo prendeva. Che fosse uno di quei giovani salutisti tutti palestra e dieta dissociata a base di cereali integrali e carni bianche rigorosamente biologiche? Della serie grasso che schifo. Mi chiesi che genere di essere umano contenesse quel leccato vestito di gabardine.

«Una bella panamense miliardaria renderebbe il mondo più vario e meno prevedibile».

Sulla sua bella faccia innaffiata di dopobarba si dipinse una maschera di disagio e irritazione.

«Lei ha il gusto del paradosso. È sua abitudine scherzare sulle cose serie oppure oggi è particolarmente di buon umore?».

«Nessuna delle due. Il fatto è che noi abbiamo idee diverse su quali siano le cose serie. Per me i soldi sono una cosa seria solo quando mancano del tutto. Perché allora impediscono di vivere una vita degna di questo nome».

«I soldi muovono il mondo, dottor Pagano».

Non aveva l'aria di un filosofo che motteggia sui massimi sistemi. Lo disse con lo stesso tono con cui si dice: «Piove», o «C'è il sole». Pensai che per la sua generazione non c'era mai stata differenza tra il mondo com'è e come potrebbe essere. Una generazione che aveva mancato tutti gli appuntamenti collettivi della ribellione adolescenziale, pasciuta dalle merendine e abbagliata dall'ipnotico luccicore delle paillette generosamente elargite dalla tivù commerciale. Ma io non ero da meno. Fino a quel momento non avevo fatto altro che parlare di soldi.

«Il denaro interessa anche a me, dottor Boero. Ma solo perché mi fa vivere bene. E mi permette di fare le cose che mi piacciono. Lei cosa ne fa del denaro che guadagna alla CarPol, oltre che acquistare completi di gabardine e andare dal parrucchiere?».

«La scorsa settimana ho comperato la macchina nuova».

«Questo è interessante. Mi lasci indovinare. Giapponese o tedesca?».

«Tedesca».

«Sicuramente Golf o BMW accessoriata».

«Golf turbo diesel. Come ha fatto a indovinarlo?».

«Diciamo che è una macchina su cui una cravatta griffata come la sua fa una gran bella figura. Cosa vuole, per noi investigatori collegare le evidenze è una specie di coazione professionale. Come per gli attori recitare o guardare le mani per le chiromanti».

Forse essere bistrattato rientrava negli inconvenienti della sua carriera, perché con una certa sorpresa lo vidi rilassarsi.

«Devo dedurre che ha già cominciato l'indagine e che sta valutando il mio ruolo in questa vicenda?».

«Per ora il suo ruolo è quello di darmi delle informazioni. Come avete saputo che Terenzi e la moglie vivevano nel lusso e spendevano tutti quei soldi al casinò?».

Mi spiegò che Augusto Caviglia, il presidente della CarPol, aveva parlato con certi clienti che bazzicavano il casinò di Montecarlo e conoscevano di vista il Terenzi.

«Cosa sapete delle origini di questo denaro? Come faceva i soldi questo Terenzi?».

Sorrise beffardo e con un enfatico gesto della mano si ricompose il ciuffo.

«Questo deve scoprirlo lei, dottor Pagano. C'è in gioco il suo prestigio professionale».

«In gioco c'è anzitutto la mia pelle. E ne ho una sola. La tariffa si fa sul rischio che si corre. È probabile che questo delitto sia la punta dell'iceberg di qualche giro grosso. Grosso e pericoloso».

Mi guardò perplesso, in attesa di una proposta.

«Quattromila euro subito», buttai lì con distacco. «Dieci giorni di tempo e poi vi faccio il prezzo. Dopo avere valutato i rischi».

«E se poi non ci sta?».

«Vi restituisco tutto e mi tengo solo le spese vive».

«Credo che possa andar bene», disse soddisfatto. «Ma le darò conferma dopo aver parlato con il mio presidente».

«Dica anche al suo presidente, caro dottor Boero, che se il rischio è quello che temo potrei chiedere anche mille euro al giorno. Per una cifra più bassa io non rischio la pelle. Gliel'ho detto. Fare soldi non è lo scopo della mia vita. Io lavoro per vivere e l'idea di vivere per il lavoro non mi sconfinfera neanche un po'. Figuriamoci quella di morire».

«Sarà fatto», sospirò allargando le braccia in segno di resa.

Ma non mi bastava. Volevo farmi un'idea più precisa sugli interessi in gioco.

«Mi dica qualcosa sui beneficiari e sulle clausole di questa polizza».

Mi spiegò che, a quanto risultava alla CarPol, il Terenzi non aveva altri parenti che potessero riscuotere i soldi dell'assicurazione. Né fratelli né figli né nipoti. Toccava tutto alla vedova. Dunque, se la panamense fosse stata riconosciuta colpevole di omicidio, la CarPol non avrebbe sborsato un centesimo. Le clausole della polizza erano generiche e non escludevano la morte violenta.

Ora ne sapevo abbastanza. Lo accompagnai alla porta e ci accordammo di risentirci in giornata. Gli lasciai il numero del mio telefono cellulare.

Andai in soggiorno, dove sul tavolo mi aspettava la focaccia portata da Essam. Trovai anche il ragazzo seduto per terra a gambe incrociate. Stava sfogliando il giornale aperto sul pavimento e intanto addentava la sua focaccia col gioioso appetito con cui avrebbe addentato il mondo. Lo salutai e questa volta rispose come sempre, con un largo sorriso luminoso. Pieno di sole come la sua terra. Anche la voce portava ancora una lieve traccia della sua origine di immigrato dall'Africa.

«Ciao Bacci. Hai visto che avevo ragione? Il lupo c'era e si è pure sbranato un povero vecchietto».

Gli domandai se il giorno prima fosse andato al Righi coi suoi compagni.

«Sì, ma quelli si cagavano sotto. Dicevano che era pericoloso e che avremmo dovuto portare un'arma. Poi invece ci abbiamo trovato un viavai che sembrava di essere in piazza delle Erbe al sabato sera. Tutti a caccia del lupo. Oggi i giornali parlano di un lupo mannaro».

«Sono tutte stronzate».

«Sai che per uccidere un lupo mannaro bisogna spararagli una pallottola d'argento nel cuore?».

«Io non sprecherei una pallottola d'argento per così poco. Le pallottole d'argento costano».

«Ma quello è pericoloso. Quel povero pensionato l'hanno trovato con la gola squarciata».

Ora sapevo che per Essam la vita di un uomo valeva almeno una pallottola d'argento. Aggrottò le sopracciglia e assunse un'aria riflessiva. Da interrogazione di italiano.

«Certo che è strano. Cosa diavolo ci faceva un vecchio pensionato a quell'ora nel parco del Peralto?».

In quella domanda c'era tutta la sua curiosità di vedere come ragiona un detective professionista. E la sfida di dimostrare che anche lui era capace di farlo.

«Prova a fare qualche ipotesi».

Socchiuse gli occhi nello sforzo cerebrale di radunare tutto quello che aveva letto su quella brutta storia. Per estrarne una ipotesi che alla plausibilità aggiungesse almeno un tocco originale.

«Subito ho pensato che fosse un guardone. Ma i giornali non tirano in ballo questa possibilità. Forse lo fanno per discrezione».

«I giornalisti non hanno la minima idea di cosa sia la discrezione».

«Allora è veramente strano».

«Anche venire sbranati da un lupo mannaro è strano».

Allora, guardandomi fisso, cominciò a parlare col dito indice alzato davanti al mio naso. Lo fanno tutti i musulmani della terra quando parlano di qualcosa che gli sta a cuore e che merita considerazione.

«Io non credo ai lupi mannari. Per me è tutta una montatura per vendere più giornali. Forse il vecchio è stato attirato in una trappola. Potrebbe essere un regolamento di conti in un giro di droga».

«Potrebbe essere. Ma non abbiamo abbastanza elementi per dire di più».

Restò qualche attimo nei suoi pensieri con un'aria delusa. Poi cambiò discorso.

«Sai Bacci, dovresti venire a scuola a parlare con la prof di lettere».

Dopo aver pensato: – Non sono mica tuo padre, – gli domandai perché.

«Ieri per causa sua è scoppiato un casino con Mitri, il mio compagno zingaro».

Mi spiegò che la professoressa di italiano aveva sorpreso lo zingarello nel sottopassaggio di Brignole mentre chiedeva l'elemosina. Teneva in braccio la sorellina di tre anni. La professoressa aveva piantato una cagnara nel consiglio di classe. Volevano che il preside mandasse a chiamare i suoi genitori. Il ragazzo si era sentito perseguitato e ora non voleva più andare a scuola.

«Ed io cosa posso farci, Essam?».

«Parlare con quella scema e farle capire che per Mitri quello è un lavoro. La prof ha cominciato a gettare merda sulla sua famiglia dicendo che approfittano dei bambini per impietosire la gente. A me l'elemosina non mi piace, ma come fanno quei bambini a campare? Mitri ha cinque fratelli più piccoli di lui e tutti devono mangiare».

– *Tutti devono mangiare.*

Un concetto che ripeteva sempre anche mio nonno Baciccia.

«Le parole non riempiono la pancia».

Lanciai un'occhiata al giornale aperto. Era l'inserto locale de "la Repubblica". Riportava una fototessera del Terenzi e una fotografia del bosco sul monte Peralto dove era stato ritrovato il cadavere. Mi sembrava di riconoscere l'uno e l'altro. Niente di stupefacente. Genova è un grande paese. Quell'uomo viveva nel centro storico, come me. E da quando lo hanno costruito, agli inizi degli anni novanta, ogni settimana faccio la mia ora di corsa nel percorso ginnico del parco. Il titolo del giornale parlava della luna piena e di un lupo. Nei giorni precedenti gli abitanti della zona avrebbero sentito dei sinistri ululati notturni. Aprii il frigorifero e tirai fuori una bottiglia di sauvignon bianco. Vino cileno. Presi anche un cartone di latte e ne versai un bicchiere per Essam. Era rimasto seduto sul pavimento a leggere il giornale. Questa storia del lupo lo aveva intrigato abbastanza da allontanare il pensiero delle sue Clarisse e delle sue Marcelle.

«Bevi questo, ragazzo», gli dissi porgendogli il bicchiere. «E lascia il vino a me che sono un senza Dio».

Essam è musulmano, come sua madre, con la quale parla in arabo. Anche se loro non sono arabi, ma egiziani di razza nubiana. Con una carnagione decisamente nera, ma con i tratti del volto più simili ai nostri. Meno africani di quelli dei neri africani. È nato ad Assuan, dove sua madre e suo padre furono costretti a trasferirsi dopo la costruzione della grande diga. Il loro villaggio sulle rive del Nilo era stato sommerso dalle acque del lago. Ma Assuan è un caotico formicaio assediato dal rumore e dallo smog. Le automobili e i pullman attraversano i mercati affollati senza alcun riguardo per la gente stipata intorno alle bancarelle che vendono i colori e le fragranze della frutta e delle spezie. E ogni anno l'industria del turismo di massa vi scarica eserciti di volenterosi intruppati dai tour operator sulle orme della più antica civiltà del mondo. Assuan non era fatta per loro, abituati a un altro tempo e a un altro spazio. Quelli che scandiscono il millenario silenzio del deserto. Tanto valeva emigrare. Cercare fortuna nell'altra parte del mondo. Quella dove si vive da ricchi. Ma prima di intraprendere quel viaggio, il padre di Essam si ammalò. E morì. Forse perché, come tanti profughi della terra, non riusciva a raccapezzarsi. E Zainab rimase sola con i suoi due figli. Ma Zainab non era donna da perdersi d'animo. Aveva ben chiaro cosa doveva fare. Si fece coraggio. Vendette tutto quello che aveva per pagarsi il viaggio. E partì. Aiutata da un parente del marito che trafficava nel commercio delle banane, venne in Italia e si stabilì a Genova. Qui ha subito trovato da fare le pulizie in diverse case del quartiere-bene di Carignano. Il figlio più grande, Mohammed, lavora in una officina del porto. E le cose per loro hanno cominciato a prendere una piega accettabile. Essam ha frequentato regolarmente la scuola. Finite le medie si è iscritto al corso serale di una scuola professionale alberghiera nel più grande istituto della città. Ma la sua ambizione non è fare il cuoco o il cameriere. Il suo sogno nel cassetto è diventare un investigatore privato. La madre ha voluto che frequentasse quella scuola perché in questa città portuale, che un tempo è stata industriale, con la sua stracelebrata vocazione turistica e le sue nautiche da diporto, i porti da diporto, le fabbriche chiuse e deportate altrove, ci ha messo poco a riconoscere la stessa puzza di Assuan o di qualche migliaio di altre località da diporto del terzo o del quarto mondo. Dove uno straccio di lavoro un cameriere lo rimedia sempre.

Me ne andai a fare colazione sul terrazzino. Con la bottiglia gelata di sauvignon, un pezzo di focaccia e la copia del "Decimonono" che Essam aveva lasciato sul bancone del vano cucina. Seduto sopra la vecchia sedia di vimini, lasciavo correre lo sguardo avanti e indietro verso la cornice che percorre a mezza costa i monti. Sotto i forti del Castellaccio, dello Sperone e di Begato. Immaginavo quella strada, solitamente tranquilla e poco trafficata, invasa dalle volanti della polizia. E il luogo del delitto già transennato con gli uomini della Scientifica al lavoro. Immaginavo anche i centotrentacinque chili del commissario Pertusiello soffiare e arrancare su per il bosco. E maledire quello che aveva avuto l'idea di ammazzare quel povero cristo proprio lassù, sotto una luna piena invisibile, coperta dalla cappa dello scirocco. Tracannai dalla bottiglia un sorso di sauvignon e guardai il giornale. Anche il "Decimonono" riportava la notizia degli ululati. Duravano da circa una settimana e, dopo il delitto, non si erano più sentiti. Avevano intervistato gli abitanti delle strade che si inerpicano sulle alture. Via Vesuvio, via Costanzi, via Mura delle Chiappe. Tutte le testimonianze coincidevano. Un dotto professore dell'università si era preso la briga di documentarsi sull'argomento. In un breve articolo raccontava le origini delle leggende sui lupi mannari, citava la licantropia come forma di epilessia diagnosticata dagli psichiatri e ricordava gli esempi più significativi nella letteratura e nel cinema. Il giornale riferiva che nella notte molti curiosi in cerca di brividi avevano avuto la stessa idea di Essam e dei suoi compagni. Si erano messi a scorrazzare per le crose lastricate di ciottoli e mattoni che dalla circonvallazione a monte salgono verso i forti, alla ricerca del lupo mannaro. Da quelle parti non si era vista tanta gente dalla chiara notte d'estate in cui si avvistò la coda della cometa di Halley. Il cadavere lo avevano trovato domenica mattina molto presto. Era stato un podista che correva nel percorso ginnico. Col suo telefono cellulare aveva subito avvertito la polizia. Ma l'esame necroscopico aveva stabilito che il pensionato era morto nella notte, all'incirca tra mezzanotte e l'una.

Essam mi disse che aveva delle commissioni urgenti da sbrigare per sua madre. Mi chiese se avevo bisogno di qualcosa, mi salutò e uscì. Rimasto solo finii la mia focaccia, inaffiandola con sorsi di quel vino bianco fresco che mi lasciava in bocca un piacevole gusto amarognolo. Il sauvignon lo avevo comprato nella mia enoteca di fiducia, in via Malta. Col padrone eravamo stati compagni di liceo. Avevo preso anche due bottiglie di cabernet cileno invecchiato. Allora mi venne l'idea. Era arrivato il momento di aprirle e di usarle come esca per raccogliere qualche notizia utile alla mia indagine. Sapevo quanto il vicequestore Pertusiello apprezzasse il vino invecchiato. Specie se accompagnato da un succulento manicaretto. Ogni tanto gliene preparo, e lui è contento come una pasqua. In cambio gli estorco una o due informazioni riservate. A volte invece lo faccio solo perché mi prende la malinconia e forse anche la voglia di sbarazzarmi della mia solitudine. Allora tiro fuori una bottiglia dalla dispensa e ci chiudo dentro la depressione. A chiave. Come antidoto contro la solitudine, tra una donna e una bottiglia di vino, funziona meglio la bottiglia. Se non altro perché può essere dimenticata nella dispensa e diventarci vecchia senza fare tante storie.

Chiamai il commissario sul suo telefono cellulare e lo invitai la sera a cena, con la promessa di preparargli un bollito misto alla piemontese. Con il bagnetto verde. E due bottiglie di cabernet sauvignon del '92.

Mi disse subito di sì, come mi aspettavo. Ma mi avvertì con un ghigno.

«Non tanto presto, però. Avrai letto i giornali, guaglio'. Qui ci abbiamo da sbrogliare una storia da pazzi. Mò ci mettiamo pure a dare la caccia ai lupi mannari. Chissà che presto non ci avremo pure le streghe, i vampiri e tutti i diavoli che se li portino».

# Capitolo terzo
## La pittima innamorata

Decisi di non aspettare l'arrivo di Zainab e uscii per fare la spesa. Quattro passi ed ero di nuovo immerso nella familiare ombra dei carruggi. Afosa e umida. Scivolavo in quell'odore di fritto e di piscio come se fosse una calda salamoia che mi colava addosso e si agglutinava intorno all'anima. E mi stillava dentro il languore dell'esule finalmente ritornato a casa. In quella ragnatela di strade luveghe e strette potevo muovermi anche cogli occhi chiusi. Conoscevo ogni angolo, ogni buco. Tutte le storie che la memoria aveva inciso sulle pietre dei palazzi e sulle lastre scivertate delle vie erano impresse nel mio cuore. E niente avrebbe più potuto cancellarle. Nemmeno le ruspe. Nemmeno il degrado che la mente e il corpo inevitabilmente patiranno con la vecchiaia. Eccomi qui, come al solito, a nuotare nella mia acqua sporca e maleodorante. Questo sono sempre stato. E questo continuerò a essere. Bacci Pagano, un ratto da carruggi. Che annusa. Raspa. Sente l'aria che tira. E infatti avevo cominciato a annusare e raspare anche dentro quello strano sentimento che mi era saltato addosso. Così, a tradimento. Da reduce mezzo illanguidito e mezzo malinconico. Mi domandai quale fosse stato il mio esilio. Il carcere di massima sicurezza di Novara? Cinque anni di giovinezza buttati via senza un perché. Oppure questi dieci anni lontano da Aglaja? Segregato come un appestato senza poter vedere mia figlia. Anche questo senza un perché. Solo perché avevo smesso di amare sua madre, e questo era più di quanto Aglaja e sua madre potessero sopportare. Di lì a pochi giorni mia figlia compiva diciotto anni. Quando io e Clara ci separammo ne aveva otto, ed era ancora una bambina. Portava i capelli corti come un maschio e spesso tornava a casa con le ginocchia sbucciate o con un occhio nero. Voleva dire che si era menata con qualche compagno di scuola. Una volta la maestra mi mandò a chiamare per dirmi che la bambina era troppo aggressiva. Se potevo farci qualcosa.

«Farmi da parte», fu tutto quello che riuscii a risponderle. «Così smetterà di vederci litigare».

Quelli che continuano a frequentarla mi dicono che adesso è cambiata. Non assomiglia più al maschiaccio che ho ancora impresso nella memoria. Vive in riviera, a Chiavari, con sua madre e col nuovo marito di Clara. Un bravo cristo che vuole bene a tutt'e due. E che l'ha vista crescere e diventare una donna. La scelta di trasferirsi a Chiavari è stata un'altra trovata di sua madre, tanto per mettere tra me e mia figlia più chilometri che poteva.

Passai davanti al portone di San Donato ancora chiuso e montai verso salita Pollaiuoli. Arrivato all'altezza del Caffè degli Specchi mi fermai a guardare oltre la vetrina. Tra legni smaltati e specchi appannati dal tempo si accalcava una variopinta umanità fatta di bancari e assicuratori azzimati e di barbuti intellettuali di sinistra ormai perplessi e disorientati su tutto. Anche su quale mano usare, la destra o la sinistra, per inzuppare la focaccia nel cappuccino. Svoltai l'angolo e mi ritrovai avvolto dalla frescura di Canneto il Lungo. Un budello dove si aggiravano massaie e marocchini. Le massaie che si erano attardate nel tepore dei loro letti impigriti dalla primavera. E frotte di marocchini che facevano compere, conversazione o spaccio di droga con l'aria svagata di fare la siesta. Perché gli arabi sono fatti così, sembrano indaffarati solo quando non hanno niente da fare. Canneto ricorda un suq. Il bazar alimentare del centro storico. Tutto pieno di negozi pieni di ogni delizia gastronomica. Le pescherie, le drogherie profumate, le macellerie specializzate per le carni di maiale, di manzo, di pollo o di agnello. E tanti besagnini colorati che spalancano le loro botteghe gonfie di frutta e verdure sul carruggio. Nel vicolo, man mano che mi inoltravo verso il mare, saliva un odore sempre più forte di refresco. Fluttuava in quella spessa cortina di umidità e impregnava i muri ammuffiti delle case. Palazzoni altissimi che sembravano stringersi lassù, quasi a chiudere il cielo in uno spicchio di madreperla dove il sole diventava uno scherzo dell'immaginazione. Un sole scialbo che proteggeva dal bruciore della memoria l'umanità di quel vicolo. Gente venuta da terre lontane, dove il sole morde la carne quasi quanto la fame e la miseria.

Entrai da Cesare, il mio macellaio di fiducia. Era un nido di lingue in movimento. Un fitto e frenetico barbaggiare sull'argomento del giorno. Il mistero del lupo mannaro del Righi. Mi resi conto che oramai a Genova non si parlava d'altro. Quel macabro ritrovamento aveva portato la città alla ribalta della cronaca nazionale. Era arrivata perfino la televisione a riprendere quelle alture altrimenti sconosciute al mondo e, in parte, agli stessi genovesi. Una cicciona che sembrava saperne più degli altri insisteva che quella notte nel cielo splendeva la luna piena. L'aveva vista coi suoi occhi! Un'altra, secca e smunta, mugugnando le ribatteva che la luna piena se l'era sognata, con tutta quella nebbia che copriva i monti. Cesare mi domandò l'opinione dell'esperto, e tutti ammutolirono. Tagliai corto con una battuta. Dissi che gli uomini-lupo erano quaggiù, in città, e non là nei boschi. La cicciona rise di gusto. La smilza mi dette ragione e concluse con un proverbio genovese.

«La mamma dei belinoni è sempre incinta».

Quando fu il mio turno chiesi del bollito misto. Raccomandandomi che non mancassero la lingua, la maschetta e la coda. Niente da fare. E ora come la mettevo con Pertusiello? Potevo ripiegare su un filetto al pepe verde, che col cabernet sauvignon fa la sua figura. Oppure sulle trippe che al commissario piacciono stufate con le patate. Ma non ero convinto. Allora mi venne un'idea. Lo stoccafisso accomodato. Erano anni che non glielo cucinavo e sapevo che ne andava matto. Chi sostiene che si accompagni bene solo col vino bianco non capisce niente di cucina. È un piatto robusto, impegnativo che si combina male con vini leggeri e troppo acidi come i nostri bianchi. Un buon rosso invecchiato aiuta invece ad apprezzarne il gusto marcato. E a metabolizzarne lo spessore e il peso, una volta nello stomaco.

Salutai Cesare, lasciandolo ai suoi filetti e alle sue leggende metropolitane. Lasciai anche la luvega oscurità di Canneto per uscire nel chiarore abbagliante di via San Lorenzo. Da qui, attraverso altri carruggi, entrai nel cuore del Borgo. Fino ai Macelli di Soziglia. L'olfatto mi guidò davanti a uno scagno dove lo stoccafisso veniva lasciato a macerare nel lavello di marmo. Il vicolo ne era tutto impestato. Per un momento mi persi a osservarlo dentro la vetrina. Un filo d'acqua scendeva dal bronzino e assicurava il ricambio continuo dell'ammollo. Ma non trovavo pace. C'era una cosa che dovevo assolutamente fare.

Estrassi dalla tasca della giacca il telefono cellulare e composi il numero. Il telefono squillò a lungo. O almeno questa fu l'impressione suggerita dalla mia ansietà. Il cuore mi batteva come un tamburo. Anche se sapevo che lei non avrebbe risposto. A quell'ora doveva essere a scuola. L'ultima volta che l'avevo sentita era stato due anni prima. A me pareva ieri. Ricordavo di avere bevuto per darmi coraggio. O forse mi ero fatto coraggio solo perché avevo bevuto. In ogni caso era stata una doccia fredda. Glaciale.

– Ciao. Sono io, tuo padre.

– Ciao. Ti passo la mamma?

– Come stai? Come va il tuo liceo?

– Bene grazie. Aspetta che ti passo la mamma.

– Non voglio la mamma. Voglio parlare con te.

– Mi dispiace. Io non ho niente da dirti. Davvero non vuoi parlare con la mamma?

– No.

– Allora ciao.

Clic. Aveva riattaccato.

Finalmente risposero.

«Pronto?».

La voce di un uomo.

«Giovanni sei tu?».

Seguì una breve pausa. Una brusca frenata su una lastra gelata. Poi la voce uscì. E la conversazione proseguì sopra quel ghiaccio sottile, sul punto di incrinarsi da un momento all'altro.

«Bacci? Cosa c'è?».

«Clara è in casa?».

«In casa ci sono solo io. Cosa vuoi?».

«Voglio parlare con Clara. Di Aglaja».

Un lungo sospiro. Poi silenzio.

«Quando posso trovarla?».

Avrebbe voluto rispondere: «Mai». Ma era abbastanza civile da abbozzare.

«Appena ritorna le riferisco che hai chiamato. Deciderà lei se richiamarti».

«Mi dispiace, Giovanni. Così è come non farne niente. Dimmi quando posso trovarla o telefono quando a casa c'è Aglaja».

Altro silenzio difficile. Stavo mettendo il suo aplomb a dura prova.

«D'accordo», sibilò fra i denti. «Chiama domani mattina dopo le nove».

«Grazie, Giovanni».

In fondo è un pezzo di pane, il buon Giovanni. Deve interpretare la parte dell'angelo protettore delle due creature indifese. E se non ringhia un po', fa la figura del cacasotto. Ma in realtà sa benissimo che togliermi mia figlia è stata la più grossa carognata che Clara potesse farmi. E sa anche che non c'è nessun giudice che mi impedisca di presentarmi alla sua porta. Se non l'ho mai fatto è stato perché conosco bene la mia ex moglie. E l'ho vista così assatanata nel suo delirio che non ho potuto fare altro. Aveva deciso di farmela pagare, e tirare Aglaja dalla mia parte avrebbe significato romperla in due. Solo per questo.

Chiusi il telefono cellulare e lo infilai in tasca come se fosse un topo morto. Adesso potevo entrare e comprare un chilo abbondante di stoccafisso ben macerato. E alcuni ingredienti indispensabili per cucinarlo. I pinoli, i capperi, le olive. In dispensa avevo acciughe salate e pepe nero in abbondanza. Tornando verso casa ripassai da uno dei besagnini di Canneto per prendere due chili di pomodori maturi e due chili di patate. Infine, scelsi un misto di verdure da servire in pinzimonio. Ecco, ora non mi mancava più niente. Potevo tornare a casa e preparare la serata. Inandiare il piatto forte dello stoccafisso accomodato, sturare le due bottiglie di vino e lasciarle ossigenare per bene. E, pregustando la telefonata della mattina seguente, cominciare a ordinare le idee per fare le domande giuste al mio amico commissario.

Pertusiello arrivò che erano le nove passate e si tuffò nello stoccafisso con una goduria celestiale. Aveva perfino dimenticato che gli avevo promesso il bollito misto alla piemontese. Tenendosi molto sulle generali, cominciò a raccontarmi quanti grattacapi stava dandogli questo caso del lupo mannaro. Senza fargli domande lo lasciai ripulire il primo piatto. Poi il secondo. Col pane faceva scarpetta del sugo rimasto sul fondo, che aveva la consistenza e il colore della terra. Osservavo la sua mole sotto la giacca grigia. E intanto gustavo con lui quel sapore antico, che evocava cucine d'altri tempi. Quando lo stoccafisso era merce povera. E i poveri, nei cui ranghi da secoli ha militato la mia famiglia, lo cucinavano la domenica. Per fare il pieno di proteine che doveva bastare per tutta la settimana.

Si era slacciato il nodo della cravatta e il colletto della camicia. Intorno al suo collo da toro quel colletto faceva la figura di un'esile ala di farfalla. Accompagnava il piacere gastronomico con ampi giri delle mani, nel suo gergo gestuale di stampo campano. Magnificando le forme e gli occhi, «quegli occhi nerissimi, 'e pece», della vedova Terenzi.

Conoscevo Salvatore Pertusiello da almeno vent'anni. Da quando era arrivato dal sud alla questura di Genova e aveva cominciato a indagare su un giro di droga di cui mi interessavo anch'io. Ero stato assoldato da un industrialotto combattuto tra il fatturato, i suoi dipendenti e suo figlio. Che, nel frattempo, era diventato anche lui a suo modo dipendente. Facendosi di eroina fino a strinarsi. Il tempo era passato sul volto e sul corpo del commissario come il vento entra nella pancia d'una vela. Dilatandolo e trasformandolo in un gigantesco Gargantua dal cuore di burro. Pertusiello mangiava e beveva e fumava con una smodata voracità. Come se l'esperienza del mondo non potesse che passare per la bocca e per lo stomaco. Era uno di quei funzionari dello Stato che mettono il dovere sopra ogni altra cosa. Quel che si dice un uomo tutto d'un pezzo. E, come tutti gli uomini tutti d'un pezzo, era un moralista e un fottutissimo rompicoglioni. Lavorava da sempre alla Mobile, sezione omicidi, e insieme ci eravamo trovati a indagare su alcuni grossi casi che ci avevano fatto finire sui giornali. "La coppia d'assi", ci aveva definito un cronista del "Decimonono". E quell'appellativo ci è rimasto appiccicato addosso fino ad oggi. Negli anni aveva fatto carriera ed era diventato vicequestore. Ma per tutti, anche per i suoi uomini, lui restava sempre *il commissario*. E continuavano a chiamarlo così.

Lavorare con Pertusiello è sempre stata una rottura di scatole alla quale non rinuncerei per niente al mondo. Non rinuncerei nemmeno alla sua invadenza. Un modo tutto suo di occupare lo spazio e il tempo di chi gli sta vicino. Debordante peggio della sua mole. Lui parla parla e gli altri devono starsene lì e assistere allo spettacolo delle sue intemperanze verbali. Omaggiare la sua presenza e il suo eloquio come a teatro si ascolta un quartetto d'archi. Oggi va in scena Pertusiello. Non che dica fesserie. Anzi, ascoltarlo ha sempre il suo gusto. Ma io me ne intendo, un quartetto d'archi è un'altra cosa. E così facendo il commissario certe volte assomiglia piuttosto a un trombone. Fortunatamente, da quando ho preso confidenza con lui, ho imparato anche a contenerlo e a indirizzarne il discorso dove più interessa a me. Senza urtare la sua ispida suscettibilità. Inoltre patisco certe spigolosità del suo carattere, sanguigno e viscerale come il suo appetito. Combinate con la sua intransigenza formano un mix micidiale, capace di scatenare guerre di religione sulle più futili stronzate. A volte, all'improvviso, assume una posizione ideologica improntata al motto di Luigi XIV, "L'Etat c'est moi". Come dire: «Io sono la Legge e tu lavori in proprio. E dunque stai al tuo posto». Questo ci porta qualche volta a piantare davanti ai suoi uomini certe grane dalle quali, per mia fortuna, il suo temperamento eccessivo lo fa solitamente uscire sconfitto. Gli viene meno la lucidità dialettica che sarebbe necessaria per mettermi nel sacco. Croce e delizia d'essere da lui considerato «uno dei suoi», devo tenerne a freno l'intemperanza e la pretesa di controllarmi, ottenendo in cambio il vantaggio di giocare in casa ogni volta che lavoro su un caso di cui si occupa anche lui.

Pertusiello è un poliziotto coi fiocchi. E spesso ho l'impressione che si serva di me almeno quanto io mi servo di lui. Per esempio è sempre pronto a drizzare bene le orecchie quando gli suggerisco un'idea apparentemente balzana. O una remota possibilità che mi è balenata in testa. "Coup de foudre", li definisce lui. E a volte scherza chiamandomi "il musicista". Dice che io afferro sotto i gesti e le parole della gente qualcosa di impalpabile. Una musica, appunto. Che gli altri non riescono a sentire. Ma, quanto a intuito, lui non è da meno. Ed è anche un grande organizzatore. E riesce a far muovere gli uomini della sua squadra con la precisione e la puntualità di un orologio svizzero. I suoi uomini sono i migliori della questura. Negli anni li ha selezionati con cura. Gli ispettori Levrero, Fois, Cecchi ed Esposito, e gli agenti al loro seguito. E sa anche fare in modo che si trovino sempre nel posto giusto al momento giusto per incastrare i delinquenti. Per lo meno i delinquenti che possono essere incastrati dalle forze di polizia.

La seconda bottiglia di cabernet era già mezza vuota quando, col volto paonazzo e leggermente congestionato, portò la mano davanti alla bocca. E tirò un sonoro rutto che bastava da solo a rendere giustizia alla mia giornata passata davanti ai fornelli. Era il suo viscerale de profundis per quello stoccafisso accomodato, preparato con tutti i crismi da un amico premuroso. E da un investigatore privato che senza dubbio voleva in cambio qualcosa. Cogli occhi chiusi, come se seguisse una melodia mentale dove i travagli della digestione e quelli del lavoro cercavano uno scioglimento degno della serata, lasciò andare un bel sospiro di soddisfazione. Si accese una sigaretta e tagliò corto.

«Allora, Bacci. Dimmi che ti serve».

Ci conoscevamo troppo bene. Giocare a nascondino con lui non sarebbe stato neppure divertente.

«Mi ha contattato una compagnia di assicurazione. Terenzi aveva stipulato una polizza sulla vita e la vedova intascherà un milione di euro. Pensano che potrebbe averlo fatto ammazzare lei».

«Lo so. L'assicurazione è la CarPol. Vuoi il mio parere? Credo che abbiano ragione».

«Allora sai anche che la panamense faceva la bella vita. Soldi e lusso, Mercedes cabrio e serate al casinò di Montecarlo».

«Sì, anche questo. Basta vedere la casa dove abita. Un attico nel centro storico. Fuori il palazzo non è una reggia, ma appena passi la porta blindata dell'appartamento... Maronna d'o carmene! Mica un buco come questo, sai? Trecento metri quadri su due piani. E pezzi antichi d'arredamento che ci vogliono milioni per comprarne uno solo, di quella roba lì. E poi gioielli e vestiti... E sì che quel corpo li merita tutti, non c'è che dire. I miei uomini hanno passato la casa al setaccio e hanno trovato ogni ben di Dio».

C'era una certa voglia di provocarmi in quelle parole. Perché Pertusiello si divertiva a ricordarmi che, anche se col mio lavoro guadagnavo più di lui, restavo come lui un proletario. Tutt'al più un borghesuccio piccolo piccolo. I ricchi sono un'altra cosa. Uno dei pochi commissari di polizia, Pertusiello, per non dire uno dei pochi uomini che si definiscono di sinistra, che nel duemila credono ancora alla lotta di classe. Minato alla radice dell'anima da qualcosa di inafferrabile come il senso di appartenenza. Quando non sembra più esserci niente a cui appartenere che non sia un clan o una tribù. Forse la mafia, o l'Opus Dei o l'American Express. Che sono a loro modo anch'esse tribù globalizzate dove per riconoscersi non è nemmeno necessario essersi conosciuti di persona. Quello che si definisce il nuovo che avanza.

Versai il vino nei bicchieri e tolsi i piatti. Poi andai a prendere le verdure e le tazze per il pinzimonio.

«Da dove vengono tutti questi soldi?».

Sorrise beffardo e intanto intingeva nell'olio un tenero gambo di sedano.

«Vai a domandarlo a Repetto. È lui il pubblico ministero che dirige l'indagine. Domani terrà una conferenza stampa».

«Ora ti metti a fare il prezioso? Belin, Totò. Ti ho preparato lo stoccafisso. Devo farti anche la corte? In che giro era questo Terenzi?».

Sembrava sinceramente perplesso.

«Abbiamo fatto parecchi controlli bancari. Aveva diversi conti sparsi qua e là. Non credo che fosse in nessun giro grosso tipo racket o droga. Lui era uno che giocava in proprio. Trattava solo piccoli affari. Era uno di quei figli di puttana che prestano soldi in giro e poi tirano il collo a quelli che gli capitano fra le mani».

«Una pittima, una sanguetta. Uno strozzino insomma».

«Esatto, quello era Mino Terenzi. Uno strozzino che aveva fatto una mezza fortuna così. Prestando soldi a strozzo a poveracci che volevano mettere su una botteguccia nei vicoli. Una pizzeria. Magari un piccolo laboratorio artigiano. Negli ultimi anni anche a qualche extracomunitario che doveva pagarsi il permesso di soggiorno con un lavoro inesistente. Forse qualcos'altro, non abbiamo ancora controllato bene. In casa aveva una cassaforte piena di cambiali in scadenza e di assegni postdatati. Ma è tutta roba piccola, da pochi soldi».

«Già, ma in tanti anni, milione dopo milione, prestito dopo prestito, a interessi del trecento per cento...».

Allontanò la tazza del pinzimonio e cominciò a grattarsi con l'unghia del mignolo la sua pelata lucente. Intanto scuoteva la testa.

«Ma no, non è proprio così. Era un usuraio. Ma strozzava, come dire, con una certa classe. Perciò in tanti si rivolgevano a lui. Non era poi neanche troppo malvisto, nel suo mondo. Credimi, ce n'è di ben peggiori. Del resto non aveva nemmeno modo di mettere troppo alle strette i suoi clienti insolventi. In fin dei conti era un debole».

«Comunque in trent'anni ha accumulato una bella fortuna, se la signora se la spassava così...».

Appena nominai la signora, gli occhi gli si illuminarono. Un riflesso condizionato. Poco mancava che sbavasse come un bulldog. Mi guardò con uno sguardo furbesco, come se stesse per tirar fuori il pezzo forte della serata. E tirò un sospiro profondo.

«Questo è il bello, Bacci. Nel nostro grigio e sporco lavoro di tanto in tanto spalanchiamo una finestra e scopriamo qualcosa che ci...».

Non trovava la parola. Raccolse la sigaretta che si stava consumando nel posacenere. Io avevo cominciato a caricare la pipa.

«Sì, qualcosa che ci dà una boccata d'ossigeno. Scampoli di vita vera. Mi capisci? Qualcosa che ci riempie i polmoni d'aria pulita. Che dà un senso alle cose».

E intanto si riempiva i polmoni di fumo.

«Questo diavolo d'uno strozzino per trent'anni sta nell'ombra come un topo di chiavica. Fa affari di piccolo cabotaggio con disperati che hanno bisogno di lui per non affogare. O solo per rimandare di qualche tempo l'affogamento. E mette via qualcosa come un miliardo o giù di lì. Si compra una casa dove non dà neppure il bianco alle pareti. La arreda con vecchie croste raccattate dallo straccivendolo. Una casa tanto grande che alcune stanze rimangono vuote e spoglie. E lì, solo come un cane, vive né meglio né peggio di quelli a cui succhia il sangue. Non vive. Accumula soldi. E sgobba. Veste come un pezzente, va a lavorare tutte le mattine e di sera lo trovi nei più squallidi bar tra Banchi e la Nunziata. Per trent'anni, capisci?».

Sì, cominciavo a capire dove voleva arrivare. Anch'io avevo acceso il tabacco. Proseguì, sempre più eccitato dal suo stesso entusiasmo. Con le guance rosse e la pelata lustra che riflettevano la luce giallognola del lampadario sospeso sopra il tavolo del soggiorno. Quel pallido lucore si diffondeva nella stanza giocando con la nuvola di fumo bluastro seminata dalla sua sigaretta e dalla mia pipa. E dava all'ambiente un'aria vagamente lugubre e malaticcia. Tra l'ospedale e la sacrestia. Dovevo finalmente ricordarmi di comperare una lampadina più potente.

«Poi, un bel giorno, quando ormai sembra destinato a portarsi nella tomba il suo sudicio miliardo, insieme al suo avvizzito uccello ormai incapace di volare... Bum! Nella vita di questo roditore merdaiolo scoppia il finimondo. Bum!».

E giù un altro colpo sul tavolo, con quelle manone che pesavano almeno venti chili l'una.

«In una sala da ballo di Castelletto d'Orba ti incontra una donna che farebbe girare la testa perfino a un finocchio. E la sua vita diventa un'altra vita. Diventa *la vita*, Bacci. Mi capisci, sì o no?».

Accidenti al mio modo di ascoltare la gente. Senza lasciar trapelare niente. Pertusiello è come i bambini, non sopporta le sfingi impassibili. E vuole sempre dal suo interlocutore un riscontro tangibile. Una espressione del volto, un intercalare. Qualunque cosa. Ma ogni volta me ne dimentico e lo sto a sentire con la mia solita espressione da giocatore di poker. E lui puntualmente si incazza.

«Belin se ti capisco, Totò», gli gridai allungandogli una pacca su quella spalla che sembrava una montagna. «Non sono mica fatto di legno!».

La conferma fu convincente e lo rinfrancò. Stava per riprendere con più lena di prima quando, come un colpo d'aria, una preoccupazione gli attraversò la mente riscaldata dal cabernet sauvignon.

«A proposito. E Jasmìne? Hai più avuto notizie della ragazza?».

Mi domandai a proposito di cosa gli fosse venuta in mente Jasmìne. Forse lei e la panamense stavano giocando nella sua testa come dentro un caleidoscopio impazzito. Impazzito e un po' eccitato. Mi alzai come se volessi sottrarmi a quell'argomento molesto che mi faceva soffrire. E quella sera, dopo lo stoccafisso, il vino e tutto il resto, non avevo voglia di soffrire. Ma l'unico modo per sottrarmi era tagliare corto.

«Niente. Ho preso contatti con un amico di Parigi. Ma per ora nessuna notizia».

«Parigi! Ah che città, Parigi! E i francesi! Loro sì che sanno vivere! Li chiamano statalisti. Ma loro sai cosa rispondono? "L'Etat democratique c'est l'expression de la volonté populaire!". Perché per loro lo Stato laico incarna la comunità nazionale. Il patto che lega tutti i cittadini e stabilisce i diritti e i doveri di ciascuno. Non come qui da noi, dove lo Stato va bene finché è una vacca da mungere.

Ma appena ti chiede di fare la tua parte diventa un nemico da combattere o da prendere in giro. D'altra parte, loro lo Stato ce l'hanno da cinque secoli. Come gli inglesi. E per farlo si son tolti la Chiesa dalle palle...».

Se attaccava con la politica ci perdevamo per la strada. Ma tant'è...

«Totò, quando la smetteremo di coprirci di merda e di suonare il violino per gli altri? Nella vita viene prima o poi il momento in cui si smette di voler essere qualcun altro. Non è questo che significa diventare grandi?».

Mi guardava con una preoccupata diffidenza. La sua era l'apprensione di chi non si sentiva più sicuro di niente. Forse temeva che fossi passato dall'altra parte della barricata.

«Può darsi. Ma spiegami perché noi dobbiamo essere governati da una associazione per delinquere che sembra la banda Bassotti».

«Perché la banda Bassotti ha vinto le elezioni».

Pensava di avermi preso in castagna. L'indice del j'accuse vibrò nell'aria un fendente carico di risentimento e di indignazione.

«Ah! Vedo che anche tu stai per montare sul carro dei vincitori».

«Io sono sempre andato a piedi. E continuerò a lasciare questi carri pieni di merda a tutta la brava gente che sgomita per montarci sopra. Contenti loro, si accomodino pure. E si godano lo spettacolo del loro guitto miliardario che fa sganasciare le cancellerie di mezzo mondo. Quel che mi rattrista è che questa brava gente non è fatta di extraterrestri. Sono i nostri vicini, Totò. I nostri colleghi. In qualche caso perfino i nostri amici».

Grugnì risentito. Un cinghiale ferito.

«Parla per te. Saranno amici tuoi».

«È tutta gente normale, come me e come te. Che si sbatte dal mattino alla sera per tirare a campare. E, quando gli chiedi come hanno potuto arrivare a tanto, riescono solo a dirti che quegli altri non erano migliori».

«Mannaggia la miseria! Come si fa a confondere Al Capone con qualche mariuolo?».

«Il vero problema non è la brutta gente che ci governa. Ma il fatto che gli italiani li abbiano votati sapendo quel che facevano. Perché stavolta non possono raccontare che non lo sapevano, come ai tempi di Mani Pulite. Io mi sono fatto l'idea che non sia nemmeno un problema politico. È una questione antropologica. Un po' come il nazismo per i tedeschi o i suicidi per gli scandinavi».

Con un gesto di irritazione accese un'altra sigaretta, quasi l'ultima cartuccia che gli rimaneva contro la depressione.

«Ma sì, allora lasciamo pure che tutto vada a catafascio. L'importante è tenerci il nostro culo al caldo, no?».

Quando la butta sul personale mi fa andare fuori dai gangheri.

«Figurati che io non porto nemmeno le mutande. Cosa dovrei fare per scoprirmi ancora il culo? Pulire vetri a un semaforo?».

«Da come lo dici si capisce che tutto questo non ti tocca più di tanto».

«Non mi suiciderò».

«Ma deve esserci qualcosa più grande di noi per cui vale la pena vivere».

Più che dirlo lo proclamò, ormai in preda a un desolato sconforto. Il vino lo pompava verso una solennità tanto enfatica quanto improbabile. Qualcosa più grande di lui era il suo appetito. E il suo non risparmiarsi per guadagnarsi lo stipendio dello Stato. Ma non potevo dirglielo senza rincarare la sua enfasi con una nota patetica che non avrebbe sconfinferato nemmeno a lui. Pertusiello è allergico ai complimenti. E, fatti da me, gli puzzano di presa per il culo.

«Per Terenzi c'era la sua panamense. Per la panamense forse un assegno da un milione di euro. E per il presidente della CarPol impedirle di riscuoterlo».

«E per te?».

Questa era davvero una domanda da un milione di euro. Per me?

«Prendere l'assassino dello strozzino e continuare la mia vita meglio che posso».

«Che c'entra? Quello voglio prenderlo anch'io».

«E allora vai avanti e raccontami per bene la storia di questa pittima e della sua bella moglie».

Farlo parlare della panamense era come invitarlo a nozze. Forse riuscivo a riportare il discorso sui binari giusti.

«Sì, questo strozzino, che il diavolo se lo porti... Ecco, io credo che questo Terenzi non fosse mai andato in nessun posto più lontano di Castelletto d'Orba. Dove gli era toccato il culo di conoscere la panamense. E che non avesse mai fatto niente di bello se non frequentare qualche sala da ballo la domenica a tempo perso. Non sapeva un tubo di cosa girava nel mondo. Accumulava merda nel suo tugurio di trecento metri quadri. Vuoto come la sua esistenza. E non immaginava neppure cosa significasse vivere davvero».

Fece una pausa. Poi sollevò la testa e sentenziò.

«Glielo ha insegnato lei. La panamense. Oggi l'ho conosciuta. Non è come me la immaginavo. Mi aspettavo di trovarmi di fronte la solita disperata che è fuggita dalla miseria e ha trovato il vecchiaccio in fregola disposto a mantenerla. E invece no. No, no, no».

Il capoccione oscillava come una campana.

«Lei è... una donna che va al di là di qualunque stereotipo, di qualunque aspettativa. Una donna molto bella. Una donna piena di buon gusto. E di fascino. Non so cosa poteva farci uno come Terenzi con una così. Però una cosa è certa. Dopo averla conosciuta, lui ha cominciato a vivere».

«E a morire», gli dissi a bruciapelo.

Incassò il colpo. Sembrava fare fatica a tenere insieme l'ammirazione, il desiderio e il sospetto.

«Mah, al posto di quel ratto... Ne valeva lo stesso la pena».

«Totò, tu pensi davvero che sia stata lei?».

Dal tono con cui lo chiesi mi accorsi che mi stava capitando qualcosa di assurdo. Speravo che mi rispondesse di no. Così i miei cinquantamila euro se ne andavano in fumo. E senza che neppure la conoscessi! Mi domandai se non si trattasse di qualche oscuro senso di colpa. Guadagnare così a buon mercato tanti soldi... Mi sentivo forse di avere il culo troppo al caldo, come diceva Pertusiello? O piuttosto era stato lui a infilarmi sotto la pelle i sentimenti che provava verso la bella vedova?

Si grattò nuovamente la pelata lucida e bofonchiò qualcosa.

«Vuoi la mia opinione? Un milione di euro non sono uno scherzo... Inoltre siamo sulla pista di un amante. Un giovane sudamericano. Ma, mi raccomando, questo è top secret. Io ci rimetto il posto... Ho chiesto a Repetto di apporre il segreto istruttorio su tutte le informazioni che riguardano la signora, compresa la faccenda dell'assicurazione».

La chiamò proprio così. *La signora.* E pensare che lui per primo avrebbe giurato sulla sua colpevolezza.

Fu sul punto di dirmi qualcosa, o almeno così mi parve. Poi girò lo sguardo intorno come a cercare qualcosa.

«Che vuoi? Un whisky?».

«Sì, un whisky va bene».

«Al solito, con ghiaccio?».

«Sì, con ghiaccio».

Ma la sua mente sembrava da un'altra parte. Assorbita da qualche pensiero che il vino, la digestione o la stanchezza stavano facendo schiumare da quella lunga giornata di lavoro. Preparai due whisky con ghiaccio. Intanto rimuginavo su quell'impressione netta, precisa, che mi sembrava un'occasione da non perdere. Stavo assistendo a un fenomeno che negli anni mi era diventato familiare. La testa del commissario si era messa al lavoro. E stava macinando idee, ricordi e impressioni sul caso. Quando Pertusiello comincia a navigare attraverso la rete della sua memoria assume una espressione particolare. Quella del giocatore di biliardo che studia la disposizione delle palle sul tappeto verde. Concentrato e assorto per decidere quale boccia colpire e su quali sponde fare la carambola.

«In mano non abbiamo gran che», ripeteva.

Sapevo che stava mettendo insieme le informazioni e le impressioni di una lunga giornata di interrogatori e di riscontri. E in quel momento, tra i fumi delle sigarette, della pipa e del cabernet sauvignon, con lo stoccafisso accomodato che cominciava a nuotare nel suo gigantesco stomaco da Pantagruel della costiera amalfitana, qualche idea importante stava quagliando in un angolo del suo cervello di poliziotto. Capivo che quella donna lo aveva profondamente turbato, quasi se ne fosse innamorato. Quasi volesse proteggerla. Dette un piccolo sorso al whisky. Poi, con l'aria quasi sognante, continuò.

«Vedi Bacci, qui abbiamo tutta roba da poche centinaia di euro. Al più mille, duemila euro. Spiccioli prestati a gente che non ti ammazza per così poco».

Lo seguivo con attenzione, come un cane da punta sulla selvaggina. Senza fiatare.

«Salvo che...».

Fece una pausa.

«Salvo che?» gli feci eco.

«Salvo un prelievo in contanti, da buoni del tesoro ancora non scaduti. Trecento milioni di vecchie lire. Prelevati due anni fa e puff! Volatilizzati».

«Trecento milioni?».

«Sì. E neppure un assegno postdatato, una cambiale, un qualche diavolo di documento che ci spieghi dove siano finiti tutti quei soldi. E chi può averli intascati».

«Potrebbe essere quello il movente», dissi io. E se non era entusiasmo, un barlume di speranza doveva palpitare nel tono della mia voce. Pertusiello se ne accorse e mi tranciò con un brusco gesto della mano.

«Anche un milione di euro sono un buon movente. Non ti pare?».

Le sue parole suonavano come un rimprovero. Di nuovo mi balenò la stessa idea. Era a lui che batteva il cuore. Appena gli germogliava dentro la speranza che la bella Julia Rodriguez fosse innocente, il mondo gli sembrava meno schifoso. Ma questa ipotesi gli suonava troppo ingenua, troppo legata a qualche elemento estraneo all'indagine. Come il fascino della donna, la sua sensualità. Per uno come lui non era facile ammettere che un'assassina può meritare di farla franca solo perché senza di lei il mondo è meno profumato.

«Ma di questi trecento milioni che ne dice la bella Julia Rodriguez?».

«Dice di non saperne nulla. Ripete che il marito la teneva all'oscuro dei suoi affari. Del resto, anche quando le abbiamo detto della polizza è caduta dalle nuvole. Sembra che il marito non gliene avesse mai parlato. Però racconta che in quel periodo il marito ricevette una misteriosa telefonata. Lei era presente. Lui non le spiegò nulla, ma lo vide molto preoccupato».

Mentre lo diceva si aggrappò al tavolo con entrambe le mani e sollevò dalla seggiola tutta l'imponenza della sua mole. Aveva deciso di andarsene a casa. Il vino e la stanchezza impressero a quel movimento la lentezza e la fatica di una vecchiaia incombente. Dopo una vita vissuta fino in fondo, senza risparmiarsi e senza alcun riguardo. Non potei evitare di provare per lui una smisurata tenerezza. Gli portai una mano sulla spalla e la strinsi forte.

«E Agnese? Come se la passa, ora che è in pensione?».

Spalancò le braccia e ancora una volta scosse il capoccione.

«Mi sopporta da una vita. Coi miei orari e col mio carattere. Cosa potrei chiederle di più?».

«Portale i miei saluti. E ricordale che mi ha promesso di cucinarmi il cappon magro».

Trent'anni di matrimonio che a me erano sempre sembrati una felice alchimia. Uno di quegli scherzi benevoli che il destino riserva a coloro che hanno il privilegio di dimenticarsi di lui. Pertusiello e sua moglie. Entrambi cuochi sopraffini, e forchette impareggiabili. Entrambi impetuosi e appassionati. E corpulenti. Figli della costiera amalfitana, con la pelle brunita di generazioni e generazioni di pescatori e raccoglitori di pomodori e di olive. Quei due erano tenuti insieme da mille profondi perché, dei quali forse non avevano mai avuto bisogno di parlare. Uno di questi era la buona cucina.

Mi accorsi che non avevamo detto neanche una parola sullo strano modo in cui il Terenzi era stato ammazzato. Quello di cui parlavano tutti i giornali. La storia del lupo mannaro.

«E quindi il lupo mannaro sarebbe l'amante della vedova. Un lupo mannaro sudamericano».

La buttai lì senza troppa voglia di ridere.

«Anche questa storia è ben strana, vero? L'autopsia non è stata ancora completata. Ma è tutto vero, Bacci».

«Tutto vero cosa?».

«Pare proprio che sia morto sbranato. Con la gola squarciata a morsi. Proprio lì, in quel bosco dove lo hanno trovato alla mattina presto. Non è che l'hanno ammazzato in qualche altro modo, da qualche altra parte».

«Vuoi dire che potrebbe essere stata una disgrazia?».

«Sì, e come no?».

Rise rumorosamente e le guance gli si fecero ancora più rubizze. Mentre si avviava verso il corridoio batteva le mani con un frastuono da grancassa.

«Una disgrazia! Lo sanno tutti che le alture di Genova sono piene di lupi famelici! Una disgrazia!».

«Lupi hai detto? Allora è vero quello che scrivono i giornali?».

«Eh sì, caro mio. Questa è l'unica cosa che sembra sicura. Quel povero diavolo si è difeso come ha potuto. Tra le dita gli sono rimaste delle tracce di pelo. Le abbiamo fatte analizzare e il capo della Scientifica si è consultato con un esperto zoologo dell'università. E sai cosa hanno scoperto? Che sono proprio peli di lupo. Canis lupus, così si chiama la specie. L'ha scritto pure il dottor De Meo sul referto. E quello lì è uno che ci azzecca sempre. Mino Terenzi è stato ammazzato da un lupo come quello di Cappuccetto Rosso».

## Capitolo quarto
## DUE OCCHI NERI E PROFONDI COME LA NOTTE

Rispose al primo squillo. Forse aspettava seduta sul telefono.

«Pronto?».

«Pronto, Clara? Sono Bacci».

«Cosa vuoi?».

«Parlare con te».

«Con me? Di cosa?».

«Di Aglaja».

«Volevo ben dire».

Una pausa di silenzio. Stava tentando un'impresa impossibile. Mantenersi in equilibrio sopra un filo spezzato da dieci anni.

«Parliamone pure. C'è da aggiornare il mensile».

«Ti aggiornerò anche il mensile».

Non potevo barattare mia figlia con un meschino adeguamento ISTAT.

«Ma dobbiamo assolutamente parlare».

«Allora parla».

«Non al telefono. Dobbiamo vederci».

«Bacci, non ho tempo da perdere».

«Solo mezz'ora. Non ti chiedo di più... Se vuoi vengo a Chiavari».

«A Chiavari no. Dopodomani vengo a Genova, a teatro».

«Dopodomani va benissimo. A che ora?».

«Lo spettacolo comincia alle nove».

«Dov'è?».

«Alla Tosse».

Il Teatro della Tosse in piazza Negri. Proprio sotto casa mia.

«Ci vediamo alle otto al Roger?».

«Roger? Cos'è?».

«Il Roger Café. In stradone di Sant'Agostino».

«Va bene. Alle otto al Roger».

Riattaccai e chiamai la vedova Terenzi.

Al telefono, quando le dissi che ero un investigatore privato assoldato dalla CarPol per indagare sull'omicidio di suo marito, le uscì una esclamazione appena sussurrata.

«Madre mia».

Avvertii il brivido della sua paura. La paura della lepre braccata da tanti, troppi cacciatori che le stanno alle calcagna. Non potei evitare di provare simpatia per quella donna che sembrava così fragile. E che in quella sporca guerra aveva tutti contro. Un uomo era stato ammazzato. Bisognava trovare il colpevole e fare giustizia. La società ha le sue regole. Le chiesi se potevamo parlare, lasciando a lei decidere quando e dove. Mi rispose di sì con la rassegnazione del condannato che sa di non potersi sottrarre al sacrificio. Nel pomeriggio a casa sua. Alle tre. Rimasi colpito dalla sua voce morbida, da quella parlata italiana contaminata dalla madrelingua ispanica. E da quello stupore di donna che non smette di stupirsi anche quando la vita ha già fatto il pieno di disgrazie. E mi portai dentro questo disagio fino al momento dell'incontro.

Ci andai a piedi, da casa mia ci volevano dieci minuti. Dalla lattiginosa cappa del cielo un pallido sole filtrava dentro i carruggi e riscaldava l'aria già afosa del primo pomeriggio. La casa era in via San Luca, una via del centro storico stretta e piena di negozi e di folla. Il palazzo era come tanti altri palazzi della città vecchia. Antico e grigio. Il portone era aperto, sormontato da austeri fregi di marmo a cui nessun passante faceva caso. Dava su un androne scuro che odorava di umidità e di uova marce. Salii le ampie scale di ardesia. Le porte degli appartamenti erano una diversa dall'altra, come spesso accade in questi vecchi palazzi del centro. Arrivato sul ballatoio dell'ultimo piano dovetti salire ancora una stretta rampa, rischiarata da una sporca lampadina gialla appesa a un filo che sporgeva sulla parete. Ero tutto sudato e sotto la giacca sentivo la camicia umida accarezzarmi la pelle della schiena. Ora avevo davanti una porta nuova, blindata. Suonai il campanello. Passò qualche tempo prima che dall'interno risuonasse una voce.

«Chi è?».

Era la *sua* voce.

«Sono Bacci Pagano. L'investigatore che...».

Non finii la frase e uno spicchio di porta si aprì. La prima cosa che vidi, nella luce incerta dell'appartamento, furono i suoi occhi. Neri e profondi come la notte. Mi guardavano in un silenzio che custodiva una serie infinita di domande. Domande per cui non avevo risposte o alle quali, forse, avrei voluto rispondere con un gesto di tenerezza. Sfiorarle una guancia. Accarezzarle i capelli lisci, corvini che cadevano sulle spalle. Ma non ci toccammo neppure la mano. Lei si limitò ad annuire senza dire una parola. Aveva tratti del volto marcati, la pelle olivastra e quegli occhi vagamente a mandorla che ricordavano una prossima origine india. Notai le labbra, che non sorridevano. Senza rossetto, spiccavano ugualmente nella loro pronunciata, rosea carnosità. Un regalo della natura agli uomini che l'avevano conosciuta. Spalancò l'uscio. Non era molto alta e aveva una corporatura piuttosto minuta. Vestiva uno scuro abito grigio con le maniche lunghe che arrivava appena sopra il ginocchio. Le gambe erano piuttosto magre ma ben tornite. Ebbi l'impressione di una donna d'una certa classe. Nel portamento, nel vestito. E in una folata di profumo tenue, delicato, che dal suo corpo mi vaporò addosso.

La porta metteva su una corta scala che pareva continuare la rampa esterna. Con una certa fretta, come se volesse sbrigare al più presto una faccenda che le procurava sofferenza, mi fece entrare e mi invitò a seguirla lungo la scala. Ai piedi calzava un paio di mocassini chiari, senza tacco. Mentre saliva davanti a me, i miei occhi inseguivano sotto il vestito la forma pronunciata del suo culo. Un culo alto e prorompente come il grido di un uccello tropicale. Un uccello della sua terra caraibica. Salì con passi leggeri fino alla sommità e attraversò la porta ad arco che metteva in un grande soggiorno. La luce la inondò con uno urlo indecente. Il soggiorno era luminoso. Aveva ampi finestroni senza tende che si aprivano sui lucidi tetti di ardesia. In lontananza, nella foschia, tremolava la linea incerta del mare.

Tutto ciò che vedevo intorno a me era scelto con gusto. Esattamente quello che mi aspettavo dopo il colloquio con Pertusiello. E anche lei era proprio come me l'aspettavo. Solo che il doloroso entusiasmo del commissario e la voce di lei al telefono mi avevano già covato dentro un sogno impossibile. Da ubriaco. Nessuna donna in carne e ossa avrebbe mai potuto dargli corpo. Come quando si incontra per la strada una diva del cinema e la si confronta con la sua migliore interpretazione. Non sarà mai la stessa cosa.

Si era fermata in mezzo alla stanza con l'imbarazzo di chi deve concludere qualcosa lasciato in sospeso. Mi invitò a sedermi sul divano, ma continuava a restare in piedi senza decidersi a fare la cosa giusta. I suoi occhi esitavano, combattuti tra il divano e la porta aperta in fondo al soggiorno. Finalmente si risolse.

«Me scusi solo un momento».

Sfilò via dal soggiorno e sparì dietro alla porta. Dalla stanza accanto mi arrivarono le battute di un dialogo che evidentemente si era interrotto col mio arrivo.

«Ho un ospite. Possiamo riparlarne domani?».

«Certo... Domani e anche dopodomani. Con suo comodo, signora Terenzi. Sa che è sempre un piacere per me venire a trovarla».

La voce rantegosa di un uomo che non aveva fretta e che sembrava godersi tutto il suo disagio. Poi sottovoce aggiunse: «Ancora uno della polizia?».

Lei rispose con un tono alto e chiaro.

«No, non è la polizia. È... un amigo».

«Ah, capisco. Qualcuno che le porta le sue condoglianze. Spero che vorrà perdonarmi. Ma in questi giorni c'è stato un viavai di divise...».

«Mio marito è stato assassinato, señor Santi».

«Certo, certo. Una brutta storia, signora Terenzi. Perciò non voglio farle fretta. Ogni cosa a suo tempo. Ci pensi pure con calma. Ma mi dia retta, non perda questa occasione. Questo appartamento non vale di più».

«Le ho già detto che non vendo la mia casa».

«Questa casa è troppo grande per una donna sola come lei. Come pagherà tutte queste spese?».

«Non sono affari suoi».

«Va bene, va bene. Ne riparleremo più avanti, a quattr'occhi. Comunque sappia che può sempre contare sul mio aiuto. Non si faccia scrupoli. Lei sa che io e il povero Mino eravamo come fratelli...».

Rientrò nel soggiorno dietro a uno spilungone calvo sulla settantina. Leggermente curvo, con una faccia appuntita da ratto e un vestito scuro da impresario di pompe funebri. L'uomo mi passò davanti salutandomi con un furtivo cenno del capo. Quasi stavo per toccarmi i coglioni. Sparirono giù per la scala mentre lui ripeteva: «Non si preoccupi, conosco la strada».

Ma evidentemente lei voleva accertarsi che dietro a un viscido animale come quello la porta fosse ben chiusa. Solo allora la notai. Sopra il cassettone accostato alla parete, dietro una delle due sontuose poltrone di pelle color panna. Incastonata in una piccola cornice d'argento. Era una fotografia a colori, scattata senza troppe cerimonie. Sullo sfondo un porticciolo turistico, con una foresta di alberi di barche a vela contro l'azzurro del cielo. Da qualche parte sventolava l'ombra di una bandiera francese. Forse era Montecarlo. In primo piano c'erano loro due, e sorridevano entrambi. Con la bocca. Ma soprattutto cogli occhi. Ubriachi di una felicità che sul momento mi lasciò disarmato, nell'impossibilità di darle un nome o una spiegazione. E mi provocò una fitta dolorosa in mezzo al petto. Non durò più di qualche secondo, il tempo che lei risalisse la scala. Mi accorsi che aveva gli occhi umidi di rabbia. Non si trattenne e sbottò.

«Ha sentito que buena persona? È l'amministratore del caseggiato. Piensa que sono alle strette e vuole que gli svenda la mia casa. E non solo quella».

Ora finalmente poteva sedersi. Rimase qualche secondo in silenzio, con gli occhi incollati al pavimento e le mani che tormentavano un fazzoletto appallottolato tra le dita. Giusto il tempo di calmarsi. Quindi alzò lo sguardo e mi chiese se volevo bere qualcosa. Pensavo al suo lutto e le risposi che non mi sembrava il caso. Scrollò le spalle. Niente complimenti con lei, le formalità non erano il suo forte. Decisi dunque di accettare uno scotch con ghiaccio. Si alzò, riattraversò il soggiorno e sparì nuovamente dietro la porta. Mi trattava con fredda cortesia. Io mi sentivo una specie di avvoltoio appollaiato sul divano in attesa di raccogliere i resti della sua colpevolezza, che avrebbe fatto risparmiare alla CarPol un milione di euro. Un replicante appena meno losco e rivoltante del suo amministratore beccamorto. Quando ricomparve teneva in una mano un bicchiere tumbler e nell'altra una bottiglia di Chivas Regal quasi completamente piena. Nessun vassoio, le formalità non erano il suo forte. Si sedette sull'orlo della poltrona davanti a me, raccolta su se stessa, con le ginocchia serrate e le mani giunte appoggiate sulle gambe. Portava delle calze scure appena velate. Quella postura lasciava intendere tutta la sua apprensione.

Non sapevo bene come cominciare. Avvertivo dentro una specie di molesto ronzio. Un misto di colpa e paura di farle male. Per lei doveva trattarsi dell'ennesimo interrogatorio. Ancora il muso umido di un altro cane da caccia che l'annusava alla ricerca dell'odore dell'assassino. Mi guardava fisso con quei suoi occhi neri leggermente a mandorla, e non diceva niente. Aspettava che fossi io a parlare. Col bicchiere in mano, al quale mi tenevo aggrappato come a un salvagente, le dissi la prima cosa che mi venne in mente.

«Immagino di essere uno dei tanti che l'hanno tormentata con mille domande, in questi brutti giorni...».

Restò un attimo interdetta, poi non riuscì a trattenere un sorriso. Mi sorrise come si sorride a un bambino impacciato che fa tenerezza. Con una sorta di simpatia della quale forse lei stessa si stupì.

«Sì, è così», rispose con quell'accento ispanico che ricordava una cantilena gentile, vagamente melodiosa. «Ma non importa. Non me aspetto fiori o gentilezze in questo momento. È giusto che sia così».

La esse suonava forte nella musica delle sue parole. Solo allora mi accorsi che parlava con una certa fatica, con la gola stretta da un nodo sul punto di sciogliersi in pianto. Aveva il magone. Mi feci coraggio e proseguii.

«Lei immagina perché sono qui».

*Immagina* non era proprio la parola giusta. Lei lo sapeva e basta. Lo sapevamo tutti e due.

«Suo marito due anni fa ha stipulato una assicurazione sulla vita che le frutterà un milione di euro».

Assentì senza dire niente.

«Devo farle alcune domande, e spero che lei vorrà rispondere sinceramente. Ma ho il dovere di informarla che lei non è obbligata...».

Assentì di nuovo, invitandomi ad andare avanti. Sempre in silenzio.

«Glielo avranno già domandato, ma lo farò anch'io. Dove era nella notte tra sabato e domenica intorno all'una?».

Mi guardò fisso negli occhi che, per un attimo, si persero in quel nero profondo. Poi corrugò le sopracciglia, un fulgore sfrigolò nelle pupille e la sua espressione si fece quasi beffarda.

«Quiere la verdad, señor Bacci? Alla polizia ho detto que estaba aquí. Ed è vero. Ma non ho detto tutto. Estaba aquí col mi amigo, un giovane chileno que se llama Manuel Verda. Sopra el divano dove ahora lei sta seduto. Y hemos hecho el amor».

Aveva fatto l'amore sul divano dove stavo seduto. Era davvero morbido e comodo. Chissà se quando lo faceva stava sopra o sotto. E soprattutto chissà perché lo veniva a raccontare proprio a me.

«Ahora el señor Bacci pensaré que yo sono una puta, una... come dite voi? Una puttana. Espero que lei non sia de ellos que piensan que se una tradisce el marito puede anche matarlo».

Lo disse con rabbia, ma anche con un irrefrenabile senso di soddisfazione. Quasi di liberazione. Evidentemente si era tolta un peso dallo stomaco.

«Perché non lo ha detto alla polizia?».

«È semplice, señor Bacci. Porque espero que la polizia non scopra la esistenza de Manuel. E lo tenga fuori da questa brutta istoria. Porque se scoprono que lui esiste, lo prendono e lo mettono subito in prigione. Porque è chileno. E por el trabajo que hace».

Tacque e il suo sguardo sfiorò la mia mano, stretta intorno al bicchiere dove whisky e ghiaccio fatalmente si diluivano. Né più né meno del mio cervello. Avvertii quello sguardo come se fosse stato una carezza.

«Che lavoro fa?».

«Fa l'allevatore de cani. Ha un allevamento de cani di guardia proprio en la loma, in un posto que se llama Piani de Fregoso».

La vedova aveva proprio deciso di usare gli effetti speciali. Con un sorso ingollai tutto il Chivas e lo sentii scendere giù, ghiacciato e forte. Ma il mio stomaco restava chiuso. Anestetizzato.

«Ma perché lo racconta proprio a me?».

«Un'altra volta por qué, señor Bacci. Lei non sa proprio preguntar altro, eh?».

La sua mano scivolò nei capelli e li spinse indietro con un gesto abituale.

«Non sé por qué. Me va y punto. Forse porque lei ha l'aria de una buena persona. Y non porta la divisa».

«Le divise non le piacciono?».

Mi lanciò un'occhiata provocatoria.

«Questa è una bella domanda. Lei forse non sabe que yo sono nata a Panama. E que là ho vissuto vent'anni. Yo vengo da un continente dove le divise non hanno fatto del bene alla gente. Ha mai sentito los nombres de Pinochet, Somoza, Videla? Non le hanno mai esplicato que los yanquis hanno invaso tutta l'America latina de generali sanguinari come loro? E anche aquí, créame, se yo non vestissi así, como una señora, chi sa quante volte nei vicoli le vostre ronde me fermerebbero per chiedermi i documenti. Porque, con esta cara de india que tengo, sólo puedo ser una puta».

Bastasse il vestito per distinguere una signora da una puttana. Ma per le ronde dei vicoli il vestito basta e avanza.

«Da quanto tempo conosce questo Verda?».

Sorrise. Le mani si allungarono sui braccioli della poltrona e accavallò le gambe. Il seno, piccolo e sodo, trasparì da sotto il vestito.

«Da tre anni. Para decir toda la verdad, lo conoscevo anche prima. Ma siamo diventati amanti tre anni fa. Eravamo compagni all'università. Yo studiavo Medicina a Torino, e lui Veterinaria. Poi, per varie ragioni, abbiamo interrotto. Yo ho conosciuto Mino, lui ha dovuto trovarsi un trabajo quando la sua famiglia ha smesso de mandargli el dinero. Ma la sua passione per gli animali era grande. Y è riuscito a fare l'allevamento. Anche Mino lo conosceva. E sapeva anche de la nostra relazione. Ma Mino non era geloso... Lui sapeva. Sapeva e capiva».

Il groppo del magone finalmente si sciolse. Gli occhi si inumidirono e, come una goccia di rugiada, una lacrima scese giù lungo lo zigomo fino a un angolo della bocca. Un rapido movimento della lingua la lavò via. Tirò su col naso, poi portò una mano sugli occhi e col dorso li asciugò. Occhi senza ombra di trucco. Così naturalmente neri e profondi come la notte. Fu allora che notai la fede al dito. E, al polso sinistro, un piccolo orologio d'oro che doveva essere un Cartier. Lei se ne accorse e, guardandolo a sua volta, mi disse: «È bello, vero? Me lo ha regalato Mino. Al nostro terzo anniversario de matrimonio».

In quelle parole mi parve di cogliere l'ombra di un senso di colpa. E colsi nel segno.

«Non è vero que non era geloso», aggiunse. «Yo so que gli davo un dolor con la mia relazione con Manuel. Anche se lui non parlava. Ma yo non quiero Manuel. Me gusta y punto, porque es joven y guapo. Yo solamente a Mino volevo davvero bene. Y non avrei potuto vivere con nessun altro. Quando arrivai a esta casa, li vede questi mobili?».

Mi guardai intorno. Stavo seduto su un soffice divano che doveva costare un occhio della testa. Davanti a un tavolino di cristallo e acciaio che probabilmente era stato disegnato da qualche architetto famoso. Oltre la sua poltrona faceva capolino l'antico cassettone stile Luigi XVI su cui stava la fotografia. Uno di quei pezzi che dovevano avere attratto l'occhio attento di Pertusiello. E quel che più colpiva era il gusto di questi accostamenti. Perfetto. La cosa giusta al posto giusto.

«Quando arrivai a esta casa non c'era nada de todo esto. Solo muri scrostati. Sporcizia dappertutto. Mobili vecchi presi un po' qua e un po' là. Sembrava un chiquero. Lui me disse: Julia, ora è casa tua e devi farla como te gusta a ti. E yo cominciai a comprar tutte queste cose belle. E lui, lui, a vederla cambiare sotto i suoi occhi, día dopo día, estaba feliz. E diceva que esta casa cambiava como su vida. Solamente porque yo estaba aquí...».

Calde lacrime cominciarono a sgorgare da quegli occhi sorpresi dal riflusso dei ricordi. Cercò di trattenere i singhiozzi e, passandosi una mano sul viso, tirò ancora su col naso. Dalla tasca della giacca estrassi i fazzoletti di carta e gliene porsi uno. Lo prese senza guardarmi.

«El estaba lleno de atenciones e non pretendeva nada de mi. Gli bastavano le mie cure e se accontentava de poco. Qualche volta me chiedeva de guardarme desnuda. Ma non me ha tocado mai neanche con un dito».

Avrei voluto sprofondare. Pensai che era entrata nel suo film e che adesso non mi restava altro da fare che guardare come andava a finire. Altro che extracomunitaria condannata a battere il marciapiedi! Pertusiello aveva ragione. Julia Rodriguez Amanzár recitava la sua parte su un altro copione. Una sceneggiatura assai meno scontata, dove i misteriosi turbamenti dell'anima esigevano una interpretazione altamente sofisticata. Aveva sposato un vecchio strozzino ed era andata a vivere nella sua squallida tana. Ma non lo aveva fatto solo per i soldi. C'era qualche altra ragione che mi sfuggiva. Doveva esserci per forza... Lanciai un'altra occhiata all'immagine del portaritratti d'argento. L'eloquenza di quel sorriso aveva qualcosa di tassativo. E di inopinatamente confortante. Perché una come lei avrebbe potuto trovarne quanti ne voleva, di promettenti bellimbusti come il dottor Boero. Giovani uomini con un posto al sole nella società ai quali far girare la testa e dai quali farsi sposare. Allora mi dissi che non c'erano che due possibilità. O lei mentiva spudoratamente, e in questo caso era davvero una brava attrice. Oppure... A questo punto la mia mente si perdeva in un groviglio di ipotesi che finivano tutte su un binario morto. Forse qualcuno sapeva. Di Manuel Verda e della sua attività. Sapeva dell'assicurazione sulla vita. E aveva escogitato tutta questa storia del lupo per incastrarli. Ma non stava in piedi.

Mentre ero assorbito in questi pensieri mi persi a guardare fuori dalla finestra. Laggiù, nella foschia, il tenue confine tra il mare e il cielo. Pensai a Panama. Un paese che sta su una lingua di terra che separa due oceani. Forse per il whisky, forse perché la giornata era davvero afosa e la morsa della maccaia non mollava, ero sudato marcio. Mi tolsi la giacca senza neanche chiedere il permesso. In queste situazioni io lascio fare al mio istinto. Così le dissi senza neppure averlo pensato: «Lei sa qual era l'attività di suo marito, non è vero?».

«Certo que lo so. Lui prestava dinero a los hombres desesperados. Tutta gente que los bancos mandavano al diavolo».

«Sa anche che, per la legge italiana, questo è un reato? Sa come si chiamano quelli che fanno questo mestiere, signora Terenzi?».

L'avevo provocata. Mi guardò con odio e alzò la voce.

«Al diablo, señor Bacci! Váyase al diablo usted también! Mino era un galantuomo. Prestava dinero e chiedeva interessi solo poco più alti de los bancos. Porque certe volte quel dinero non gli tornava più indietro. No lo sabe tu aseguración? E también ellos que te han mandado aquí, señor Bacci? Cosa hacen? Desnudan a los desesperados quando han necesidad. Y quando tienen que pagar los que han asegurado, fanno il possibile per fregarli».

Incassai e non risposi, continuando il filo dei miei pensieri.

«Manuel Verda lavorava per suo marito?».

«Lavorava?».

«Suo marito lo pagava per qualche servizio?».

«Qualche volta guidava la macchina. Mino aveva la patente ma non guidava volentieri...».

«E nient'altro?».

Esitò un momento. Poi rispose d'un fiato.

«Una o due volte lo ha mandato da un cliente que non voleva pagare».

Lo immaginavo. In mezzo a quei due uomini non c'era solo lei. Avevano altri affari in comune. Un vecchio strozzino ha sempre bisogno di un gorilla che faccia un po' di pressione sui clienti insolventi.

«Mi risulta che due anni fa suo marito abbia fatto qualche operazione importante. Lei lo sapeva?».

«Me l'ha domandato anche la policia. No que non lo sapevo. Loro hanno scoperto que dopo Natale Mino aveva ritirato trecento milioni in titoli senza aspettare la scadenza. Ma yo no sabía nada dei suoi affari. Lui non voleva que me occupassi. Decía que devía estar lejos de quel mundo. Que era solo merda. E que yo ero fatta de un altra pasta. Proprio così me decía».

Ora capivo dove Pertusiello aveva preso l'immagine del roditore merdaiolo.

«Perché suo marito ha acceso una polizza sulla vita? Aveva qualcosa da temere?».

Rispose che della polizza lei non sapeva niente. Il marito non gliene aveva mai parlato. Ne era venuta a conoscenza solo adesso, dalla polizia. Mi parlò della telefonata ricevuta pochi giorni prima di Natale. Al telefono aveva risposto lei e aveva riconosciuto la voce di un uomo che parlava con uno strano accento. Probabilmente un emigrato dell'Europa dell'est. Quando gli aveva passato il marito, lo aveva visto sbiancare. Anche nei giorni seguenti sembrava molto preoccupato. Ma non le disse niente. Trascorso qualche giorno, Terenzi si tranquillizzò. E tornò quello di prima. E anche lei non ci pensò più. Le chiesi se aveva riconosciuto la nazionalità di quell'uomo. Disse che non era albanese né russo. E nemmeno serbo-croato. Lei conosceva emigrati di quei paesi e non parlavano così. Ma che fosse dell'Europa orientale era certa.

La ascoltavo parlare. E la guardavo. I suoi occhi lucidi mi fissavano. Forse volevano esprimere il bisogno di affidarsi a qualcuno e di essere creduta. Estrassi la pipa e cominciai a caricarla. Così, meccanicamente. La accesi tirando boccate profonde e frequenti. E così le gettai addosso una nuvola di fumo che presto invase quel profumato soggiorno pieno di luce e di buon gusto. Avevo bisogno di sentirmi libero di continuare a fare il mio lavoro, senza troppi riguardi. Forse anche il cileno fumava, dopo aver fatto l'amore con lei.

«Mi dica un'altra cosa, signora Rodriguez. È vero che lei ha la passione del gioco?».

Mi guardò lungamente, ancora. Con quegli occhi! E non c'era rabbia né malevolenza nel tono della sua voce. Solo un desolato sconforto. E forse una punta di commiserazione per la mia piccineria.

«No, señor Bacci. Yo non ho la passione del gioco. Non l'ho avuta mai. Però è vero que andavo spesso a giocare al casinò de Montecarlo, con Mino. Era lui que aveva la passione del gioco. Ma en su vida non aveva mai giocato, prima de conoscere me. Aveva solo guardato gli altri giocare. Nelle bische clandestine del centro istorico de Genova. Dove aveva visto tanti rovinarsi e poi andare da lui a chiedergli un po' de ossigeno. Per non finire ammazzati. O per non matarsi da soli».

Anche il gioco, come tutto il resto, era qualcosa che Terenzi non si era mai permesso prima che arrivasse lei. A questo punto non potevo mollare. Tanto valeva andare fino in fondo.

«Ma lei dove prendeva i soldi che giocava al casinò? Aveva un suo conto corrente?».

Mi lanciò un'occhiata obliqua, come si guarda un povero mentecatto che proprio non capisce.

«No señor Bacci, non avevo un mio conto corrente. Non ne avevo nessun bisogno. Se vuole saperlo, Mino aveva voluto que yo mettessi la mia firma su tutti i suoi conti. Lui aveva voluto così. Yo non glielo avrei mai chiesto».

E aveva ragione. Julia Rodriguez era una che non voleva, o non poteva, chiedere niente a nessuno. Forse cominciavo a capire. Al di là della spessa cappa di fumo che aveva invaso la stanza e dietro il gusto amaro che sentivo in bocca. Il sapore della mia sconfitta di segugio un po' miope, alle prese con una preda troppo forte per me. Di fronte alla tranquillità del suo dolore io non potevo più morderla. Sarebbe stato un insulto all'intelligenza prima ancora che al buon gusto. Per un momento, osservandola, mi ricordò uno di quei bambini che accettano tutto. In silenzio. Convinti come sono di non meritare niente. E di non avere niente da dare. Per la terza volta i miei occhi si fermarono sulla fotografia che dal cassettone urlava al mondo la propria verità. Adesso quel sorriso senza ombre risuonava nella stanza col fragore di una evidenza senza appello. Anche se per afferrarla occorrevano consonanze insolite. Misteriose. Incompatibili con una razionalità rattrappita nel contorcimento dei ripensamenti. Quel sorriso testimoniava una gioia troppo fulgida per essere relegata nel limbo degli equivoci. Solo i bambini possono ridere così. Per quanto quei due bambini avessero le fattezze di una giovane immigrata panamense e di un vecchio usuraio dal corpo emaciato e dal vestito nuovo che gli cadeva addosso come se fosse stato preso in affitto. Mi domandai ancora che cosa erano stati quei due. Prima di conoscersi. E dopo essersi conosciuti. E cosa avessero mai messo in comune. Forse fu la tremula linea dell'orizzonte, accarezzata dal sole ormai prossimo a dileguare. Mi assalì di nuovo l'immagine della terra lontana. L'istmo di Panama, nella cui ferita si incontrano i due oceani. Da una parte c'erano i soldi. Tanti soldi sordidamente accumulati come una montagna di merda. Una grigia esistenza di vecchio che non sapeva cosa significasse vivere. La scomoda condizione di una donna che aveva in tasca solo un passaporto panamense e un visto di soggiorno in permanente scadenza. Ma forse non erano i soldi. Né la precarietà della condizione di immigrata ispanica. E nemmeno la differenza di età. La vecchiaia era solo il pretesto che tracciava fra loro una tenue linea di pudore. L'espediente perché non diventasse necessario negare ciò che neppure veniva richiesto. Quel che li legava era forse il fatto che tutto questo si incontrava con una promessa di felicità. Autentica. Perentoria. Da suscitare sgomento. Forse, una volta toccati da quell'alito della sorte, si finisce per sentire che non si ha più niente da perdere. E loro due lo avevano intuito anche senza dirselo.

Ora sapevo che Julia Rodriguez non mi avrebbe mai chiesto aiuto. Eppure non aveva cessato un attimo di fissarmi. Con quegli occhi a mandorla, neri e profondi. Dal modo in cui ora stava seduta sulla poltrona, appoggiata allo schienale con un'aria quasi languida e rilassata, io avvertivo che la sua fretta non c'era più. La voglia di dare un taglio alla nostra conversazione si era dissolta. Ad essa era subentrata una sottile apprensione che forse era solo curiosità. O, forse, una inconfessata aspettativa. Mentre inseguivo questi pensieri, alzai gli occhi dal bicchiere vuoto appoggiato sopra il tavolino. Incontrai il suo sguardo che mi forzava a parlare. A dirle qualcosa per rassicurarla, o magari per offenderla. Ributtandole addosso l'odore della merda da cui Terenzi aveva sempre voluto preservarla. Qualsiasi cosa, purché mi decidessi a parlare. Invece continuavo a tacere e a fissarla con l'espressione imbambolata di chi non sa che pesci prendere. Qualcosa però le comunicai. Perché di colpo i suoi occhi si accesero e una vivida luce screziò la umida patina lasciata dal pianto. E per la prima volta, la vidi ridere. Non sorridere. Ridere. Quasi come nella fotografia. Come doveva fare quando vinceva al casinò. Facendo la felicità di quel vecchio che, attraverso di lei, poteva finalmente liberare la sua voglia di vivere. Mi apostrofò con una ironia quasi affettuosa.

«Non sia anche lei così stupido, señor Bacci. Crea usted que, se yo e Manuel volevamo asesinar a mi marido, lo hacíamos de esta manera? Usando un cane feroce? Non era più facile usar un revolver? El mundo está lleno de armas, no se?».

«No, signora Rodriguez. Non un cane. Suo marito è stato sbranato da un lupo. Non gliel'ha detto la polizia?».

Parve sinceramente sorpresa.

«No, non me l'hanno detto. Pensavo que fosse tutta una montatura dei giornali...».

«Al suo posto io parlerei subito alla polizia di Manuel Verda».

Mi balenò un'idea, insidiosa come un serpente velenoso. Da tempo doveva strisciarmi nel cervello, ma non l'avevo ancora messa a fuoco. E se lei stessa non si fidasse del tutto dell'amante cileno? Forse, ben nascosto da qualche parte, questo pensiero covava anche dentro di lei. Il giovane poteva aver fatto tutto da solo, a sua insaputa, per averla tutta per sé. Libera. E ricca.

«Chi poteva sapere che suo marito aveva stipulato un'assicurazione sulla vita?».

«Non saprei proprio. Lui non parlava volentieri dei suoi affari».

«Manuel Verda?».

Corrugò le sopracciglia. Il volto si fece scuro e le braccia tornarono a serrarsi sul petto, come se nuovamente volesse proteggersi da me.

«Non giochiamo al gatto col topo, señor Bacci. Se vuol sapere cosa pienso de Manuel, me lo diga claramente. Era mi amante da tre anni. Lei può crederme o no, ma yo non sono una facile, que va col primo que incontra. Non l'avrei fatto, se avessi pensato que lui...».

Gli occhi nuovamente si inumidirono. Forse pensava a quell'orrore. Un lupo che azzanna la gola di suo marito. Nel silenzio della notte. Lassù, nel parco del Peralto. Ma forse c'era dell'altro. E se Manuel l'avesse fatto non per i soldi, ma per averla tutta per sé? Ebbi un moto di fastidio e le parlai con durezza.

«Non faccia l'ingenua, signora Rodriguez. Suo marito temeva per la propria vita. Altrimenti non avrebbe mai pagato il premio di una assicurazione da due miliardi. Uno che teme di essere ammazzato non va in piena notte in un posto dove chiunque può ammazzarlo impunemente».

«E allora?».

«Allora doveva fidarsi ciecamente della persona che gli aveva dato quell'appuntamento».

«No, no, no», ripeteva come trasognata. «Manuel non avrebbe mai potuto...».

«Dunque quella notte non era qui con lei, vero?».

Dirlo fu quasi come violentarla.

«Mi ha mentito. Per proteggerlo».

La vidi smarrita. E sola. Doveva scegliere se fidarsi di lui o di me. Ancora in bilico tra due oceani. Dopotutto, con Manuel era andata a letto. Aveva accettato la imbarazzante condizione di complicità che si crea tra due amanti. Di me non sapeva niente. Solo che ero lì, pagato da quelli che volevano mandarla in galera per non farle incassare un milione di euro. Tuttavia, per qualche ragione cedette. Forse il bisogno di affidarsi a qualcuno era più forte di tutto. Anche di una conoscenza di anni. Anche dell'intimità sessuale con quell'uomo.

«Non ho mentito. No miento mai», mi disse. E ancora le braccia si aprirono e il corpo si distese sulla poltrona in una sorta di resa. «Manuel è stato aquí, e hemos hecho el amor. Ma verso le undici è andato via. C'era un cane de l'allevamento que estaba male e aveva bisogno de cure».

Poi aggiunse, quasi implorando: «Ma yo non credo que Manuel...».

Credo, non credo. Anch'io non sapevo cosa credere. Oltre i grandi finestroni del soggiorno l'imbrunire incupiva la grigia ardesia dei tetti. Rimase in silenzio, pensierosa, con lo sguardo perso nei rebighi della graniglia del pavimento. Poi con uno scatto deciso le sue dita tornarono a immergersi nel folto dei capelli e li spinsero indietro. Quasi per gettare via quell'ombra di perplessità.

«Me ha convinto. Parlerò a Manuel. E dirò de lui anche a la policia. È meglio così».

Ora sembrava tranquilla. Come se ogni assillo avesse finalmente trovato il suo guscio. La sua piccola protezione che lo rendeva sopportabile. Accavallò di nuovo le gambe, e questa volta lo fece con una disinvoltura che fino a quel momento non avevo notato. Forse non ci avevo fatto caso. Tant'è che, senza farlo apposta, mi sfuggì un'occhiata che s'infilò tra quelle gambe. Fino al bianco di un paio di mutandine che per un attimo trasparì sotto le calze. Credo che se ne accorse e che perfino se ne compiacque. Mi guardava esprimendomi qualcosa che sembrava gratitudine. Solo ora mi accorsi che era ben conscia del fascino che da subito aveva esercitato su di me. Adesso poteva lasciarlo vedere perché non le facevo più paura. Un fascino che infinite volte doveva aver sentito diffondersi intorno a sé. Come il delicato profumo che esalava dal suo corpo.

Si alzò, andò a prendere un bicchiere e il cestello del ghiaccio. Questa volta era lei che non chiedeva il permesso. Lasciò cadere alcuni cubetti nel suo bicchiere e nel mio. Il cristallo tintinnò allegramente. Poi versò il whisky e sollevò il suo bicchiere. Io feci altrettanto senza preoccuparmi del fatto che quel gesto aveva l'aria di un brindisi a suggello di una alleanza che, tra noi, non sarebbe mai stata possibile. Mi ricordai che di lì a poco avevo un appuntamento con Augusto Caviglia, il presidente della CarPol. L'uomo che mi pagava, e profumatamente, per svolgere quell'indagine. E portargli le prove della colpevolezza della vedova di Mino Terenzi.

La lasciai con la netta sensazione che avrebbe voluto continuare a parlare con me, a lungo. E convincermi della innocenza di Manuel. E convincersene lei stessa, forse. Con la speranza che io la aiutassi a proteggersi dai suoi stessi pensieri, come Terenzi l'aveva aiutata a proteggersi dall'odore di merda dei propri loschi affari. Ma io non ero Terenzi. E non potevo aiutarla in nessun modo. In fondo alla scala, con la porta già aperta, mi chiese: «Piensa davvero que un addestratore de cani possa essere così stupido da uccidere de quella manera?».

Sembrava implorare una risposta negativa. Non potei evitare di sorriderle. E quel sorriso fu come se, finalmente, mi avesse strappato la carezza che mi era venuto di farle appena la vidi. Ma andai via senza rispondere niente.

# Capitolo quinto
## L'INCARICO

Mi rituffai in via San Luca. A quell'ora era affollata di gente che usciva dagli uffici, faceva shopping o andava incontro alla sera col confortante viatico di un aperitivo ghiacciato. La vista era riempita da un fitto brulicare di arabi, neri e ispanici che si davano d'attorno per propiziarsi un'altra notte con la pancia piena. Tutta quella calca colorata scorreva come un fiume lento, denso di umori e garrulo di voci, in quel vicolo marcio che sapeva di salino e di acqua stagnante. Il grigiore dei palazzi dava l'assalto a una striscia di cielo anch'essa grigia, opaca e indifferente. Un cielo di cartapesta che aspettava solo di essere ingoiato dalla notte. Superai le bancarelle che ingombrano piazza Banchi, piene di vecchi libri, giornali, dischi, ravatti e vecchie stampe. Attraverso la calca di via al Ponte Reale raggiunsi finalmente lo spiazzo largo e aperto di piazza Caricamento. Dall'altra parte, verso il mare, vedevo l'entrata dell'Expò. Alcuni pullman posteggiati aspettavano pazienti il ritorno dei turisti in visita all'Acquario. I due whisky appena bevuti mi trasudavano dalle ascelle. Mi sentivo proprio da buttare via. Erano quasi le sei, ma faceva ancora caldo. Un caldo inusuale per il mese di aprile. Forse uno dei tanti segnali del cambiamento del clima mediterraneo. L'umidità dell'aria si era fatta insopportabile. Un lungo serpente di automobili usciva dal tunnel sotterraneo, strombazzando e sollevando un puzzo di tubi di scarico che impestava l'aria. Era l'ora del rientro degli impiegati che lasciavano il centro per raggiungere le proprie case nei quartieri del Ponente e della val Polcevera. La vista del porto era una bella tela dentro un'orrenda cornice. Chiusa dai piloni e dal viadotto della strada sopraelevata, da cui arrivava il rumore continuo e regolare delle automobili che filavano via veloci. Come quello di un treno che passa sopra uno scambio ferroviario.

In piazza Caricamento montai al volo sul bus numero 1 che stava partendo dal capolinea. La CarPol aveva i suoi uffici in uno dei grattacieli spuntati negli anni novanta intorno alla Lanterna. Lì un tempo andavano a morire in mare le mura della settima cinta della città. Quella costruita per ultima. Col vertice sul monte Peralto e l'angolo aperto tra il Bisagno e San Benigno. C'era molto traffico e l'autobus era affollato. Ci mise una buona mezz'ora per arrivare alla fermata di via di Francia, di fronte al nero grattacielo in vetro e cemento dove mi aspettava quello che il dottor Boero chiamava «il mio presidente». Un cliente che io non conoscevo ancora di persona. Un cliente col quale mi apprestavo a concludere uno strano contratto. Lui voleva da me le prove per mandare in galera la vedova. E io, nel profondo, sapevo che non lo avrei accontentato. Ma dovevo concordare l'onorario e mi premeva ottenere le condizioni più vantaggiose.

Entrai nella grande hall del grattacielo mentre quasi tutti ne stavano uscendo. Un salmone che nuota contro la corrente. Chiesi a un portiere e mi infilai dentro un ascensore vuoto pronto per salire. Con un ronzio d'ape e un discreto tintinnio di sonagliera l'ascensore mi scaricò al settimo piano. Uscito sul corridoio mi avvicinai al finestrone di vetro scurito per guardare fuori. Mi incuriosiva lo spettacolo di quel che restava del giorno, visto da lassù. Genova stava scivolando in una fodera di oscurità dove la frenesia della routine quotidiana si estenuava fino ad esaurirsi in un torpido salotto illuminato dal televisore acceso. Mi soffermai come ipnotizzato davanti allo spettacolo della Lanterna. Così insolito, da quella prospettiva. Era accesa, ma l'aria era ancora troppo chiara per poterla mordere. Di lì a poco il suo fascio di luce avrebbe tagliato il buio della notte, lambendo con rasoiate giallastre ogni casa, ogni monte della città. Anche le grandi finestre illuminate dell'appartamento di via San Luca, dove forse Julia Rodriguez stava raccontando al suo amante la nostra conversazione del pomeriggio. Anche le pendici del monte Peralto, dove la scorsa notte suo marito era stato sbranato da un lupo.

Superata la porta a vetri della CarPol, mi ritrovai in un ampio ufficio lussuoso sul genere open space. Al di là di un lungo bancone di acciaio e legno nero tre giovani impiegate e un uomo più anziano stavano lavorando ai loro computer. Una di loro, una ragazzotta un po' rotondetta e piuttosto bassa, mi dette udienza con un sorriso di circostanza. Appena le dissi che avevo un appuntamento col signor Caviglia si infilò dietro una porta di legno massiccio con la maniglia cromata che sembrava lucidata col Sidol. Un vero peccato che per aprire e chiudere quella porta gli impiegati non adoperassero guanti di felpa. La porta era sulla parete di fondo dell'open space e dava evidentemente su un locale antistante l'ufficio del presidente. Infatti la signorina culo-basso prima di entrare non si prese alcuna briga di bussare. Dopo circa due minuti uscì con lo stesso sorriso con cui l'avevo vista sparire e mi invitò a seguirla.

Come avevo previsto, mi ritrovai in un corridoio su cui si affacciavano diverse porte chiuse. Una con la targa

UFFICIO LEGALE DOTT. GIANLUCA BOERO

E, in fondo, un'altra dove stava scritto

PRESIDENTE AUGUSTO CAVIGLIA

Il vasto ufficio era illuminato a giorno da una lampada alogena che infiammava gli sgargianti colori che esalavano dal pavimento. Un tappeto orientale esteso come un campo da football, allungato sul parquet in mezzo alla stanza, prese morbidamente a titillare la suola delle mie scarpe. In quell'ufficio tutto era esageratamente grande. Forse per supplire alla stazza mignon dell'uomo che lo occupava. Infatti vidi venirmi incontro un buffo personaggio alto circa un metro e sessanta, tracagnotto e con un paio di baffetti rossicci che dovevano essere tinti. Guardandomi di straforo mi tese la mano.

«Buongiorno, signor Pagano».

Si muoveva con gesti rapidi e meccanici. Come una marionetta.

«Col suo nome e cognome, penso che noi possiamo parlarci anche in genovese».

Con un certo ribrezzo mi trovai tra le dita una cosa molliccia e sudata. La sua mano. Quanto al resto, però, non potevo dargli torto. Io porto un nome e un cognome che più genovesi non si può. Bacci è una dialettale condensazione di Giovanni Battista, il santo patrono della città. Di Pagano è infarcito l'elenco degli abbonati Telecom di Genova. Come di Parodi, Traverso e Sciaccaluga. Assentii, ma finimmo con l'avviare una conversazione un po' maccheronica, mezza in genovese e mezza in italiano. Perché ormai il dialetto genovese non lo parla quasi più nessuno. Presto diventerà una lingua morta, come il latino. E anche quelli che lo parlano, come me, non possono spingersi col genovese in qualunque territorio di conversazione senza rischiare qualche brutta figura. Un conto sono i discorsi sul tempo e sulle disgrazie del Genoa cricket and football club, nei bar di piazza Sarzano davanti alla focaccia. Un altro conto è concludere un contratto di lavoro. Osservando più attentamente l'uomo mi accorsi che aveva la pelle del volto e delle mani cosparsa da macchie più chiare. Ma non si trattava di lentiggini come mi era parso alla prima impressione. Quella era vitiligine. Forse stava tessendo la sua tela di solerte cortesia. Quella manfrina sul dialetto genovese aveva tutta l'aria di volermi innervosire. Mi fece accomodare e mi chiese se avevo deciso di accettare l'incarico.

Gli risposi di sì e aggiunsi: «Comincerò con una buona notizia. Per me e per voi. Non credo di rischiare la pelle».

Si accomodò anche lui dietro una scrivania di mogano che pareva una portaerei, sopra la quale le sue mani svelte tracciavano delle linee geometriche. Pensai alle rotte di partenza e arrivo di stormi di caccia. Aeroplani impegnati in una guerra dove erano in ballo soldi. Tanti soldi. Circondato dal suo ultramoderno mobilio di legno massiccio che si sforzava di rivestire di prestigio la sua corporatura insufficiente, mi guardò con una curiosità quasi morbosa.

«Molto bene, molto bene» ripeteva. «Raccontatemi cosa avete scoperto».

In due parole gli spiegai che Terenzi si era arricchito con uno strozzinaggio di piccolo calibro. A spese di poveracci che, grazie a lui, cercavano di restare a galla e di salvarsi dai debiti. Tutta gente rovinata da sfortunate attività e dal gioco d'azzardo. Mi osservava raggiante e ammirato. Chissà se a stupirlo erano stati i risultati così rapidi della mia indagine o piuttosto il fatto che gli avevo subito spiattellato la faccenda del basso rischio, senza nemmeno provare a giocare al rialzo.

«E avete già parlato con la vedova?».

Le sue mani continuavano a muoversi nell'aria come due insetti fastidiosi.

«Sì. Sono uscito da casa sua mezz'ora fa».

«E che ve ne pare?».

«È un gran tronco di mussa».

Un moto di disappunto, che si trasformò subito in un ammiccante sorriso di complicità.

«Oh già, me lo hanno detto. Oggi è venuto qui un ispettore della polizia. L'ispettore Fois della sezione omicidi. Lo conoscete?».

Annuii.

«Aveva un mandato. Ha voluto vedere la pratica Terenzi. L'ha fotocopiata e mi ha fatto un sacco di domande...».

Annuii di nuovo.

«Ma non si è sbottonato gran che. A parte dirmi che è proprio una bella donna. Siete riuscito a sapere qualcosa dalla polizia?».

Non ci voleva molto a capire che anche lui, come mezza Genova, sapeva della coppia d'assi e della mia amicizia con Pertusiello. Decisi di giocare sporco.

«La polizia sospetta la vedova».

Vidi un lampo di soddisfazione accendersi nei suoi occhi. Piccoli e chiari. E anche un po' cisposi. Si lisciò i radi baffetti e con un bel sospiro esclamò: «Ancor d'assai».

Il modo genovese di dire "meno male".

«Del resto, come stupirsene? Queste immigrate giovani e bellocce sono tutte dei rebelli. Si cercano il primo vecchio rimbambito da incastrare e gli girano intorno finché non riescono a farsi sposare. Ma noi sappiamo bene perché lo fanno. Vero, dottore? Per avere la cittadinanza italiana e saltare il fosso».

Condì quel luogo comune con un vecchio proverbio.

«Perché verso barba canuta la fantinetta sta dura. Altro che amore! Amore un bel belino!».

Quell'idea lo aveva sorpreso e ora lo divertiva da morire. Rideva a crepapelle, compiaciuto di se stesso. E batteva anche le mani, come un ragazzino esilarato dall'entusiasmo.

«Io non credo che Mino Terenzi fosse così rimbambito».

Fu un brutto colpo che non si aspettava. Come sbattere contro un muro sbucato a tradimento dietro ad una curva. L'espressione del volto si irrigidì e la bocca si contorse in una piega di rammarico e di dispetto.

«No?».

«No».

«Ma allora... Farsi ammazzare così...».

«Non sappiamo ancora se è stata lei».

«Oh, sicuro. Avete ragione, dottore. Finché non si trovano prove incontrovertibili bisogna andare coi piedi di piombo. Le indagini di polizia, anche quelle private, hanno le loro regole da rispettare...».

Quel sussiego! Quella gentilezza pelosa! Mi venne una gran voglia di ruttare. O di scorreggiare. Per rompere quella falsa sensazione di bon ton. Lo guardai senza aggiungere niente, lasciando che continuasse.

«Perché la polizia non ha nessun elemento, nessuna prova...».

«Io spero proprio di no. Se le prove le trovano loro, io ci rimetto cinquantamila euro».

Mi fissò serio e replicò con una voce untuosa, come untuoso era lo sguardo che mi teneva incollato addosso.

«Aspettate, non mettiamola proprio così. Se voi collaborate con la polizia e insieme la incastrate, magari non cinquantamila... Ma trentamila euro non ve li toglie nessuno».

«Voi potete fare quello che volete coi soldi della CarPol?».

Questa volta rise con soddisfazione, quasi tronfio. Ostentava tutto l'orgoglio del padrone del vapore.

«Dottor Pagano, la CarPol sono io. Posseggo la maggioranza delle azioni di questa assicurazione, che è tutta una mia creatura. Faccio questo mestiere da trent'anni. E a un certo punto mi sono stufato di far gestire le mie idee e le mie palanche da quei mandillai delle Liaisons. Voi li conoscete bene... Come si usa dire qui da noi, è meglio essere padrone di una sassola che capitano di una barca. Così ho fondato la CarPol. Ora sono io che decido quali idee realizzare e come investire le mie palanche. E anche tutti i miei impiegati, funzionari e agenti me li scelgo io, come piacciono a me. Avete conosciuto il giovane Boero, un ragazzo promettente. Gianluca è il figlio di un mio vecchio amico... Aspettate, deve essere di là. Se non vi dispiace, vado a chiamarlo».

Si alzò ed io pensai che uno così doveva tenere sotto controllo perfino i movimenti delle donne delle pulizie che lucidavano le maniglie delle porte della CarPol. Non averlo intorno per qualche attimo mi fece provare il gusto della libertà.

Tornarono insieme, lui e Boero. Quest'ultimo, sempre inappuntabile, mi salutò con un leggero cenno della mano e un sorriso ingessato come il suo doppiopetto. Tuttavia mi parve di cogliere nel suo sguardo qualcosa che assomigliava al piacere di vedermi. Un sentimento sincero che traspariva sotto il cellophane di quell'affettazione da manichino dei grandi magazzini di lusso. Il signor "la CarPol sono io" andò ad aprire lo sportello di un mobile di legno che nascondeva un piccolo frigobar. Premuroso come una serva, ci offrì da bere.

– Ancora whisky, – pensai mentre il mio stomaco mugugnava infastidito.

Accettai invece un bicchiere di cortese di Gavi che Caviglia mi servì in un calice, dopo avere stappato una bottiglia che teneva in fresco. Per ogni evenienza. A quell'ora un buon bianco fresco era l'ideale per conciliarmi con la cena che mi aspettava a casa. Boero, manco a dirlo, provò timidamente a rifiutare. Ma finì per cedere all'insistenza del padrone e trattenne il calice che Caviglia gli infilò tra le mani. Il presidente si servì per ultimo e si versò il vino anche lui.

Il trillo del telefono cellulare che tenevo nella tasca della giacca. Era Clara. Poche battute e una richiesta semplice e ovvia. Aveva cambiato programma. La sua prenotazione a teatro era saltata. Dunque perché aspettare ancora due giorni? Non potevamo vederci quella stessa sera? Una richiesta ovvia e assolutamente ragionevole. Avevamo aspettato dieci anni. Perché aspettare ancora? Qualche volta ho pensato di avere sposato una pazza. Forse non mi sbagliavo.

«Alle otto?».

«No, alle otto è troppo presto. Ho il treno alle sette e quaranta da Chiavari. Alle otto e mezza?».

Conoscevo bene la sua ossessione per la puntualità. Non si sarebbe mai concessa di dire le otto e arrivare alle otto e cinque.

«Per me va bene. Alle otto e mezza al Roger».

Poi aggiunse: «Guarda che se per te è un problema possiamo fare un altro giorno».

Non vedevo mia figlia da dieci anni. Quello era stato un problema.

«Nessun problema. Ci vediamo stasera».

«Okay. Al Roger».

Chiusi la conversazione e mi rivolsi al presidente della CarPol, che non si era perso neanche una battuta.

«Allora, vogliamo concludere?».

«È vostra moglie?».

«Diciamo che lo era».

Intervenne Boero, come al solito sbagliando qualcosa.

«Che bella cosa essere separati e mantenere dei buoni rapporti...».

Stava per domandarmi se avevamo dei figli quando lo stoppai bruscamente, rilanciando la mia offerta.

«Allora, vogliamo concludere?».

«Un momento, dottor Pagano», mi interruppe Caviglia facendosi serio. «Non mi avete ancora risposto. Che impressione vi ha fatto la vedova Terenzi?».

Non era meno mandillaio dei dirigenti delle Liaisons. Voleva sapere da che parte stavo. Da quale parte batteva il mio cuore.

«Volete sapere se penso che sia colpevole?».

«Certo. Voglio sapere se, secondo voi, abbiamo i numeri per uscire vincenti».

«Non saprei. È un personaggio complicato. Sicuramente non è una di quelle immigrate latinoamericane, sprovvedute e disperate, che si buttano col primo vecchio bavoso disposto a mantenerle. È una donna piuttosto colta, di classe...».

«Magnifico! Dunque ci sta che abbia architettato tutto per sbarazzarsi del marito e diventare ricca».

«Non so. Può darsi».

La mia aria da sfinge mi stava tornando davvero utile. Ma quell'uomo era furbo e coltivava la sua naturale diffidenza verso il prossimo con lo stesso amore del giardiniere per i suoi germogli. Evidentemente negli affari e negli anni era tornata preziosa anche a lui.

«Sapete una cosa, dottore? Voi non mi sembrate mica tanto convinto...», insinuò con malizia.

«Parliamoci chiaro, signor Caviglia. Io accetto l'incarico solo se si tratta di scoprire chi ha assassinato Terenzi. Chiunque sia. Se a voi serve qualcuno che costruisca delle prove per incastrare la vedova, allora trovatevi un altro».

Boero, a sentirmi parlare così al suo capo, mi guardava con una certa sorpresa mista ad ammirazione. La marionetta si scompose appena e, per un attimo, le mani svolazzarono nell'aria con una rapidità ancora più nervosa.

«Non prendetela in questo modo, vi prego. Mi fate un torto che non merito. È ovvio che noi vogliamo che scopriate l'assassino. Vi abbiamo contattato perché nel vostro campo tutti vi considerano il migliore. Proprio per questo prendiamo molto sul serio le vostre perplessità...».

«Quali perplessità?».

«Ma sì, sulla colpevolezza della signora...».

Brutto figlio di puttana. Ora anche lui, come Pertusiello, la chiamava così. Ma sulle sue labbra la parola suonava in tutt'altro modo.

«Io non ho alcuna perplessità, né sulla signora né su nessun altro. In fondo mi occupo di questo omicidio da meno di ventiquattr'ore».

«Ma certo. Sappiamo che con voi non sprechiamo le nostre palanche».

«Piuttosto, chi vi ha dato le informazioni sulla vedova? Le serate a Montecarlo, la vita lussuosa e tutto il resto?».

«Che importanza ha?», rispose con l'aria contrariata dell'inquisitore che si sente inquisito.

«Ne ha, eccome. Questi testimoni potrebbero fornirmi informazioni preziose sui movimenti di Terenzi e della moglie. E sui loro affari. Perché è evidente che l'omicidio è maturato tra quegli affari...».

«D'accordo, dottore», disse e di nuovo il suo tono, divenuto conciliante, si impregnò di quella melensa cortesia che mi dava sui nervi. «Si tratta di nostri clienti, con cui siamo in rapporti più che cordiali. Direi quasi amichevoli. Gli chiederò di essere così gentili da mettersi a vostra disposizione. Lasciatemi solo due giorni di tempo...».

Scrollai le spalle in cenno d'assenso. In fondo era lui che pagava. Questo pensiero mi ricordò la questione dell'onorario.

«Bene, adesso parliamo delle mie spettanze».

Feci la mia offerta, che il presidente della CarPol accettò senza battere ciglio. Rispetto alla prima proposta fattami da Boero era il doppio. Un po' mi stupì, quell'arrendevolezza, perché avevo detto che non correvo rischi. Boero mi sorrise sempre più meravigliato e mi lanciò una battuta che doveva essersi preparata apposta per apparire spiritoso.

«Ha messo in canna i proiettili d'argento, dottor Pagano?».

«Questa volta i giornali non raccontano balle. Il vostro cliente è stato ammazzato da un lupo. Un vero lupo selvatico».

«Dunque gli ululati sentiti sulle alture la scorsa settimana erano proprio di un lupo? Che strana storia», disse Caviglia. Intanto sorseggiava il suo cortese e si lisciava i baffi.

«Sicuro. Un lupo che ululava sotto una luna invisibile. Coperta dalla cappa dello scirocco».

A Boero sfuggì un risolino isterico, che lo fece sussultare.

«Un lupo mannaro a Genova, roba da matti!», ripeteva come un disco rotto.

Caviglia mi fissava, cercando forse di radiografare i miei pensieri e le mie intenzioni.

«Via, dottore, uno come voi un'idea se la sarà fatta, di tutto questo rebigo...».

Il fiato sul collo. Ecco come mi sentivo. Come doveva sentirsi la bella Julia Rodriguez sotto il torchio dei riflettori della sezione omicidi. Per giunta mi apprestavo a firmare un contratto assai remunerativo e non potevo più di tanto fare lo schizzinoso. Provai a mettermi a ragionare a voce alta tra me e me, davanti a loro. Provando a portare il discorso lontano dalla vedova.

«D'accordo. Uno strozzino accende un'assicurazione sulla vita. Data la sua età, immagino che il premio sarà stato piuttosto elevato. Questo per voi cosa vuol dire?».

Boero mi guardava imbambolato. Caviglia attento a non perdersi nemmeno una parola.

«Vuol dire che teme per la sua vita. Ora, immagino che l'assicurazione gli abbia richiesto un check up medico, giusto?».

«Naturalmente», replicò Caviglia. «E risultò sano come un pesce».

«Appunto. Allora questo per me significa che temeva di essere ammazzato».

«Lo abbiamo pensato subito».

«E non avete preso informazioni sulle attività e sui giri di questo cliente?».

«Se dovessimo mettere un investigatore alle costole di tutti quelli che stipulano una polizza sulla vita, caro signor Pagano, potremmo dichiarare fallimento dopo quindici giorni».

«Già, con quello che costano gli investigatori».

Rise tirato, mentre Boero si sganasciava. E intanto sorseggiava con svogliatezza il suo vino per far piacere al suo capo.

«Bene. Ora, la prima domanda che viene da farsi è questa. Uno che teme di essere ammazzato va a un appuntamento a mezzanotte nel parco del Peralto?».

«No», rispose Boero.

«Invece sì. Terenzi è andato a quell'appuntamento con la sua macchina. È ancora là, posteggiata di fronte all'ingresso del percorso ginnico».

«Lo spiazzo delle coppiette!», esultò Boero, che evidentemente lo conosceva bene.

«Esattamente. E tutto questo cosa vuol dire?».

Entrambi mi guardavano senza capire dove volessi arrivare.

«Vuol dire due cose. Che Terenzi non temeva niente dalla persona con cui aveva l'appuntamento. E che trovava ragionevole incontrarsi in un posto così fuori mano. Forse voleva evitare che qualcuno li vedesse insieme».

«Sì, fila», disse Caviglia.

«Liscio come l'olio», confermò entusiasta Boero.

Ora mi stavo divertendo, mi pareva di farli ballare come due burattini.

«No, non fila per niente. Perché invece lui è stato ammazzato. Quindi delle due l'una. O lui si sbagliava a fidarsi, oppure all'appuntamento ha trovato una persona diversa da quella che lui si aspettava di incontrare».

Mi guardavano sempre più perplessi.

«Potrebbe avere preso un appuntamento con qualcuno di cui si fidava. E che costui, o costei, fosse d'accordo con l'assassino. Col lupo mannaro. È chiaro?».

Finalmente sembravano arrivati al capolinea. La marionetta riprese a tagliare l'aria con rapidi movimenti delle mani.

«Qualcuno di cui si fidava sarebbe il mandante...».

«O l'assassino».

«E nessuno doveva vederli insieme...».

«Eh, già. Altrimenti non avevano alcun motivo di darsi appuntamento fin lassù, a quell'ora della notte».

«Abbiamo i ruoli, ma ci mancano i nomi e le facce», disse con l'aria conclusiva di chi stava per congedarmi. La sua mano svelta atterrò sulla pista della scrivania. Estrasse dal cassetto due copie del contratto, scritto al computer. Aggiunse a penna i miei dati e le cifre concordate e firmò. Quindi mi porse i fogli perché firmassi anch'io, dicendo mellifluo: «È una formalità, ma dobbiamo giustificare l'esborso... Conosce il vecchio detto genovese? Carta canta...».

«E tu, villano, dormi pure tranquillo».

Sorrise compiaciuto di quella nostra comune appartenenza. Forse ai suoi occhi suonava complicità. Certo suppliva alla freddezza e al distacco che fino a quel momento gli avevo dimostrato. Quattromila euro per le spese vive, il cinque per cento della cifra della polizza oppure seicento netti al giorno. Con la facoltà di chiudere in qualunque momento, a loro discrezione. Dal cassetto estrasse il carnet e staccò un assegno da quattromila euro. Me lo porse con un gesto rapido. Quasi che trattare col denaro lo imbarazzasse.

Uno che nella sua vita non aveva fatto altro che soldi, pensai.

Mentre tornavo a casa, sull'autobus, mi accorsi che non avevo fatto cenno ai buoni del tesoro e al prelievo dei trecento milioni. Me ne ero forse dimenticato? No, non era una dimenticanza. Quello restava il mio asso nella manica per dimostrare, a me stesso prima che agli altri, che la panamense non c'entrava niente con l'omicidio di suo marito. C'era ancora traffico e l'autobus procedeva a singhiozzo. Da piazza Dinegro lanciai un'occhiata verso le alture. Dentro il buio migliaia di luci baluginavano nel velo umido della maccaia. Alla mia destra il porto, con la mole ingombrante di alcuni traghetti in attesa di partire per le grandi isole del Mediterraneo. Sogni pieni di sole e di vento.

Finalmente arrivato a casa, mi sfilai i vestiti come se fossero impestati dei pensieri e dei fastidi accumulati in quella giornata. E mi sprofondai dentro una lunga doccia bollente che riuscì a liberarmi dalla stanchezza e da quella umidità che rendeva la pelle appiccicosa e sudaticcia.

Zainab mi aveva preparato delle verdure cotte al vapore. E le aveva lasciate a scolare sul lavello di marmo. Il tavolo del soggiorno era già apparecchiato. La tovaglietta a quadrettoni rossi con sopra i piatti, le posate e il bicchiere. Davanti a un coloratissimo cesto pieno di mele e di arance che ricordava una natura morta del tardo ottocento. Tutto disposto in un ordine perfetto. L'aura lasciata da un angelo premuroso e gentile che, come ogni giorno, era passato di lì. Il mio angelo custode. Guardai l'orologio, erano quasi le otto. Avevo mezz'ora di tempo prima di scendere e raggiungere Clara al Roger Café. Era la prima volta che io e Clara ci incontravamo fuori dall'aula di un tribunale. Dal giorno della nostra separazione, dieci anni fa. Questo mi dava una certa apprensione. Anche il motivo del nostro incontro mi dava una certa apprensione. Aglaja. L'ultima volta che avevo visto la mia ex moglie era stato all'udienza di tre anni prima. Convocata su sua richiesta per qualche ragione senza importanza. Sicuramente voleva dei soldi. La avevo trovata mostruosamente invecchiata. E stanca. Poi avevo saputo che dopo una lunga malattia era morta sua madre. Me lo aveva detto Giovanni. Un'altra perdita. Un altro dolore. Forse resi ancora più ingrati dal fatto che quelle due non si erano mai sopportate. Clara avrebbe avuto un altro buon motivo per chiedere al mondo di essere risarcita. Dai danni della guerra. Perché la sua vita è stata tutta una guerra col mondo. Stavo per spingermi a chiedermi perché questa volta avesse acconsentito ad incontrarmi così, in un caffè. Nella mia strada. A due passi dalla mia casa. Senza la distanza di sicurezza garantita da un ricorso giudiziario, dalla presenza di un avvocato, dall'arbitrato di un giudice. E dall'attaccarsi a qualche legittimo diritto, a qualche sacrosanta rivendicazione da sbattere in faccia al cattivo di turno. Perfino senza Giovanni. Ma quesiti come questo erano fuori dalla mia portata.

– *Sei proprio un analfabeta dei sentimenti, Bacci.*

Mancava solo mezz'ora. Non restava che aspettare e sentire.

Svogliatamente cenai in solitudine, biascicando lentamente quelle verdure condite con olio e aceto. Intanto il pensiero tornava a Zainab. E in bocca cresceva il gusto amaro di una presenza femminile così discreta da dileguarsi sempre un attimo prima di diventare eccessiva. E sempre dopo avere impeccabilmente provveduto alle mie necessità di scapolo pigro e indolente. Qualche volta, purtroppo, anche un attimo prima che il desiderio di essere solo subentri al disappunto per il fatto di restarlo. Probabilmente era il caso di quella sera. Un sottile malumore mi stava guastando il delicato sapore di quelle melanzane, di quegli zucchini e del cavolfiore lessati. Trovati pronti sul lavello della cucina. Tangibile segno di una sollecitudine quasi materna. Ecco perché non mangio quasi mai in casa da solo. Preferisco rovinarmi lo stomaco infrattandomi nelle peggiori bettole dei carruggi. Pur di sentire intorno a me una voce diversa da quella del mezzobusto di un telegiornale. Non avevo bottiglie di vino aperte. Né la voglia di impegnarmi ad aprirne una al solo scopo di riempire la mia solitudine. Così decisi di lasciar perdere e cominciai a pensare a Terenzi, alla vedova e alle informazioni che avevo per le mani. Biascicando verdure lesse e bevendo acqua minerale. Per consolarmi provai a insaporirle con un po' di buona musica. In soggiorno tengo la radio e il giradischi stereo. Oltre, naturalmente, a un televisore quasi sempre spento. Il lettore di CD è nello studio-ufficio in fondo al corridoio, dall'altra parte della casa. Dunque dovevo solo scegliere se ascoltare qualcosa di preciso o affidarmi a una casuale scansione che mi avrebbe scaricato sulla prima stazione radiofonica decente. Optai per la prima soluzione. Andai allo stereo e sistemai sul piatto del giradischi un 33 giri di vinile. Era il *Don Giovanni* del grande Volfango Amadeo cantato da Cesare Siepi, con i Wiener Philarmoniker diretti da Krips. Una vecchia edizione della Decca che era un vero pezzo da novanta. Partì l'ouverture. Quando gli archi annunciarono la cupa aria del Commendatore ero già immerso fino al collo nel caso del lupo mannaro.

Mi pareva che quei trecento milioni potessero essere la chiave che apriva la porta di quel mistero. Pertusiello al telefono mi aveva confermato che non si era trovato nessun riscontro, nessuna traccia sulla destinazione di quel denaro. Probabilmente quei soldi non erano più rientrati nelle tasche dello strozzino. Ma come mettere insieme i trecento milioni e Manuel Verda? Che Terenzi li avesse dati proprio a lui, all'insaputa della moglie, per toglierselo dai piedi? L'idea non mi sembrava da scartare. Ma allora, la storia della telefonata dello sconosciuto che lo aveva tanto preoccupato? Forse non c'era alcun nesso tra i due fatti. I soldi e la minacciosa telefonata. Oppure anche la storia della telefonata era un'ingenuità della vedova, escogitata per proteggere il suo amante? Certamente uno come

Terenzi non avrebbe mai prestato dei soldi in quel modo, in contanti, senza tenersi qualche riscontro che gli coprisse le spalle. D'altra parte anche il suo appuntamento al Peralto era un rebus. Anche in quell'occasione era andato a incontrare il suo assassino senza prendere alcuna precauzione.

*Non sperar se non m'uccidi ch'io ti lasci fuggir mai*, cantava donn'Anna, nel primo atto del *Don Giovanni*.

*Donna folle, indarno gridi, chi son io tu nol saprai*, le rispondeva il marpione, perennemente assillato dalla sua stessa fregola. E di lì a poco avrebbe ucciso in duello il Commendatore, accorso per proteggere la figlia.

Forse anche Terenzi aveva perduto la vita per mano di qualcuno che, col suo amore, minacciava la giovane Julia Rodriguez Amanzár?

Mi ero ormai abituato a non pensarla vestita con le lunghe gonne multicolori, gli ampi maglioni cascanti e gli zoccoli da femminista militante mai pentita di esserlo stata. La mise di quando ci siamo conosciuti. E che portava ancora quando ci siamo lasciati. Da molto tempo in tribunale l'avevo vista con indosso i classici tailleur in tinta unita che meglio si intonavano alla sua nuova professione. Pi-erre. Addetta alle pubbliche relazioni di una casa editrice specializzata in libri di scuola. Aveva fatto carriera. Lei sì che aveva saputo mettere a frutto la sua laurea in lettere. E infatti, quando entrai al Roger alle otto e mezza spaccate, la vidi seduta a un tavolino della sala sul retro con indosso un completo leggero, giacca e pantaloni, che le dava un'aria vagamente manageriale. Sotto portava una camicetta bianca abbastanza aperta da mostrare l'incavo del seno. Il completo esibiva una tinta tenue, tra l'azzurro e il grigio, che contrastava con il colore acceso delle pareti della stanza. Un arancione elettrico che aveva la stessa increspata consistenza della buccia d'arancia. Nella sala del bancone c'erano i soliti amici del bar. Capendo al volo, mi lasciarono sfilare sul retro senza fare commenti. Tony, il giovane barista, mi salutò e mi disse che mi avrebbe raggiunto subito. I tavoli del retro erano tutti vuoti. C'era solo lei, sistemata in un angolo in fondo alla sala. Sembrava abbastanza nervosa e teneva le braccia distese sul tavolo e tutt'e due le mani aggrappate al bicchiere. Come se fosse una maniglia. Era una doppia coppetta quasi vuota. Sul fondo, appena un dito di liquido dai riflessi ambrati e un residuo di zucchero che sembrava tabacco. Lo riconobbi subito. E capii che si era già scolata un daiquiri. Mi sedetti di fronte a lei e la salutai.

«Ciao, Clara».

Fu in quel momento che mi accorsi di avere dimenticato a casa la pipa e il tabacco. Senza fumare, quella conversazione avrebbe potuto diventare ancora più pesante. Ricambiò il mio saluto stringendosi forte al bicchiere.

«Questo bar ha una collezione di rum davvero formidabile. Come non approfittarne? Tu cosa bevi?».

«Un daiquiri anch'io».

«Doppio, come ai vecchi tempi?».

«Come ai vecchi tempi. Doppio».

Sul suo volto la maschera di un sorriso forzato. E nel tono della sua voce una improbabile complicità. Arrivò Tony con due piatti di stuzzichini. Pizza calda, tartine al salame, allo speck e ai würstel. Fu lei a ordinare. Due daiquiri doppi. Il gioco cominciava subito duro.

«Hai già cenato?», domandai.

Indicò i piattini, a significare che quel bendiddio per lei bastava e avanzava. Capivo che le interessava di più il rum. Mentre parlava, il suo sguardo vagava per la stanza con l'aria di non trovare pace. Solo fuggevolmente i suoi occhi si fermavano nei miei. Ma, quando lo facevano, sembravano restarvi impigliati. Ma non nutrivo illusioni. Quel che Clara cercava nei miei occhi era una finestra per sbirciare dentro la mia anima. E scrutare le mie vere intenzioni riguardo ad Aglaja.

«Ora puoi anche parlare», disse a bruciapelo. Le dita sempre più strette intorno allo stelo della coppetta.

Tirai un bel sospiro e dissi: «Ad agosto Aglaja farà diciotto anni».

«Già».

«È una donna, adesso».

«Già».

«Potrebbe vedere suo padre come un adulto vede un altro adulto».

«Già».

Con quel passo non eravamo destinati a fare molta strada. Arrivò Tony coi due daiquiri doppi. Clara ne approfittò per deviare il discorso.

«Li hai fatti con lo stesso rum del primo?».

«Naturalmente».

«Cubano?».

«Havana Club siete años».

«Magnifico. Scommetto che hai anche del Bacardi invecchiato».

«Sicuro», rispose Tony con la fierezza del barman che conosce bene il suo mestiere. «Five e eight years».

«Allora preparamene un altro col Bacardi eight years».

Lo stupore attraversò gli occhi di Tony che senza parlare incrociò il mio sguardo alla ricerca di una conferma o di una spiegazione.

«Doppio?».

«Naturalmente», rispose pronta. Mi accorsi che era già leggermente sovraeccitata.

Tony provò a prendere la giusta distanza e, stringendosi nelle spalle, si aprì in un sorriso.

«Non starete facendo una scianca a colpi di daiquiri?».

«Nessuna scianca, stai tranquillo», rispose lei con un sorriso velato di malinconia. «Siamo solo due vecchi amici che bevono per dimenticare».

# Capitolo sesto
## Le donne della mia vita

Quando Tony se ne fu andato chiesi: «Per dimenticare cosa?».

Si strinse nelle spalle e socchiuse gli occhi. Poi afferrò la coppetta e trangugiò un lungo sorso.

«Forse tutto il male che ci siamo fatti».

Non aveva ancora toccato neppure uno stuzzichino. La guardavo fissare il bicchiere, stretto tra le mani come un amuleto. Un portafortuna per tenere lontana quella che continuava a considerare la sua peggiore disgrazia. Me. Aveva i capelli ancora neri che le scendevano sulle spalle. Ma intorno agli occhi, sfumati di ombretto, e alla bocca appena segnata dal rossetto, si rapprendeva qualche ruga. Tenue e impietosa. E raccontava di tutti quegli anni trascorsi. Di tutto quel male. Il tempo non aveva risparmiato neanche lei. Era venuta all'appuntamento col desiderio di rendersi presentabile e con la certezza che la sua presentabilità non mi avrebbe turbato. Da molto tempo non si aspettava più niente da me. Ma era ancora lei a tenere il coltello dalla parte del manico.

«Clara, e se la piantassimo?».

«Di fare cosa?».

«Di farci del male».

«Sarebbe bello. Ma ormai è troppo tardi».

«Aglaja adesso è grande. Ha il diritto di scegliere cosa fare della sua vita».

Seguì un silenzio riempito dal gusto aspro e secco del daiquiri. Bevemmo tutti e due, lasciando quella frase sospesa in aria. Aveva anch'essa un sapore aspro e secco. E vuotammo le nostre coppette come se vuotare l'amarezza fosse davvero una impresa impossibile. Forse aveva ragione lei.

– *Sarebbe bello. Ma ormai è troppo tardi.*

«Al tuo posto non mi farei troppe illusioni. Aglaja è sempre stata libera di scegliere. Se non ti ha mai cercato è perché non ha voluto farlo. Il fatto che diventi maggiorenne non cambia niente».

«Questa balla raccontala a Giovanni. Aglaja ha sempre letto nei tuoi occhi quel che doveva fare. E ha sempre fatto quello che tu ti aspettavi da lei».

Arrivò Tony col daiquiri al Bacardi. Chiese se volevamo qualcos'altro da mangiare, ma i piatti erano ancora pieni. Addentai una tartina con lo speck e gli ordinai un altro daiquiri doppio.

«Ma fammelo col rum cubano».

«Havana Club?».

«Havana Club».

Clara mi lanciò un'occhiata dal basso verso l'alto e con entrambe le mani si portò i capelli dietro le orecchie. Un gesto che le era consueto e che col tempo avevo ormai dimenticato. Sui lobi biancheggiavano due piccole perle uguali a quelle del girocollo. Combinate con il tailleur azzurrino le davano una distinta aria da signora per bene. Donna sposata in libera uscita dalla porta di servizio aperta a botte di daiquiri.

«Non sei cambiato. Non tradiresti Fidel nemmeno per un eccellente Bacardi».

«Per un eccellente Bacardi tradirei anche il mio migliore amico. Solo che il daiquiri è Cuba. E non c'è Bacardi che tenga».

«Comunque su Aglaja ti stai sbagliando di grosso. Mi dispiace».

«Questa poi...».

«Vaffanculo, Bacci. Non la vedi da dieci anni. Cosa vuoi saperne di quello che sente tua figlia? Di quello che vuole *veramente*? Quando le ho detto che stasera ci saremmo visti, sai cosa mi ha risposto?».

«Qualunque cosa. Purché ti facesse piacere sentirla».

«Fai quello che ti pare, mi ha risposto. Ma non mettermi in mezzo. Queste sono state le sue parole».

«Immagino il tuo dispiacere...».

«Nessun dispiacere. Ma non sono stata io a suggerirgliele».

«Tu non hai bisogno di suggerirle niente. Perché il danno lo hai fatto prima. L'hai cresciuta nell'odio e nel disprezzo per suo padre».

«Non esageriamo. Se mai nell'indifferenza...».

«Vaffanculo tu».

«Aglaja è una ragazza serena. Studia con impegno, è appassionata di letteratura. È anche impegnata nel movimento. Ora sta con un bravo ragazzo che le vuole bene. E quando ha bisogno di un consiglio va a chiederlo a Giovanni».

«Ma appena sente nominare suo padre le monta la merda al cervello. Davvero un ottimo lavoro, mamma. Complimenti».

Sbucò nuovamente Tony col mio daiquiri. Clara gli sollevò davanti al naso il suo bicchiere vuoto e ne chiese un altro.

«Avete del rum venezuelano?».

«Abbiamo il Pampero Seleccion 38 e l'Aniversario».

«Quale mi consigli?».

«Per il daiquiri l'Aniversario è il migliore. È più abboccato e più morbido».

Clara si rivolse a me con un sorriso di scherno che si contorceva come una smorfia.

«Vedi che il daiquiri non è solo Cuba? Bacci Pagano, sei troppo affezionato ai tuoi vecchi luoghi comuni... Scommetto che continui ad ascoltare Mozart e Guccini e a leggere il tuo Dostoevskij».

«Il *nostro* Dostoevskij. Ti sei scordata il nome che porta nostra figlia?».

Tornò a parlare con Tony che la guardava sospeso tra una preoccupazione dettata dal buon senso e la neutra professionalità di un barman d'alto bordo. A cui è stato insegnato che il cliente va servito fino all'ultimo bicchiere come se fosse il primo. Anche se, inesorabilmente, lo farà stramazzare a terra come un cavallo morto.

«Allora vada per il venezuelano morbido. Portamelo doppio. E con molto zucchero».

Si decise a piluccare una fetta di salame. Io buttai giù un lungo sorso del mio daiquiri. Era ghiacciato, ma non abbastanza da farmi sbollire la rabbia.

«A proposito», buttò lì con un'aria vagamente affettata, di improbabile leggerezza. «Lo crederesti che anche tua figlia è una fanatica di Mozart?».

Un tuffo al cuore.

«Davvero? Aglaja ascolta Mozart?».

«Tutti i giorni. Ci fa due palle così».

«E cosa ascolta? I concerti? Le sinfonie?».

«Soprattutto i concerti...».

«Scommetto che le piacciono i concerti per pianoforte».

«Sì, soprattutto quelli. Perché?».

«Come perché? Perché sono quanto di più bello sia mai stato scritto...».

«Come no. I concerti per pianoforte. *Vedi cara*, *Incontro* e *La locomotiva*. E magari *L'idiota*. Tu hai le tue fissazioni. E il guaio è che sono sempre le stesse. Sei vecchio, Bacci. Fossilizzato. Avresti proprio bisogno di un bel restyling».

Avrebbe potuto anche dirmi che ero una merda. Ma non avrebbe scalfito la mia felicità. Mia figlia amava i concerti per pianoforte del grande Volfango Amadeo! Con una madre che non ascoltava mai musica e un patrigno che non sapeva distinguere un canto gregoriano da un gospel, quella era la prova incontrovertibile che Aglaja amava suo padre.

«Il nome Aglaja lo abbiamo scelto insieme. *L'idiota* una volta piaceva anche a te...».

«Se è per questo mi piace ancora... Almeno credo. Non lo leggo più da almeno vent'anni. Il fatto è che l'idiota sono stata io».

«Tu l'idiota?».

«Proprio così. Io che per cinque anni ti ho aspettato quando eri in galera. Anni perduti. Anni buttati al vento...».

«Abbiamo fatto una figlia...».

«Sai cosa sono stata? Una Penelope fallita. Una stupida. Stupida e illusa. Cinque anni della mia giovinezza sprecati ad aspettare un eroe che raccoglieva le pistole alle manifestazioni e poi si faceva beccare come l'ultimo coglione di questa terra. E una volta libero non ne aveva ancora abbastanza. Di pistole, di violenza, di rischiare la pelle. E si è messo a fare questo mestiere del cazzo. Sempre nei casini. Botte, spari, grane giudiziarie a non finire. Ma non è tutto. Questo gran figlio di puttana ha pensato bene di mettermi incinta. E poi? Trovarsi una troietta più giovane e darmi un calcio nel culo...».

«È stato otto anni dopo».

«È stato. E questo basta».

«Non facevamo che litigare».

«Tu mi hai ingannato. Mi hai sempre fatto credere quello che non era».

Anche se le sue parole suonavano dure, mi arrivarono da una lontananza troppo remota per ferirmi. L'alcol aveva allungato su quelle passioni un velo di torpore. E il tempo le aveva inguainate in un cellophane di distacco che non ne faceva sentire più il bruciore.

«Questo è stato il tuo handicap. Il tuo fottuto bisogno di assoluti. Mettere le mutande al mondo è sempre stata la tua più alta aspirazione. Perché tu non puoi nemmeno concepire l'idea che una cosa può non essere più, e tuttavia essere stata qualcosa».

«Di cosa stai parlando?».

«Di tutto quanto. *L'idiota*. L'amore. La nostra felicità».

«Se guardo indietro, con te non vedo nessuna felicità».

«Non è vero. Aglaja è figlia di un amore vero».

«Se fosse stato amore vero non ti trovavi la puttana...».

Arrivò Tony con altri due daiquiri doppi. Non ricordavo di avere ordinato un altro daiquiri. Clara sollevò il suo bicchiere, nel gesto incongruo di un brindisi. Rise con fatuità e parlò con la voce alterata.

«Alla tua salute, Bacci Pagano. E alla salute delle le tue puttane».

«Le mie puttane hanno preso il largo, Clara».

«La cosa non mi stupisce. Solo una santa riuscirebbe a vivere con te».

«Mara non ha mai vissuto con me. Non gliene ho dato il tempo».

«Non vorrai che ti dica che mi dispiace. Cosa ti aspetti da me? Di essere consolato?».

«È molto tempo che non mi aspetto più niente. Da nessuno».

«Balle. Da tua figlia qualcosa ti aspetti. Altrimenti noi due non saremmo qui a parlare, facendo finta di essere due vecchi amici».

«Mi aspetto di poterla conoscere. Ne ho tutti i diritti. Sono suo padre».

«Per me non ci sono problemi. Se lei è d'accordo...».

«Uno di questi giorni la chiamerò al telefono».

«E cosa le racconterai? Che ora la cerchi perché le tue puttane ti hanno mollato?».

«Le racconterò di questi dieci anni. E soprattutto mi farò raccontare di lei».

«Davvero? Le racconterai anche quanto sei bravo a maneggiare la Beretta? E quanti delinquenti hai ammazzato? Tu e tua figlia non avete niente in comune. C'è una distanza abissale tra il suo mondo e il tuo».

«Quella distanza l'hai creata tu».

«Lo credo bene. Io mi sono sbattuta per darle una vita normale. La scuola, gli amici. L'affetto di un uomo che la sera è sicuro di ritornare a casa. Senza la paura che qualcuno lo aspetti davanti al portone con una pistola in mano. Ti sei mai chiesto che vita avresti fatto fare a tua figlia?».

«Me lo sono chiesto. Ma il mondo è anche questo, Clara».

«Non per mia figlia. Tu non eri fatto per fare da padre ad Aglaja».

«Chi ti dà il diritto di stabilire se io ero fatto o non ero fatto?».

«Lei è *mia* figlia. Lo capisci sì o no? *Questo* mi dà il diritto. Io *dovevo* proteggerla».

«E come l'hai protetta? Insegnandole ad avere paura di suo padre? A temere i propri sentimenti?».

Aveva scolato anche l'ultimo daiquiri. Sollevò il bicchiere e, constatato che era vuoto, chiamò Tony gridando.

«Barman!».

La voce uscì sguaiata. Solo allora mi accorsi che le nostre battute erano volate a voce troppo alta. Chissà quando avevamo cominciato a parlare sopra le righe. Clara ed io stavamo di nuovo litigando. Dopo dieci anni.

Tony comparve d'incanto. Forse non aspettava altro. Quell'alterco doveva avergli messo addosso una certa preoccupazione. O solamente disagio per un suo vecchio cliente che ormai considerava anche suo amico.

Clara sollevò il bicchiere.

«Portamene un altro».

Tony tornò a guardarmi con una espressione sofferta. Forse avrebbe voluto che la fermassi. Invece dissi: «Un altro anche per me. Doppio».

Si strinse nelle spalle e svicolò. Avrebbe fatto il suo mestiere fino in fondo. Anche lui. Come me. Solo che adesso io dovevo fare fino in fondo un'altra cosa. E questa mi riusciva molto più difficile. Dovevo reclamare il diritto di fare da padre a mia figlia.

Rimasti nuovamente soli, Clara si passò la mano sul volto e strizzò gli occhi. C'era una infinita stanchezza in quel gesto. Poi tirò un respiro profondo e si rimise in cerca della sua maschera di complicità e di confidenza. Ma nell'aria fremeva troppa elettricità.

Riportò i capelli dietro le orecchie e mi guardò come se non mi vedesse. Dopo una lunga pausa di silenzio, si sforzò di parlare.

«I suoi sentimenti? Hai detto così?».

«Non ricordo. Mi pare di sì».

«Hai detto che le ho insegnato il sentimento della paura?».

«Le hai insegnato la paura dei sentimenti».

«Forse hai ragione. I sentimenti con te mi hanno sempre fatto paura».

«I sentimenti hanno sempre fatto paura anche a me».

«Per questo te ne sei occupato così poco».

Ora sorrideva. Ma la piega delle sue labbra disegnava una linea vacua. Un tortuoso giro senza meta. Mi guardava quasi con tenerezza.

«Sei un po' brizzolato ma ti sei conservato bene».

«Anche tu».

«Hai ancora lo stesso fisico asciutto».

«Anche tu sembri bella soda. Come fai? Massaggi? Palestra?».

«Yoga. Due volte alla settimana. Ma non finiremo la serata facendoci dei complimenti?».

«Con Giovanni come va?».

Si strinse nelle spalle. Per quanto annebbiati dall'alcol, i suoi occhi lasciavano intendere che mi ero spinto sull'orlo di un discorso pericoloso.

«Le solite cose. Le tue puttane hanno preso il largo. Qualcosa prende sempre il largo, col tempo».

Arrivarono i due daiquiri. Li portava la ragazza di Tony. A questo punto lui aveva deciso di lavarsene le mani. Mi dissi che per me sarebbe stato l'ultimo. Clara sembrava fare una certa fatica a tenere gli occhi aperti. Sorseggiò a fatica il suo daiquiri. Io ingollai il mio con un sorso.

«Mi farei una bella dormita. Pensi che mi lasceranno passare la notte qui dentro?».

Ora strascicava un po' le parole. Aveva mollato gli ormeggi e non aveva più bisogno di nascondere di essere ubriaca. La guardavo e di colpo mi parve invecchiata di trent'anni.

«Siamo tutti e due ciucchi persi. Come farai a tornare a casa?».

«Alle dieci verrà a prendermi Giovanni. Che ore sono?».

«Non farà i salti di gioia quando ti vedrà così».

«Neanch'io quando lo vedrò farò i salti di gioia».

«Tra dieci minuti».

«Ora vado al bagno e mi lavo la faccia. Tu fila che voglio stare un po' da sola».

«Non sarà meglio che lo aspetti?».

«Non sono una bambina. Non mi serve una balia, ho solo bevuto un po'. Vai a pagare il tuo barman e fagli i miei complimenti. E lasciami in pace».

– *Qualcosa prende sempre il largo, col tempo.*

«Uno di questi giorni chiamerò Aglaja. Vuoi dirglielo?».

«E perché? Sono affari vostri. Di padre e di figlia».

Lo disse come avrebbe detto qualunque altra cosa. Con la voce esausta di un'ubriaca. Ma era sempre meglio che quello spirito da crociata che inalberava non appena nominavo Aglaja.

Pagai i daiquiri a Tony e uscii dal bar. Una cifra forfettaria, perché aveva perso il conto anche lui. I pochi metri che mi separavano dal mio portone mi parvero una marcialonga. Tutta in salita. Stavo in piedi a malapena. Lo stradone di Sant'Agostino basculava a destra e a sinistra. Pericolosamente. Per fortuna l'aria era fresca e respirarla mi aiutò a ritrovare un barlume di lucidità. E a ristabilire il mio baricentro. La bevevo a pieni polmoni, come un antidoto contro la sbornia. Come se fosse stata caffè. Quando arrivai davanti a casa mi accorsi che sulla soglia della crêperie il Capitano stava chiacchierando con una donna. Portava i soliti calzoni alla pescatora, gli zoccoli e il grembiule bianco stretto alla vita. La sua divisa da crêpiste. La donna la conoscevo bene. Lui mi salutò e si dileguò nel suo buco lasciandola tutta a me. Lei mi venne incontro, due occhi grigio-verdi da gatta. Era Mara. Le sue parole mi scivolarono addosso insieme al suo profumo. Conoscevo bene anche quello. Lavanda e agrumi.

«Ciao Bacci».

Mi guardava e dondolava il peso ora su una gamba e ora sull'altra. Le mani infilate nelle tasche dei blue jeans. Portava una felpa di cotone cremisi sopra una maglietta bianca con la scollatura a barchetta. Sembrava non trovare le parole.

«Cosa ci fai qui?».

Mi sforzavo di parlare pulito. Ma lei mi si accostò per darmi un piccolo bacio sulla guancia, e questo bastò a sputtanarmi.

«Puzzi come un alcolizzato».

«Infatti sono ubriaco marcio. Ho appena bevuto una dozzina di daiquiri. Da Tony».

Scoppiò a ridere.

«Una dozzina?».

«Sei o sette daiquiri doppi. Non fanno una dozzina?».

Rimase in silenzio, guardandomi e continuando a dondolarsi. Imbarazzata. I suoi occhioni sgranati volevano comunicarmi qualcosa. Ma cosa?

«Mi sono detta, chissà se si ricorda che venerdì è il mio compleanno».

Cercavo di metterla bene a fuoco. E di mantenere il mio equilibrio. Quando si è ubriachi mantenere l'equilibrio restando fermi è difficile.

«Sono tre anni che ci siamo persi di vista. Mi sei mancato, sai?».

In quelle condizioni essere brillante non era alla mia portata. E tantomeno fare lo spiritoso. Dovevo però cercare di comportarmi da gentiluomo. E continuare a tacere dava tutta un'altra impressione.

«Il tuo compleanno, già... Quanti anni compirai?».

«Trentacinque. Quindici meno dei tuoi».

«Anche tu mi sei mancata. Davvero».

Seguì un altro silenzio che durò un'eternità.

«Non mi inviti a salire?».

«A salire? Sì, certo».

Infilai la mano in tasca alla ricerca delle chiavi.

«Ma se non ti fa piacere, possiamo fare un'altra volta...».

«Te l'ho detto. Sono solo un po' brillo».

«Non mi importa se sei brillo. Ho voglia di fare l'amore con te».

Lo disse offrendosi in tutta la assertiva presenza del suo corpo. Non ero nelle condizioni per domandarmi attraverso quali tortuosi rebighi fosse arrivata a quella inattesa risoluzione. Dopo tre anni di silenzio. E forse non ero nemmeno nelle condizioni per accoglierla con sufficiente dignità. Ma sicuramente non avevo né la voglia né il coraggio di rifiutarla. La dottoressa Sabelli voleva infilarsi di nuovo nel mio letto. Un animale, Mara. Tutta istinto e muscoli quando si muove nei territori dove gli uomini e le donne si cercano in un incrocio di sguardi e si parlano in un incontro di corpi. Il mondo della discoteca o quello delle spiagge affollate di corso Italia. Dove la dottoressa si aggira sicura della sua aggressiva carnalità e dell'attrazione che il suo corpo sprigiona intorno a sé. Elegante e atletico come quello di un felino. Prepotente e perfino sfacciata nella baldanza che ostenta di fronte agli uomini. Che la guardano perplessi, pencolando tra il desiderio e la paura. Quante volte mi sono chiesto come faccia a tenere insieme quel disorientamento di figlia di genitori separati, quel vischioso bisogno di sicurezza e quella risentita sensibilità da bambina che non si è mai sentita abbastanza amata, con la grinta selvatica che mette nel trattare coi maschi. Non riesco a pensare a una maschera. Perché lei è naturalmente così, anche quando volentieri si mostrerebbe diversa.

«Non avrai paura di me? Guarda che non mi aspetto niente. E neanche tu...».

Sorrisi, come può sorridere un ubriaco che cerca di darsi un tono. Intanto aprivo il portone e la invitavo a entrare.

«Non ridere di me».

«Non rido di te. È che ho trascorso la serata con Clara. La mia ex moglie. Non ci parlavamo da dieci anni. Abbiamo finito con lo sbronzarci. E mi ha detto la stessa cosa che mi stai dicendo tu. Che non si aspetta niente da me».

«Da lei tu cosa ti aspetti?».

«Voglio rivedere mia figlia».

«Te l'ho sentito dire tante volte...».

«Sta per diventare maggiorenne».

«E sua madre? Quando è che diventerà maggiorenne?».

Eravamo sull'ascensore. I nostri sguardi incollati in un bozzolo ipnotico. Lei mi fece una carezza. Dolcissima.

«Domani forse mi sarò già pentita. Ma non m'importa».

«Nessuno ti chiederà niente».

Entrammo in casa. Nel buio vidi la spia rossa della segreteria telefonica che lampeggiava. Accesi la luce e attaccai la segreteria. Riconobbi subito la voce della panamense che mi parlava con un tono leggermente concitato. Lo stesso che avrebbe usato se le avessi risposto davvero.

«Señor Bacci, sono Julia Rodriguez. He hablado con Manuel. Ora sono segura, lui è innocente. Vuole hablar con lei. Domani mattina verso le undici alla caffetteria Le Corbusier, vecino a la iglesia de San Donato. Lo reconose porque tiene al guinzaglio un perro Rottweiler. Si no puede, me llama por favor. Gracias, señor Bacci».

Clic. Mara era lì, vicino a me. E ascoltava.

«Chi è?».

Feci un gesto che voleva dire: «È lunga da spiegare».

A bruciapelo aggiunse: «Ti piace, vero? Basta guardarti in faccia. E poi, ha una voce...».

Non c'era gelosia nelle sue parole. Solo un velo di tristezza. Forse le dispiaceva non essere al posto di quella donna. Di tutte le donne del mondo che potevano piacere a me, o a chiunque altro le fosse interessato. Perché Mara è una donna maledettamente possessiva che, in quella circostanza, non poteva permettersi di essere se stessa.

Guardai l'ora. Erano quasi le dieci e mezza. Mentre lei entrava in bagno, mi spogliai nudo e mi infilai nel letto. La stanza era debolmente illuminata dalla luce che filtrava dalla porta socchiusa sul corridoio. La sentii uscire dal bagno col fruscio di un animale. Poi spense la luce e di colpo fu tutto buio e silenzio. Sentii il suo forte profumo di lavanda e di agrumi e poi il suo corpo insinuarsi sotto le coperte e venirmi sopra, morbido e fresco come l'aria della notte. La stessa aria che avevo respirato poco prima, salendo lungo lo Stradone. Le accarezzai la pelle e questo bastò. Un desiderio insperato si aprì la strada attraverso l'ottundimento della sbornia. Quando si sollevò a cavallo sopra di me e cominciammo ad amarci mi parve di sentire la voce di Julia Rodriguez. Come una dolcissima cantilena risuonava nella stanza.

«Gracias, señor Bacci», ripeteva da una infinita, sconsolata solitudine.

# Capitolo settimo
## Le sorprese non finiscono mai

Il sonno dei giusti è quello che si interrompe sempre troppo presto. Il telefono comincia a squillare con prepotenza, costringendomi ad allungare un braccio verso il comodino. Rispondo nella dissolvenza di un sogno dai colori sfumati. Ricordo un antico albergo ormai cadente, davanti a un mare o a un lago tranquillo. Io stavo parlando con mia madre che mi chiedeva di finire i compiti di matematica. Ho la testa che scoppia. E non sono ancora le sette. All'altro capo del filo, Pertusiello. Mi invita ad un'ispezione sul luogo del delitto. Al parco del Peralto, alle nove. Deve sentirmi così frastornato che si scusa per l'ora.

«Sai, di solito tu sei così mattiniero...».

Io sono ancora immerso nell'atmosfera ovattata del mio vecchio grand hotel sul mare. Bofonchio un «Va bene», che sembra salire dall'oltretomba. E riattacco. Mara, nuda vicino a me, avvolta nel lenzuolo bianco come in un sudario, dorme beata il suo sonno dei giusti. Riesumata dal sarcofago dell'oblio. La dottoressa Sabelli. L'altra donna della mia vita. Sarà la gioventù, ma la ragazza non ha più problemi col sonno di quanti ne abbia col sesso. Dormirebbe e scoperebbe perfino nell'acqua fredda della vasca da bagno.

Mi sentivo a pezzi. Nausea e un dolore alla testa che mi bucava l'anima e mi toglieva il respiro. Era la vendetta del daiquiri. Col vino, se non è cancarone, non mi succede mai. Mi infilai nel bagno. Forse una lunga doccia calda poteva fare il miracolo. Rigenerarmi e farmi riprendere tono. Ma fu tutto inutile. Anche sbarbarmi. Anche attaccare a basso volume il *Don Giovanni* di Mozart e fare colazione sul terrazzino. Lo scirocco non mollava, i tetti parevano lustri di pioggia e l'aria tiepida e salmastra stendeva uno spesso velo di foschia sui monti e sui forti.

*Notte e giorno faticar per chi nulla sa capir, pioggia e vento sopportar, mangiar male e mal dormir. Voglio fare il gentiluomo e non voglio più servir!*

Leporello lagnoso. Leporello invidioso. Leporello ruffiano che fa il palo mentre don Giovanni cerca di rubare la verginità a donna

Anna. I vestiti del giorno prima puzzavano di fumo rancido. Due ore al Roger Café lasciano il segno, anche sui vestiti e non solo nello stomaco e nella testa. Sistemai la giacca e i calzoni sulla seggiola di vimini, sul terrazzino, perché prendessero aria. Il resto lo gettai nella cesta della biancheria sporca. Indossai una camicia Oxford pulita, un leggero pullover blu e un paio di jeans. Quindi infilai il giubbotto di pelle e uscii di casa senza aspettare Zainab. Avevo abbassato la suoneria del telefono e sul tavolo del soggiorno avevo lasciato un biglietto.

ORE 9 AL PARCO DEL PERALTO CON PERTUSIELLO.

ORE 11 AL LE CORBUSIER. SENTIAMOCI SE TI VA. B.

Non si sa mai. Qualcuno poteva farsi vivo e avere bisogno di me. Magari una panamense.

Raggiunsi l'edicola di Sarzano, che sta proprio accanto al chiosco sormontato dal Giano con due facce. Qui ritirai il "Decimonono" e "la Repubblica", raccomandando al vecchio Steva di ricordarsene quando passava Essam. Piantato come un palo tra la piazza e la strada del ponte di Carignano, cominciai a frugare alla ricerca dei servizi che riguardavano il mio caso. Con crescente disappunto, che man mano incarognì e diventò rabbia, trangugiai un lungo articolo del "Decimonono" che trattava l'argomento secondo una filosofia semplice e lineare. Quando c'è di mezzo un delitto la privacy è carta straccia. Il giornale faceva ampi riferimenti all'assicurazione sulla vita stipulata da Terenzi, alla sua giovane moglie e alle modalità dell'omicidio. E riportava per intero nomi e cognomi di tutti i personaggi di questa storia. Che naturalmente veniva presentata come una losca vicenda di immigrazione, foia senile e delitto a scopo di estorsione. E al centro di tutta la messinscena lei, Julia Rodriguez Amanzár. La sospettata numero uno. Mi dissi che qualcuno, al palazzo di giustizia o in questura, aveva fatto la soffiata. Pertusiello non era riuscito a proteggerla. Pensai anche all'amministratore di via San Luca. Il ratto vestito da beccamorto. Adesso non sarebbe stato più nella pelle dalla gioia. Questi pensieri, più che irritarmi, mi amareggiarono. Non era citata la CarPol, ma veniva fatto il mio nome.

«Il noto investigatore privato Bacci Pagano è stato ingaggiato dalla compagnia di assicurazione che dovrebbe sborsare un milione di euro».

Andai a cercare la firma del giornalista. C'erano solo le sue iniziali. «G.R.», Giuliano Rivoli. Anche lui una vecchia conoscenza. Mi ripromisi di sentirlo più tardi, per vederci più chiaro sulla sua fonte.

La strada che da piazza Manin sale ripida al Righi, passando davanti alla vecchia stazione del trenino di Casella, costeggia le mura affacciate sulla valle del Bisagno. Per me è un percorso assai familiare. Lo faccio in Vespa una o due volte alla settimana per andare sul percorso ginnico a consumare le scarpe e le calorie di troppo nella mia ora di corsa. Un rito buono solo per illudermi di far rinculare l'osceno fantasma della vecchiaia. La Vespa 200 cominciò a salire costeggiando i finti merli e i grotteschi bastioni del castello Mackenzie. Disegnato da quel mattacchione di Coppedè per l'assicuratore scozzese Evan Mackenzie. Un miscuglio di medioevo e liberty da fare accapponare la pelle. Qualche anno fa lo ha comperato un miliardario americano che ci ha sistemato dentro una collezione d'arte che porta il suo nome. Nella vita ci si abitua a tutto. E anch'io mi sono ormai assuefatto al castello Mackenzie-Wolfson, che ogni volta lascio sfilare via facendo finta di non vederlo o guardandolo con la stessa divertita rassegnazione con cui mi faccio scivolare addosso le accuse di cinismo di Pertusiello. Perché questo obbrobrio lascerà sconcertati i foresti, ma i genovesi, che sono gente di bocca buona, lo hanno assimilato e metabolizzato come ci si affeziona a un orrendo soprammobile che apparteneva a una vecchia zia. Qualcosa di cui sarebbe sconveniente sbarazzarsi. Nel tratto iniziale lanciai un colpo d'occhio lungo il crinale dei monti che corre tra le valli del Bisagno e del Polcevera. Dove si allineano i forti dello Sperone, del Puin e del Diamante. Le nere dita degli alberi cominciavano a colorirsi di teneri germogli. E dovunque si respirava un verde tenue e delicato che sapeva di primavera e di vita che si rinnova. Un intenso profumo di glicine e di gelsomino allagava l'aria. Erano fioriti un po' in anticipo e il loro afrore dolciastro galleggiava su quella spessa cortina di umidità quasi tropicale. Superai il capolinea della funicolare, che in realtà è una cremagliera. Non si sa perché, ma a Genova le cremagliere si chiamano tutte funicolari. Quindi risalii il viale alberato fino al ponte di legno che immette dentro il forte

Castellaccio. Per uscirne attraverso la porta a monte e ritrovarmi, nuovamente, a vedere la valle sulla mia destra.

Ormai ero arrivato a destinazione. Posteggiai la Vespa sullo spiazzo dove la sera sostano le auto delle coppiette. Quelle senza una stanza o un letto dove fare l'amore. Proprio di fronte all'entrata del percorso ginnico. C'era qualche auto che apparteneva ai podisti del mercoledì mattina. Disoccupati, turnisti, pensionati di aziende statali o parastatali, molti dei quali erano per me facce familiari. Due volanti della polizia e un'auto che mi parve di identificare con certezza. Era la Mercedes cabrio di Terenzi. Nuova fiammante, lucida d'un grigio metallizzato. Elegante nel suo disegno come le forme della donna che l'aveva guidata e che, forse, non l'avrebbe guidata più. Se ne stava lì, abbandonata e quasi dimenticata. Come un pezzo antico nel magazzino di un museo. Un museo degli orrori.

Guardai l'orologio. Mancava un quarto alle nove. Mi domandai se Pertusiello fosse già arrivato. Superata la sbarra che chiude l'accesso, cominciai a camminare a passi lenti lungo il percorso ginnico, immerso in una galleria di vegetazione che stava diventando sempre più rigogliosa. Le esili dita dei castagni stavano buttando fuori le loro foglioline, tingendosi d'un verde sbiadito che contrastava col colore cupo dei lecci. Come un maligno tumore, fra gli aghi di un alto pinastro si imbozzolava un nido di processionaria. Di lì a qualche settimana, i disinfestatori del Comune lo avrebbero asportato e bruciato. Un podista solitario mi venne incontro di corsa e, sbuffando, mi fece un cenno di saluto. Dopo pochi passi ero circondato da un forte odore di terra e di funghi che si sprigionava dal fitto del bosco. Sentivo addosso la cappa di viscida umidità che, in certi tratti, si condensava in una nebbiolina sottile, fastidiosa, che penetrava fin nelle ossa. Camminai per circa trecento metri, quando in un piccolo slargo vidi un grappolo di agenti della polizia in divisa. Tra loro la esile corporatura dell'ispettore Levrero, avvolto dal suo trench chiaro che pareva quello del tenente Colombo. Stavano parlottando sotto un grosso attrezzo ginnico di legno con alcuni podisti in calzoncini e canottiera. Levrero mi venne incontro con un sorriso che lasciava intendere che mi stava aspettando. Ci salutammo e subito mi indicò la zona di bosco transennata col solito nastro bianco e rosso. Era poco più avanti, sul pendio che risaliva verso la strada. Lì era stato trovato il cadavere. Levrero si muoveva con la sua solita concitazione e parlava con una voce tagliente e quasi metallica. Usava sempre un lessico preciso e asciutto, da verbale della polizia. Mi spiegò che il corpo era stato rinvenuto supino, coi piedi verso il monte e la testa giù, riversa all'indietro. Poco più sotto, vicino al muro di sostegno che delimita il percorso ginnico, era stata trovata una torcia elettrica ancora accesa. Apparteneva al Terenzi. La Scientifica aveva identificato le sue impronte. Con una certa difficoltà ci arrampicammo sul muro di sostegno, che in quel tratto è piuttosto alto, risalimmo la costa molto ripida passando sotto il nastro e lui mi indicò il punto esatto dove Mino Terenzi aveva concluso il suo viaggio. Sbranato come una pecora da un lupo addestrato apposta per uccidere. Proprio alla base di una piccola quercia ancora spoglia. Sulle radici sporgenti della pianta si notavano le tracce scure del sangue. Il tempo e la pioggia le avrebbero presto lavate via, restituendo a quel bosco la sua verginità di luogo di svago per poveri cristi senza troppe pretese. Del resto eravamo vicini alle Forche, dove per secoli sono state eseguite le impiccagioni di Stato della Serenissima Repubblica Marinara. Nessuno ci fa più caso. L'oblio è lungimirante. Cancella dai luoghi e dalla memoria il segno del crimine e perfino l'insolenza della morte. Per gli altri, forse. Perché per me quel posto, dove tante volte avevo riempito d'aria i polmoni nello sforzo regolare della falcata, non sarebbe mai più stato lo stesso.

Mi dimenticai di Levrero e provai a ricostruire la scena. Conosco molto bene quei posti e mi provai a fare alcuni rapidi calcoli. Terenzi verso mezzanotte arriva e posteggia la macchina sullo spiazzo, illuminato dalla fioca luce dei lampioni. Scende dall'auto e si inoltra nel buio fitto del percorso ginnico facendosi chiaro con la pila. L'appuntamento è fissato su quel tracciato che corre nel bosco, al riparo da occhi indiscreti. Probabilmente sullo spiazzo c'è qualche auto, ma le coppiette hanno altro da fare che badare a lui. Tutt'al più possono pensare che si tratti di qualche guardone. A un certo punto scorge qualcosa nel buio, quasi certamente il bagliore di un'altra torcia elettrica che gli viene incontro. Forse neppure vede il lupo, che l'altro tiene al guinzaglio. Quando sono abbastanza vicini, l'assassino slega il lupo e gli dà un segnale. L'animale parte. Terenzi ne intravede l'ombra correre verso di lui e allora capisce quel che sta per toccargli. Ma è vecchio. Non è più né agile né veloce. Cerca di raggiungere la strada dove magari potrebbe chiedere aiuto e si mette a correre su per la riva, nel bosco. Ma non riesce a fare che pochi metri. Il lupo è molto più veloce di lui, lo aggira e gli taglia la strada per aggredirlo. Dall'alto. Alla gola. Così gli hanno insegnato a fare. Il povero vecchio all'impatto con l'animale cade all'indietro e, per riparare la gola con entrambe le mani, lascia cadere la pila che rotola giù, fino al muro. La lotta è breve, le zanne del lupo non trovano resistenza né forze sufficienti. E si serrano sulla carotide. Il tutto avviene in un silenzio nero come le tenebre che avvolgono il bosco. Forse appena rotto da un grido di terrore e di aiuto che, dalla piazzola, nessuno può udire. È troppo lontana. Poi si sente solo un ringhio feroce e il singulto strozzato della morte. Forse l'assassino non richiama subito a sé il lupo. Cammina fino al punto dove il corpo si è accartocciato privo di vita. Devastato dalla furia di quei denti aguzzi che ancora vi si accaniscono sopra. Con la maestria del domatore riagguanta la belva, le rimette il guinzaglio, riesce a sedarla e a portarla lontano da quello scempio. Il sangue la eccita e ne aizza ancor più la ferocia. Così l'uomo e il lupo si allontanano indisturbati senza che nessuno possa vederli.

A questo punto dovevo provare a rispondere a due domande. Da dove era venuto l'assassino e per dove si era allontanato? Mi guardai intorno, sentivo il sangue pulsarmi alle tempie. Ora ero io il cane da caccia che puntava la preda. Se era venuto con un'automobile certamente non l'aveva parcheggiata sullo spiazzo delle coppiette. Scendendo con un grosso lupo al guinzaglio, a quell'ora della notte, avrebbe rischiato di farsi notare. Pensai che il rischio di essere notato c'era per l'intero tratto di strada che, oltre la piazzola, prosegue lungo le mura fino all'imbocco dello sterrato che porta all'osteria delle Baracche e a Trensasco. Quei luoghi sono anch'essi frequentati dalle automobili delle coppiette clandestine o senza una camera da letto. Quelle che cercano una precaria intimità fatta di finestrini appannati e di parabrezza tamponati dalla carta di giornale. Il percorso ginnico è lungo oltre un chilometro.

È difficile pensare che l'assassino potesse averlo imboccato dalla parte opposta, facendo nel buio una strada così lunga. No. Doveva esserci un'altra via.

Con il cuore in gola cominciai a camminare velocemente avanti e indietro sotto gli occhi increduli degli agenti. Levrero mi disse qualcosa, ma io non lo ascoltavo più. Ero troppo concentrato nella mia ricerca. Tornai indietro sui miei passi di un centinaio di metri. Lungo il percorso sono allineati gli idranti antincendio. Tutti verniciati di rosso. Ne superai uno, guidato da un'impressione. Qualcosa che mi pareva di ricordare. Era come se avessi la febbre, proteso a trovare conferma di un particolare che non riuscivo a mettere a fuoco. Qualcosa di familiare che al momento mi sfuggiva. Lo sguardo corse rapido attraverso la nebbia che stava diventando sempre più fitta, lungo la balaustra di legno che delimitava il percorso sul lato verso valle, quando... Ecco! Ora la vedevo! A quella vista il ricordo affiorò e riconobbi ciò che cercavo. Oltre un secondo idrante, a poche decine di metri dall'imbocco del percorso, la balaustra si interrompeva e dava accesso a un viottolo fangoso e stretto che scendeva nel bosco tagliando il monte di traverso.

Cominciai a correre lungo quel sentiero pianeggiante, su un molle tappeto marrone fatto di terra, aghi di pino e foglie di quercia. Materia morta a marcire nell'umidità. Lo percorsi fino in fondo per qualche centinaio di metri. Sbucava su un viottolo ghiaioso, più largo, che scendeva ripido verso la strada sottostante e che terminava con una breve scala di pietra. Anche qui l'ostruzione di una doppia sbarra di ferro impediva l'accesso alle moto e alle biciclette. Arrivai sull'asfalto, dove la strada formava un trivio ai cui margini si notava uno slargo ingombro di fango ancora fresco. Quella strada, stretta e tortuosa, era assai meno trafficata di quella soprastante. Pensai che l'assassino poteva avere parcheggiato l'auto su quello slargo terroso, dove non passava nessuno e nessuno l'avrebbe notata. Cominciai a guardare il terreno con l'avida curiosità del segugio che annusa la pista del cinghiale. La terra era umida e mandava un forte odore di muschio e di funghi.

Non mi sbagliavo. Vidi ben chiare le impronte di quattro grossi pneumatici. Le gomme di un fuoristrada. Ora non avevo più dubbi. L'assassino aveva posteggiato la sua macchina in quel punto.

Aveva spento le luci e acceso la torcia elettrica. Quindi aveva fatto scendere il lupo legato al guinzaglio e aveva imboccato il viottolo e poi il sentiero che lo avrebbe portato sul percorso senza essere visto da nessuno. Lì Terenzi ignaro lo aspettava, dopo essersi inoltrato oltre lo slargo dove è sistemato l'attrezzo di legno, duecento metri più avanti. Lui gli era arrivato alle spalle, sicuro di tagliargli qualsiasi via di fuga.

Risalendo, osservai con attenzione il terreno fangoso del viottolo. C'erano molte impronte e tra esse sicuramente anche quelle dell'assassino. E del lupo. Col cuore in gola e un po' di affanno, più per l'eccitazione della scoperta che per la fatica, risbucai sul percorso e vidi nella nebbia la gigantesca sagoma di Pertusiello che troneggiava in mezzo agli agenti. Indossava un impermeabile color verde militare. Vicino a lui Levrero sembrava un insignificante schittimiri che scompariva nel suo ampio trench beige. Gli indicava la direzione in cui ero fuggito di corsa, dileguandomi ai loro occhi che non capivano. Andai verso Pertusiello e lo salutai.

«Ciao Totò. Ci sono. Ho capito da dove è arrivato».

Mi guardò con gli occhi un po' stralunati, ma non senza interesse.

«'O suggetto, Bacci! Chi è arrivato? Di chi stai parlando?».

«Sto parlando dell'assassino, l'uomo del lupo».

Con gli agenti e Levrero che si bevevano ogni mia parola, ricapitolai brevemente la ricostruzione dell'accaduto secondo il mio punto di vista. Pertusiello sembrò persuaso e ordinò a Levrero di far transennare anche lo slargo sottostante e di rilevare le impronte degli pneumatici. Raccomandò anche ricerche della Scientifica lungo il sentiero.

«Impronte, fibre e tutto il resto. Intesi?».

Le nuvole si erano fatte più basse e fitti banchi di nebbia chiudevano la vista con una cortina madreperlacea che avvolgeva le cose e le risucchiava in un involucro di silenzio. Pareva che da un momento all'altro dovesse piovere. Pensai alla mia giacca e ai miei pantaloni sul terrazzino e mi augurai che Zainab li avesse notati e si tenesse pronta a ritirarli.

Con Pertusiello ritornammo verso la strada camminando fianco a fianco, in silenzio. Entrambi con le mani infilate nelle tasche dei calzoni. Lui si accese una sigaretta e sbuffando brontolò: «Che cazzo mi fai venire fin quassù, se poi ti metti a fare tutto da solo?».

«Totò, veramente sei tu che mi hai fatto venire. Cosa pretendi? Che faccia la bella statuina?».

Rispose con un laconico: «Ah, già», che non si capiva bene a quale parte della mia risposta si riferisse.

Come una palla di schioppo, il volo spiovente di una sagoma rossastra con riflessi bianchi e neri attraversò il percorso. Era un'upupa, e di colpo una ondata di pensieri e di ricordi mi allagò la mente per poi defluire a poco a poco in una languida risacca di nostalgia. Ricordi di gioventù, teneri e futili come i lontani studi universitari che avevano dato la stura a quello scroscio della memoria. L'upupa, l'ilare uccello di Montale.

*Upupa, ilare uccello calunniato*
*dai poeti che roti la tua cresta*
*sopra l'aereo stollo del pollaio...*

Ce l'aveva col Foscolo. Il narciso donnaiolo che con quell'uccello aveva preso una colossale cantonata, confondendola con un cupo uccello notturno. Chi sa se l'Ugo nazionale l'aveva mai vista un'upupa, in vita sua. Probabilmente sì, ma non sapeva che si chiamasse così. Certo lui era più esperto nel riconoscere le passere. Come un colpo d'aria, questi pensieri mi attraversarono la mente in quella nebbiosa mattina di aprile, in quel bosco luvego a cui di ilare non era rimasto nemmeno il torpido risveglio di una primavera calda e umida che sapeva di resina, di funghi e di terra bagnata. Ma intanto l'ilare upupa faceva il pelo sopra le nostre teste tutte prese a lambiccare su un omicidio che due notti prima, in quell'asfittica oasi di verde suburbano, qualcuno aveva perpetrato servendosi di un lupo. Non un lupo per modo di dire, come le upupe di Foscolo. Ma proprio un vero lupo grigio.

Arrivammo sullo spiazzo delle coppiette, dove vicino alla mia vecchia Vespa color amaranto c'erano rimaste solo le volanti della polizia. E la Mercedes cabrio di Terenzi. La guardavo e intanto borbottavo qualcosa tra me e me.

«Un'auto come quella fa invidia. Roba da ricchi. Roba da vite di lusso».

Mi venne in mente una vecchia canzone di Paolo Conte e cominciai a canticchiarla a voce alta.

«*Un'auto che sa di vernice, di donne e di velocità...*».

«Hai parlato con la vedova?», mi chiese prontamente il commissario.

«Sì, ieri pomeriggio».

«Che te ne sembra?».

Mi parve di cogliere un'ansia, una malcelata trepidazione in quella domanda buttata lì come se niente fosse. Insieme al mozzicone della sigaretta, che schiacciò con la scarpa sulla ghiaia della piazzola. Gli risposi senza troppa convinzione.

«Forse con l'omicidio non c'entra niente».

Vidi un lampo di gioia accendersi nei suoi occhi.

«Sai, comincio a pensarla così anch'io. Contro tutte le evidenze».

Mi spiegò che il giorno prima, verso sera, Julia Rodriguez lo aveva chiamato per dirgli di Manuel Verda e della sua attività. Gli domandai se aveva già conosciuto il bel cileno, spinto da una curiosità che non capivo bene. Veniva su dal profondo dell'anima.

Mi rispose di no, poi aggiunse: «Dice che è stato il suo amante a insistere perché ci parlasse di lui. Ma allora perché non lo ha fatto subito? Ad ogni buon conto ho mandato Cecchi con alcuni uomini della Scientifica all'allevamento dei cani, ai Piani di Fregoso».

Poi mi squadrò di sbieco, con una malizia che sembrava leggermi dentro come un libro aperto.

«Non sarai stato tu a consigliarle di parlarci del suo allevatore di cani?».

«Io? Cosa c'entro io? Tu, piuttosto. Non dovevi proteggere la sua privacy?».

La miglior difesa è sempre l'attacco. Mi rispose, e il tono della sua voce aveva già virato verso un sincero dispiacere.

«Lo so, Bacci, ho visto i giornali. Ma non è colpa mia. Nella conferenza stampa non è stata neppure menzionata. Proprio come avevo chiesto di fare. Qui c'è stata una talpa».

«Però mi piacerebbe sapere come diavolo hanno saputo che ci sono dentro anch'io».

Con l'aria perplessa, si grattò col mignolo la pelata lustra di umidità.

«Già, è difficile pensare che qualcuno in questura o in tribunale potesse saperlo. Forse qualche giornalista ti ha visto entrare nel portone di casa sua e ti ha riconosciuto...».

«Può darsi. Comunque chiederò a Rivoli. È lui che ha scritto l'articolo e può darsi che qualcosa gli scappi».

La testa mi scoppiava. Era avvolta da una nebbia e da un torpore ben più fitti di quelle nuvole basse. Guardai l'orologio. Erano le dieci e un quarto.

«Totò, devo andare. Ho un appuntamento».

Con una certa fatica cercava di far entrare tutta la sua mole nella portiera aperta di una volante.

«Con chi?».

Misi in moto la Vespa con una pedalata.

«Con Manuel Verda».

Questa sì, era una delle piccole soddisfazioni della vita. Con tutta la mia stanchezza, quella mattina ero arrivato due volte sull'osso prima di lui.

Puntuale come il destino, alle undici ero piantato davanti alla caffetteria Le Corbusier, all'angolo di San Donato. Anche questa, a due passi da casa mia. Pensavo che un grosso rottweiler certo non lo avrebbero fatto entrare. Dopo il sopralluogo al Peralto, quello strano appuntamento mi suonava ancora più sconcertante. Come se il cileno volesse mostrarsi a me con la maschera dell'assassino. Quasi a sfidarmi. Con una belva al guinzaglio. Un'allusione fin troppo sfacciata all'arma del delitto. Ma il tono di lei, al telefono, mi era sembrato così convincente nel protestare l'innocenza del suo amante...

Quella donna aveva lo strano potere di rendere accettabile e innocente anche ciò che appariva discutibile e crudele. L'attività del marito, il vizio del gioco, le corna che gli metteva e che lui tollerava in silenzio. Tutto quel lusso costruito su una montagna di rumenta. Tutto questo, appena lei ne parlava in quella sua lingua mezzosangue, diventava ai miei occhi e a quelli del commissario roba di poco conto. Le cose più normali del mondo. Mi domandai se questo non fosse un sottile modo di ammaliare, sedurre. Non deliberatamente studiato ma frutto di una spontaneità che sbocciava dalla sua stessa ibrida esistenza. Dove lusso, raffinatezza e clandestinità stavano sospesi in un'alchimia che poteva far precipitare a un tempo oro e merda. Lei, immigrata panamense senza diritti e pertanto libera di prendersi quello che le piaceva. E senza colpe perché senza l'obbligo di rispettare alcuna regola.

A quell'ora intorno al bar giravano gruppetti di marocchini, senegalesi e sudamericani sempre presi dai loro affari tra il gioco e il commercio. Uomini afflitti da una miseria che trasudava dai loro abiti, dall'odore che emanavano senza neppure il ricordo di una saponetta. E che tuttavia sembravano così scandalosamente sereni in quei loro sorrisi che sprigionavano una irresistibile voglia di vivere. Il sale che nutre la loro quotidiana scommessa con la sopravvivenza. A due, a tre per volta, bottegai, impiegati e qualche studente entravano per consumare una tardiva colazione o un precoce aperitivo. Il bar è piuttosto recente, ma è stato concepito per evocare il fascino di un vecchio bistrot. Coi tavolini rotondi di marmo e di metallo. Un tentativo discretamente riuscito di richiamare, con un'atmosfera da bohème di provincia e fiumi di birra tutto l'anno, moltitudini di ragazzi. Il popolo della notte. Dopo l'apertura della Facoltà di Architettura e il risanamento urbanistico delle Colombiane, questa zona del centro storico è tornata a vivere una sua vita di normale legalità fatta di uffici, commercio e artigianato. Il degrado della miseria extracomunitaria e dello spaccio della droga è stato spinto un po' più in là, lungo le grandi direttrici storiche che scendono verso il mare. Via dei Giustiniani e via San Bernardo. Proprio da via dei Giustiniani vidi sbucare un giovanottone con la pelle scura che mi veniva incontro. Pensai che fosse lui, il cileno. Anche se non teneva alcun cane al guinzaglio. Invece tirò diritto e imboccò lo stradone di Sant'Agostino senza neppure girarsi dalla mia parte. Da come camminava si intuiva che aveva una meta precisa dove andare. Un luogo diverso dal bar Le Corbusier.

Si erano fatte le undici e mezza e io cominciavo a spazientirmi. Volevo solo tornare a casa e infilarmi nel mio letto, non faceva differenza se da solo o con Mara. E dormire. Magari sognare il mio vecchio albergo sul mare. E mia madre. Decisi di lasciargli ancora qualche minuto, ma per farlo avevo bisogno di placare quel ronzio nella testa e quel vago senso di nausea che mi serrava lo stomaco. Entrai nel bar e andai a sedermi a un tavolino vuoto accostato alla vetrina. Da lì potevo di tanto in tanto gettare un'occhiata sulla strada. Evitai di ordinare il solito caffè e cercai conforto in una cioccolata calda. Non avrebbe creato difficoltà alla promessa di sonno che mi ero fatto per il pomeriggio. Mentre aspettavo che me la portassero, squillò il telefono cellulare che tenevo in tasca. Risposi subito. Era di nuovo lui, Pertusiello.

«Ancora tu? Oggi non puoi proprio stare senza di me».

«Ascolta bene. Il cileno è lì con te?».

«Non si è ancora fatto vivo».

«Tieniti forte», mi disse con l'aria di chi sta per spararla grossa. «Cecchi è tornato poco fa dall'allevamento dei cani. Quelli della Scientifica hanno trovato i peli del lupo in una gabbia. De Meo non ha dubbi. È l'animale che ha ucciso Terenzi».

Lo disse con la soddisfazione di chi, dopo essere stato fregato due volte, vede finalmente le carte giuste e si prende il piatto più ricco.

«E lui, il cileno?».

«Lui non c'era. Non si è visto. Repetto sta per spiccare un mandato di arresto per omicidio».

Poi, quasi con rammarico, aggiunse: «Anche per la signora stiamo valutando l'ipotesi di uno stato di fermo».

La ragazza del bar appoggiò sul tavolo la tazza fumante e lo scontrino. Pertusiello mi domandò dove mi trovavo e io glielo spiegai.

«Se il Verda viene, trattienilo più che puoi. Ti mando subito i miei agenti».

Il tono della sua voce lasciava trapelare tutto il dissidio della sua animaccia di sbirro sentimentale. Vorrei e non vorrei. Da un lato il sincero rammarico dell'uomo costretto a riconoscere che le cose stavano proprio come aveva temuto. Dall'altro la rivalsa del poliziotto per avermi lasciato la parte di quello che, ingenuamente, aveva creduto nella innocenza di un'assassina. Esattamente quello che lui avrebbe voluto fare, senza poterselo permettere. Questo pensiero mi fece arrabbiare. Anche la piega che quel caso stava prendendo non mi piaceva affatto. Non era come speravo, come in cuor mio sentivo che fosse. Così me la presi con lui. Tutto pur di non passare per un'anima bella.

«Che cazzo ti sei messo in testa? Che faccia il detective solo perché da bambino ho visto troppi film gialli?».

Mi rispose con una finta bonarietà che dissimulava tutto il piacere del suo piccolo trionfo.

«Non esagerare. È solo che tu patisci le belle donne. Tutti abbiamo le nostre debolezze».

Tornò a raccomandarmi di bloccare il cileno e mi congedò.

Volevo andare subito a casa. Volentieri avrei trangugiato tutta la cioccolata, ma era bollente e non voleva saperne di farsi avvicinare. Anche centellinandola a piccoli sorsi, mi scottava la lingua e non si lasciava consumare. Per qualche attimo mi imbambolai a guardare un ragazzino seduto al tavolo vicino. Aveva forse vent'anni. Era lungo e sottile, vestito completamente di nero con un piercing al naso e uno sull'orecchio. Stava facendo colazione, brioche e cappuccino. Ma la sua attenzione era magneticamente assorbita dal feticcio che teneva sul tavolo. Proprio davanti a lui. Il telefono cellulare, acceso e muto. Come una pistola carica pronta per la roulette russa. Per quel magico oggetto passava un filo invisibile che forse lo collegava al senso della vita. Dalla sua faccia si capiva che l'ostinato silenzio della suoneria rischiava di spezzarlo, quel fragilissimo filo. Per questo l'occhio non abbandonava un attimo il display desolatamente morto. Mi domandai quanto avrebbe potuto durare in quella spasmodica attesa. Ancora poco. E infatti, terminato il cappuccino, afferrò il suo aggeggio elettronico e lo avvicinò amorevolmente a sé guardandolo come se fosse un neonato, o un orsetto di peluche. Riempito il vuoto dello stomaco, c'era ora un altro vuoto da riempire. E questo era di gran lunga peggiore. Le dita si mossero sulla tastiera con la sicurezza del pianista che suona la sua melodia preferita. Doveva avere pochi soldi nella carta prepagata, perché si limitò a inviare un messaggio. Posò nuovamente il telefonino sul tavolo e lo lasciò lì come un animale vivo. Adesso era nuovamente in attesa. In balia di qualcuno che per un momento poteva godersi il trionfo di essere diventato il padrone della vita di un altro. Un trionfo senza soddisfazione. Scomodo e ingombrante. E, a non voler essere troppo superficiali, maledettamente carico di responsabilità. Mentre lo osservavo consumarsi aggrappato a quella specie di tecnologica zattera, pensai anch'io di telefonare alla panamense. E di farle la scenata dell'uomo tradito. Quella scenata che il marito le aveva sempre risparmiato, forse perché aveva troppa paura di perderla. Non ebbi neppure il tempo di rimproverarmi la stupidità di una simile idea quando, sopra di me, flebile risuonò una voce di donna. Il suo tono strisciava insicuro, come se si aspettasse di sentirsi rispondere sempre no.

«Mi scusi, lei è il dottor Pagano?».

Sollevai lo sguardo e vidi una giovane sulla trentina. Alta e un po' ossuta, vestita con una semplicità che rasentava la sciatteria. Indossava un impermeabile blu scuro e, sotto, un maglione crème di lana pelosa che mi fece sentire caldo al solo vederlo. Con aria impacciata teneva tra le mani una borsetta di pelle nera di fattura antiquata, da vecchia. Aveva i capelli biondo cenere raccolti in una corta coda di cavallo e inforcava un paio di occhiali con la montatura dorata dalla forma oblunga. Non si poteva dire che fosse brutta. Tutt'altro. Il suo volto aveva lineamenti fini. Gli occhi un poco miopi lucevano di riflessi verdognoli. La bocca era ben disegnata. Ma, nell'insieme, mi suggerì un'impressione di bellezza sfiorita, di fiore appassito. Non riuscii a sentire niente di erotico né di sensuale in lei. Non era il tipo di donna che fa sangue agli uomini. Le risposi con gentilezza. E questo, forse, la sorprese.

«Sono io, signorina».

Continuò a parlare con gli occhi che, anziché guardarmi, sembravano incollati al pavimento. Aveva un'aria precaria. Forse si aspettava di essere cacciata su due piedi.

«Mi scusi se la disturbo. Stamattina le ho telefonato in ufficio, ma non rispondeva nessuno. Allora ho provato di persona. Sono andata nel suo ufficio. Una bella signora mi ha aperto e mi ha detto che forse l'avrei trovata qui...».

Zainab? Mara? Una delle due mi aveva fatto il servizio. Cominciavo a stufarmi di guardarla restarsene lì in piedi, impalata come un lampione. Negli occhi sfuggenti si leggeva tutta la sua vergogna di stare al mondo. Le dissi energicamente di accomodarsi e le chiesi se potevo offrirle qualcosa da bere. Questo la stupì ancora di più. Come se avessi fatto la cosa più stramba che si potesse immaginare.

Tuttavia finì per accettare una Coca Cola, che mi parve semplicemente il primo nome di bevanda che le fosse passato per la testa. Giusto per evitare la scortesia di un rifiuto. Quando le chiesi perché mi cercava, mi guardò corrugando la fronte in una espressione così seriosa da sembrare una caricatura.

«Glielo dico subito, ma a una condizione».

«Quale condizione?».

«Che lei non dica a nessuno», sottolineò quel *nessuno*, «quello che sto per riferirle».

Ebbi un leggero moto di impazienza. Ma il mio tono si mantenne gentile.

«Come posso prometterle qualcosa se non so di cosa vuole parlarmi?».

Mi guardò perplessa. Stava riflettendo sulla ragionevolezza della mia risposta.

«Lei si occupa dell'omicidio di Mino Terenzi, vero?».

Annuii, sempre più incuriosito. E le chiesi come faceva a saperlo.

«Stamattina ho letto l'articolo del giornale. Se ne occupa per conto di quelli dell'assicurazione, vero?».

«Sì, è così».

«Bene. Io ho qualcosa da dirle in proposito. Ma lei deve promettermi che si terrà per sé quello che sentirà».

Non avevo niente da perdere. E non nego che cominciavo a prendere un certo interesse alla cosa. Quasi dimenticai la stanchezza e la nausea e cominciai a caricare la pipa. Intanto ero ormai sicuro che Manuel Verda non si sarebbe fatto vivo.

– Alla prossima, – pensai.

«Va bene. Glielo prometto. Ma, prima di tutto, vuole dirmi con chi sto parlando?».

«È proprio questo, dottor Pagano», disse guardandomi appena oltre le lenti degli occhiali. E poi, abbassando nuovamente lo sguardo: «Mi chiamo Anna, Anna Terenzi. Sono la figlia di Mino Terenzi».

# Capitolo ottavo
## SEGRETI

Tutto avrei immaginato. Anche che Manuel Verda venisse all'appuntamento con al guinzaglio una tigre o un varano. O perfino un unicorno o una chimera. Ma non che lo strozzino merdaiolo avesse una figlia. Rimasi lì, con la tazza della cioccolata in mano, la bocca aperta e un'espressione suonata da allocco che ha sbattuto contro un palo della luce. La guardai e balbettai.

«Ma, ma... suo padre non aveva fama di essere uno scapolo incallito?».

Intendevo prima di incontrare gli occhi a mandorla della panamense. Ma qualcosa mi trattenne dal nominarla.

«Mio padre *era* uno scapolo incallito», rispose lei. E una luce rabbiosa, quasi sinistra, le attraversò lo sguardo. Sempre puntato sullo scuro marmo del tavolino. «Infatti lui e la mamma non erano sposati».

E aggiunse: «Per fortuna».

Non dissi niente, aspettavo spiegazioni. Aspettavo che mi raccontasse la storia che l'aveva portata fin lì. A cercare proprio me. Accesi la pipa. Intanto la giovane cameriera servì la Coca Cola, accompagnata da un nuovo scontrino.

«Lui e la mamma non hanno mai vissuto insieme. La loro è stata solo una breve conoscenza. Lui aveva la passione del ballo e si sono conosciuti così. Mio padre aveva una casa di campagna nell'Ovadese. Si sono frequentati per qualche mese e la mamma è rimasta incinta. Ma i miei nonni non lo vedevano di buon occhio e hanno ostacolato in tutti i modi la loro relazione. La mamma ha dovuto battagliare per permettergli di riconoscermi e di darmi il cognome».

Finalmente riconoscevo il pronunciato accento della giovane. La tipica cadenza dell'Alto Monferrato. La terra del dolcetto e degli agnolotti. Pensai anche che Terenzi prima di conoscere Julia Rodriguez proprio a tutto non avesse rinunciato. La passione per il ballo sembrava l'aggancio che lo legava alla vita e al piacere, grazie al quale aveva conosciuto le due donne della sua vita.

«Lei vive in Piemonte?».

«Sì, nelle campagne tra Ovada e Acqui Terme. Conosce quei posti?».

«Vado spesso da quelle parti. Abita con sua madre?».

Gli occhi, immersi nel bicchiere di Coca Cola posato sul tavolino, si fecero lucidi. Una smorfia delle labbra mi buttò in faccia un dolore che mi fece provare una intensa pena per lei.

«No, dottore. La mamma è morta dieci anni fa. Di un brutto male».

Un brutto male. Come se potesse esserci un male bello, o almeno decente. Quell'eufemismo da sempliciotti che pensano che chiamare le cose col loro nome sia una mancanza di riguardo mi avrebbe fatto sorridere, se non fosse stato per la paura di ferirla. Le domandai perché pensava che fosse una fortuna nascere da una coppia che non c'è. Mi spiegò che il padre non godeva di una buona fama, là in Piemonte.

«Perché prestava soldi a strozzo?».

«Anche. Ma non c'era solo questo. C'era qualcosa di molto peggio».

Capivo che per lei non era facile parlarne. Non riuscivo a immaginare di cosa si trattasse. Peggio che prestar soldi a strozzo che cosa si può fare? Forse aprire una banca e farlo con tutti i crismi della legalità.

«Giravano brutte storie su di lui, fin da quando era giovane».

Si fece forza.

«A lui piacevano... le bambine».

Lo disse, e poi il suo sguardo andò a infilarsi sotto il tavolo. Dove non potessi più trovarlo. Come un cane che si nasconde dopo averla fatta grossa. Mi consegnò quel terribile segreto lasciandomi l'impressione di averglielo strappato. Ma io non le avevo chiesto niente. Era lei che mi aveva cercato.

«Le bambine..? Le bambine piccole?».

«Per lei una bambina di dieci anni è abbastanza piccola?».

«Mia figlia ha diciotto anni. Ma quando ci penso, anche lei mi sembra così piccola... Così lei è cresciuta con sua madre?».

«E coi miei nonni. Che per fortuna sono ancora vivi. Anziani. Malati. Ma vivi».

«E lei abita con loro?».

«No. Da due anni vivo col mio fidanzato, nella casa di campagna di mio padre. Lavoro ad Acqui, in un negozio di abbigliamento. Oggi, per venire qui, ho preso una feria».

Lo disse con un lampo di soddisfazione negli occhi. Dunque da quel padre usuraio e pedofilo qualcosa poteva accettare.

«Ma in tutti questi anni ha avuto rapporti con lui?».

Arrossì. Forse era rabbia, forse vergogna. Continuava ostinatamente a tenere lo sguardo basso, appiccicato al tavolino. Dove si muoveva rapido come una mosca.

«Da bambina lo vedevo, la mamma voleva così. Anche se i nonni non erano d'accordo. Lei mi portava nei fine settimana nella sua casa, vicino a Ovada. Qualche volta stavamo lì a dormire e io ero molto contenta. Poi c'è stata una brutta storia. Lui ha molestato una ragazzina di un paese vicino, la cosa si è risaputa e da allora la mamma non ha più voluto vederlo».

E aggiunse rapida, in tono conclusivo: «E non me lo ha fatto più vedere».

«Fu denunciato?».

«Non credo. No. Lo hanno solo minacciato. Lui non è più andato da quelle parti e tutto è morto lì. A me non hanno spiegato niente. Solo quando sono cresciuta la mamma mi ha raccontato tutto».

«Però», aggiunse, con l'aria di scusarsi. «Lui in tutti questi anni, fino al mese scorso, mi spediva ogni mese un vaglia postale di trecentomila lire. Guardi».

Estrasse dalla borsetta un malloppo di scontrini fissati con un elastico. Nel gesto c'era anche fierezza e soddisfazione. Forse quella era la prova che mi aveva raccontato la verità.

«Lei non ha mai più visto suo padre?».

«L'ho visto due volte. La prima ai funerali della mamma. Lui è venuto e tutto il tempo se n'è stato in disparte. I nonni non lo volevano. Ci siamo appena parlati, perché io... mi vergognavo. E poi due anni fa, quando gli ho chiesto se poteva lasciarmi le chiavi della casa. Lui non la usava più. È stato il suo regalo di Natale. Il primo dopo tanti anni, da quando ero bambina».

Seguivo il filo di quella storia che portava alla luce una sorta di vita parallela di Terenzi. Una vita di cui a Genova nessuno sembrava sapere niente. Quasi che l'Alto Monferrato fosse l'Australia. E mi accorsi che l'iniziale durezza e severità con cui Anna parlava di suo padre si era andata, pian piano, ammorbidendo. L'odio e il disprezzo avevano lasciato posto ad altri sentimenti. Nostalgia. Tenerezza. Inconfessabili forse anche a se stessa. La nicotina seminata nel sangue dal tabacco inglese mi aveva risvegliato. Preso com'ero da quella stupefacente narrazione, quasi non sentivo più la stanchezza. Mi domandai se Julia Rodriguez conoscesse l'esistenza di Anna.

«Ha saputo che suo padre si è sposato?».

Nostalgia e tenerezza svanirono. Come scoppia una bolla di sapone. Rividi il disprezzo bruciare nel suo sguardo accigliato. Gli occhi verdi erano già persi dietro a un disegno di vendetta.

«È per questo che sono venuta a cercarla. Quella puttana non deve beccare nemmeno una lira».

Parlare del matrimonio di suo padre era come buttare benzina sul fuoco. Ma qualcosa mi spingeva ad insistere.

«Quando ha saputo che suo padre si era sposato?».

«L'ho saputo tre anni fa. Ha sostituito la mamma con una clandestina morta di fame...».

«Glielo ha detto lui?».

Non riuscì a controllarsi e picchiò il pugno sul tavolo.

«No, lui se ne guardava bene! Non aveva il coraggio di parlare con me dei suoi sporchi affari».

Pertusiello non la vedeva così. Il matrimonio era stato la sola cosa bella e pulita nella vita di questo ratto di chiavica.

«Allora come è venuta a saperlo?».

«Ma a lei cosa gliene importa?».

Oltre le lenti allungate due occhi verdi mi guardavano. Con una diffidenza anch'essa verde e livida. Dolente come quella strana storia che lei mi aveva portato senza che ancora riuscissi bene a capire cosa diavolo volesse da me. Poi si riprese, come spaventata dalla sua stessa collera. Forse riconsiderò l'intera situazione. E capì che, se non le facevo domande, non potevo neanche aiutarla. Cambiò tono e tornò a tuffare lo sguardo nella Coca Cola.

«Mi scusi... L'ho saputo dal mio fidanzato, che allora viveva qui a Genova. Glielo hanno detto degli amici di un bar frequentato da mio padre».

Dunque non c'erano solo i vaglia postali. Attraverso il suo fidanzato, Anna manteneva con suo padre qualcosa che assomigliava a un contatto. Sentivo che dovevo continuare ad essere gentile con lei. Proprio quando si aspettava che la mandassi a quel paese.

«Cosa si aspetta da me?».

«Che trovi le prove».

«Quali prove?».

«Che è stata lei a combinare tutto. E lo ha fatto per intascare i soldi dell'assicurazione. Io non sono ricca, ma la pagherò bene».

Lei non era ricca, ma stava per diventarlo.

«Credo di capire i suoi sentimenti. Ma non posso aiutarla. Non posso mettermi al suo servizio».

«E perché no?».

«Nel mio mestiere non si può lavorare alla stessa indagine per conto di due clienti diversi. È una questione di conflitto di interessi. Io non diventerò mai Presidente del Consiglio».

Non mi ascoltava, o non capiva. Comunque non sorrise. Continuò il filo dei suoi pensieri.

«Io non voglio i soldi di mio padre, non è per questo...».

«Forse non ha ancora fatto un sufficiente sforzo di immaginazione. Provi a visualizzarli, un milione di euro in biglietti da cinquecento. È una bella somma...».

«I soldi non mi interessano».

«Contenta lei... Comunque io farò tutto il possibile per scoprire chi ha assassinato suo padre. Mi pagano per questo».

«È chiaro chi ha assassinato mio padre!».

Lo disse con un impeto di esasperazione in cui c'era tutta la sua impotenza. Non mi sentiva schierato fino in fondo dalla sua parte. Mi attraversò la mente un pensiero improvviso, accompagnato da un ghigno di malignità. Pensai alla marionetta della CarPol che mi aveva assoldato per risparmiare il suo milione di euro. A questo punto avrebbe dovuto comunque sborsare i suoi sporchi soldi. E avrebbe dovuto pagare anche me. Il mio contratto era ormai firmato. Pensai anche, però, che dovevo aspettarmi un rapido licenziamento appena lui avesse saputo che c'era un'altra erede. Lo dissi ad Anna che rimase pensierosa, sorseggiando la sua Coca Cola. Sempre ben attenta a non incontrare i miei occhi e cercando di sorprendermi di sfuggita appena distoglievo lo sguardo da lei.

«Si ricordi che lei mi ha fatto una promessa. Non dirà niente di me alla sua assicurazione, vero?».

Mi ero cacciato in un bel guaio. Le spiegai che, per me, c'era in ballo una questione di credibilità professionale. Come potevo nascondere al mio cliente che, comunque andassero le cose, lui non ci guadagnava niente? Ormai il mio lavoro non gli serviva più. Stavo rischiando uno sputtanamento di quelli da chiudere bottega.

«Non saprà mai che ci siamo parlati».

«Le sembrerà incredibile, ma anche noi ficcanaso abbiamo delle regole. Si chiama deontologia professionale».

«Lei ha promesso. Ora non può tradirmi. Lei non deve parlare di me con nessuno. Né con l'assicurazione, né con la polizia».

«La polizia non è un problema. Non sono tenuto a lavorare con loro. Comunque non ci metteranno molto a scoprire che suo padre aveva una figlia. Gli basterà fare un accurato controllo anagrafico. Ma l'assicurazione è il cliente che mi paga. Non posso fregarli così».

«Tutte le volte che le assicurazioni fregano la gente! Non crollerà il mondo se per una volta qualcuno è più furbo di loro».

Avrei potuto dirle che anche la moglie di suo padre vedeva le cose nello stesso modo. Ma non sarebbe servito a farle cambiare idea.

«Sento una gran puzza di bruciato. Non me la faranno passare liscia questa volta».

Fiato sprecato, non voleva sentire ragioni. Non dovevo tradirla e basta. Mi chiesi che cosa si proponeva di ottenere rimanendo nell'ombra. A questo punto tanto valeva andare all'assicurazione e far valere i suoi diritti.

«Visto che io non posso lavorare per lei, perché non va alla Car-Pol a riscuotere quel che le spetta?».

«Non voglio che quella puttana sappia che io esisto. Non l'ha saputo fino ad oggi. Mio padre ha sempre voluto tenerla all'oscuro. E deve continuare ad essere così. Saprà della mia esistenza solo quando finirà in galera».

Pensai che suo padre aveva sempre tenuto all'oscuro della sua esistenza il mondo intero. Forse si vergognava di lei. Forse quella paternità abortita era troppo legata a vicende inconfessabili del suo passato che dovevano restare fuori dalla porta di casa. Forse la promessa di felicità inseguita con la giovane moglie rappresentava per lui anche una promessa di riscatto. Dunque non era così incondizionata come mi piaceva immaginarla. Perché c'è un limite a tutto, anche all'odore della merda. E anche un ratto di chiavica che vuole farsi accettare sa che lo schifo e il ribrezzo hanno un livello di guardia, drasticamente fissato da chi decide di coricarsi nel suo letto. La giovane panamense aveva disinvoltamente coperto col suo delicato profumo il fetore dei traffici dello strozzino. Dopotutto era l'uomo che aveva scelto di sposare. Riusciva perfino a nobilitarne agli occhi del mondo la ragione sociale, come aveva fatto con me. Cercando di convincermi che lui aiutava quelli senza speranza, a cui nessuno avrebbe più fatto credito. Ma forse non si sarebbe rassegnata a fare altrettanto con una storiella piccante come quella consumata là, nell'Alto Monferrato. A scapito di una bimbetta così simile a lei. A quello che lei stessa era stata in un tempo nemmeno troppo lontano. Decisi di tornare alla carica.

«Ma cosa ci guadagna a non far sapere che esiste? Dopotutto ha i suoi sacrosanti diritti da reclamare...».

La frase mi si strozzò in gola. Da quanto tempo aveva i suoi sacrosanti diritti da reclamare? E da quanto tempo avrebbe potuto far conoscere la sua esistenza e non lo aveva mai fatto? Aveva preferito coprire la vergogna di suo padre con la foglia di fico della propria. E si era accontentata di quelle misere trecentomila lire. Sapevo che non avrei avuto risposta, neanche se fossimo rimasti in quel caffè fino all'ora della chiusura. Mi arresi e le parlai con la stessa gentilezza con cui si tratta un vaso molto fragile, che facilmente può rompersi.

«D'accordo, Anna. Mi ha convinto. Per ora non dirò niente a nessuno. Lei però continui a pensare a quello che le ho detto. E se per caso si deciderà a parlare con quelli dell'assicurazione, contatti questo numero telefonico e chieda del signor Caviglia».

Ripescai il numero dalla memoria del telefono cellulare. Poco convinta, lei diligentemente lo trascrisse su un'agendina che aveva estratto dalla borsa. Trascrisse anche il numero del mio telefonino ed io feci altrettanto col suo. Sfiorò un'ultima volta il mio sguardo con quegli occhi verdi un po' miopi, protetti dalle lenti. Mi ringraziò e se ne andò, lasciandomi alla cassa a pagare le consumazioni.

Quando uscii vidi tre giovanotti in borghese che puzzavano di sbirro lontano un miglio. Erano gli agenti mandati da Pertusiello che tenevano d'occhio la vetrina e il sottoscritto. Per ora Pertusiello non doveva sapere niente di Anna. Mi avvicinai e dissi che il cileno non era venuto all'appuntamento. Potevano andare e riferirlo al loro capo. Mi accorsi che dentro di me andava crescendo un sottile senso di soddisfazione. Stavo prendendomi la mia rivincita. Ero di nuovo io ad avere le carte migliori, anche se non potevo scoprirle. Mi salutarono e si avviarono verso il commissariato di zona, in piazza Matteotti. Mentre io mi incamminavo dall'altra parte, sulla strada di casa. A quell'ora lo Stradone era tutto un brulicare di gente.

Mara si aggirava per la casa con addosso il mio accappatoio rosso. Tra Zainab tutta presa dalle pulizie e Essam che leggeva il giornale del giorno prima, seduto in terra nel soggiorno nella solita posizione a gambe incrociate. Così fanno i suoi confratelli nubiani nei loro villaggi tra il Nilo e il deserto. Ogni tanto seguiva con lo sguardo i movimenti di Mara, con la tacita speranza che quell'accappatoio per qualche accidente le si sfilasse di dosso. Troppa gente per una casa piccola come la mia. Infastidito passai i giornali freschi a Essam e mi diressi verso il solito terrazzino per provare a cavar fuori qualcosa dalle impressioni che, dopo quell'inaspettato colloquio, da un buon quarto d'ora stavo rimasticando dentro di me. Presi una pipa asciutta. La caricai. La accesi. E andai a sedermi fuori, sulla poltroncina di vimini. La foschia era diventata nebbia e occultava completamente lo scenario dei monti. Riuscivo a malapena a scorgere la mole panciuta del campanile di San Lorenzo, con le sue bande bianche e nere e i quattro pinnacoli d'angolo. Mara accese lo stereo e ripartì il *Don Giovanni* di Mozart. Ancora un'aria di Leporello, cacciato nei guai da quel figlio di buona donna del suo padrone.

*Mille torbidi pensieri mi s'aggiran per la testa: se mi salvo in tal tempesta è un prodigio in verità.*

Mi illudevo di avere in mano il capo di un filo che forse poteva sbrogliare quella intricata matassa. Un filo che chiedeva solo di essere tirato con cura. E che non dovevo mollare. Avevo notato alcune coincidenze temporali che forse non erano casuali. Tutti gli episodi importanti risalivano a due anni prima. La telefonata dello sconosciuto. L'assicurazione sulla vita. L'uscita di Anna dalla casa dei nonni. E, poco dopo, il prelievo dei trecento milioni. Tutto accadde nel giro di pochi giorni, a cavallo delle feste di Natale. In quei giorni doveva essere successo qualcosa di grosso. Qualcosa che aveva modificato il corso delle cose. Ma cosa? Pensai ad Anna Terenzi. Alla sua tirannica pretesa di tirarmi dalla sua parte. Una bambina disperata e confusa. Forse anche esageratamente sprovveduta. Sembrava che mandare in prigione la moglie di suo padre fosse per lei più importante che ereditare un milione di euro. Mi domandai però che cosa premesse di più al suo fidanzato. Anna non parlava volentieri di lui. Quell'uomo aveva spiato ogni mossa del vecchio dall'ombra di un anonimato liscio come l'olio e confortevole come la casa di campagna al cui attaccapanni aveva appeso vestiti e cappello. E infine c'era sempre il fatto dei peli del lupo. Erano stati trovati nell'allevamento del cileno. E probabilmente lui era scappato.

Mara mi raggiunse sul terrazzino, con in mano una tazzina di caffè. Si accovacciò vicino a me, stringendosi con un brivido nell'accappatoio rosso.

«Verso le undici è venuta una donna. L'ho mandata al Le Corbusier. Ti ha trovato?».

Annuii.

«Hai scoperto qualcosa?».

Nei suoi occhi da gatta bruciava una curiosità tutta femminile. Così diversa da quella di Totò Pertusiello e del presidente della Car-Pol. Le spiegai che quella donna era la figlia del morto. Fino a quel momento nessuno sospettava che esistesse. Neppure la polizia. E di lei io non potevo parlare con nessuno. Glielo avevo promesso. Le dissi anche della telefonata di Pertusiello e che probabilmente il cileno si era dato alla fuga. Intanto il mio sguardo si era infilato nella scollatura dell'accappatoio, a sbirciare il suo seno finalmente riemerso da una lontananza dove il dissidio tra l'oblio e la nostalgia non aveva ancora trovato un epilogo soddisfacente. Lei se ne accorse, sorrise e mi fece una carezza. Senza dire una parola. I suoi occhi esprimevano una sconfinata tenerezza. Ma forse anche lo sconforto di chi non è certo di avere ancora la forza per riprovarci. Di nuovo il suo sguardo sembrava volermi comunicare qualcosa. Come se si aspettasse un cenno, un segnale da me.

Da me? Proprio da me?

– *Sei proprio un analfabeta dei sentimenti, Bacci.*

La nausea era passata, la cioccolata era stata benefica. Ma il sonno e la stanchezza mi annacquavano i pensieri e mi rubavano la lucidità. Mi ripromisi di dormire qualche ora e poi di andare a far visita a qualche bar del centro storico. Uno di quelli dove si gioca d'azzardo sotto gli occhi tolleranti della polizia. Almeno finché non viene passata la misura e capita qualcosa di grosso. Volevo provare a raccogliere qualche informazione sui giri di Terenzi.

Squillò il telefono. Mara si sollevò e rientrò nell'ufficio a rispondere. La sentii chiamarmi.

«È per te», disse. Mentre mi allungava la cornetta le labbra si erano piegate in un sorriso leggermente malizioso.

Era Julia Rodriguez. Subito mi domandò: «Manuel è venuto?».

Avrei voluto trattarla male. Mandarla al diavolo. Ma mi trattenni. Le parole uscirono comunque con un tono duro da cui trapelava tutta la mia voglia di ferirla e di farle male.

«No che non è venuto. Perché, pensava il contrario?».

«Esperaba el contrario, señor Bacci», rispose lei. E nella sua voce la contrarietà increspava appena un desolato sconforto.

«Manuel è scappato, cara signora Rodriguez. Ma non andrà lontano».

«Yo espero solamente che non faccia qualche stupidaggine. Ahora è venuto aquí un ispettore de la policia e me ha detto de non muovermi de casa. Me anche detto che hanno trovato del pelo del lupo, su a l'allevamento».

«Sì, signora. Del lupo che ha ammazzato suo marito».

«Manuel non c'entra», ripeté con la sicurezza di chi spera ancora di essere creduto.

«Ah, no? E i peli come ci sono finiti nella gabbia dell'allevamento? Ce li ha portati il vento?».

Mara si era seduta sulla poltrona della scrivania e ascoltava quella conversazione con un'aria sospesa tra la curiosità e l'ironia. Le sopracciglia aggrottate e un sorriso a fior di labbra. Ma non sembrava tanto interessata al caso, quanto piuttosto attenta alle mie reazioni. Immaginai che avesse acceso l'orecchio della psicologa. Quello che ascolta la musica delle emozioni più che il contenuto delle parole. Ma chissà poi se era l'orecchio professionale messo al servizio della sua passione di donna, o piuttosto l'orecchio della donna da cui anche la psicologa rubava a man bassa.

«El pelo del lupo puede averlo metido qualquiera», continuò Julia Rodriguez. «Manuel ogni giorno sta fuori molte ore. Anche un niño può entrare dentro l'allevamento».

Persi la pazienza.

«Ah sì? Quale altra mussa mi racconterà adesso per parare il culo al suo amante? Mi dirà che voleva più bene a Mino che ai suoi cani? E che i suoi soldi gli facevano schifo? E di sua moglie, di lei?...».

«Hijo de puta! Tu eres como todos los otros! Pieni de pregiudizi per coprire i vostri desideri! Avete così terrore dei vostri desideri, que necesitate de pensar che tradire o matar è la misma cosa».

«Io ho paura della vecchiaia, signora Rodriguez. Quando mi piscerò addosso senza far tenerezza a nessuno. I desideri mi tengono attaccato alla vita. Altro che averne paura. Io me li coltivo a uno a uno, come bonsai».

«Tu eres como los otros».

«Non ho mai preteso di essere diverso. E comunque lasci perdere me. Non vale la pena. Manuel piuttosto. Se è innocente, perché è scappato?».

Rimase in silenzio per un tempo che mi parve lunghissimo. Poi la sua risposta arrivò. La voce era tornata calma.

«Porque creo que tenga paura. Un chileno no puede creer ne la justicia de la policia, señor Bacci».

Faceva leva sul mio lato debole. La mia anima bella di sinistra. Sempre piuttosto disposta a comprendere il torto della disperazione che le ragioni di chi ha il culo al caldo. Ma anche questo, in fondo, era un pregiudizio come un altro.

«Collabori piuttosto con la polizia. E, se davvero è convinta che sia innocente, cerchi di fare in modo che blocchino al più presto il suo fuoristrada».

Non so da quale recanto della mia testa era sbucata fuori quell'idea. Quasi una urgenza di metterla alla prova. O la va o la spacca. Speravo forse che sull'innocenza del suo amante non si ingannasse. Né cercasse di ingannare me. Senza farlo apposta, Julia Rodriguez mi accontentò.

«Fuoristrada?».

«Sì, Manuel Verda non ha un fuoristrada?».

«No. Por qué me lo pregunta?».

«Insomma, che macchina ha il suo amante?».

«Manuel ha un viejo Fiorino, que usa para trasportar los perros».

Ora sapevo quello che mi serviva. Le chiesi ancora se conosceva il nome di qualche locale frequentato da suo marito. Dove contattava i suoi clienti col vizio del gioco d'azzardo. Ci pensò un po' su, poi mi indicò un bar di via della Maddalena. Non ricordava come si chiamasse, ma lo avrei riconosciuto facilmente perché teneva il biliardo e sull'insegna portava gli stemmi delle squadre genovesi, il Genoa e la Sampdoria. La salutai frettolosamente, raccomandandole di provare e riprovare a contattare Manuel. E di convincerlo a costituirsi.

Intanto Mara continuava a guardarmi con quei suoi occhi da gatta, dondolandosi sulla poltrona. Aspettò che riattaccassi e, dopo un lungo silenzio, si decise a parlare.

«Vuoi il mio parere, Bacci? Quella donna ti è proprio entrata dentro. Credo che, se mai ci rimettessimo insieme, sarei pazza di gelosia per lei».

– *Se mai ci rimettessimo insieme.*

Forse chiamarlo "parere" voleva dire imbrogliare un po' le carte. Ma quel che aveva detto non era da prendere sottogamba. Stavo per domandarle cosa intendesse per "entrare dentro", quando mi fermai a pensare. Una simile verità, ammesso che fosse, non gliela avrei mai raccontata. Per me è già così difficile raccapezzarmi coi miei mal di pancia. Altro che consegnarli al suo bisturi, neanche fossi uno dei suoi bambini dalla vita senza colori e senza sole. Ma questa volta era diverso. La dottoressa Sabelli aveva fatto tutto da sola. Potevo prendere le sue parole come se fossero una diagnosi, qualcosa che lei aveva visto e che io non potevo vedere. Provai a risponderle con sincerità.

«Può darsi.. Ma lei ha il cileno, e tu hai me».

«Nessuno ha nessuno, Bacci», concluse con un'amarezza che mi fece male. Da come lo disse mi resi conto che, a differenza di altre volte, quella non era farina del sacco del suo psicoanalista.

Dal corridoio sbucò Essam, seguito da Zainab.

«Bacci, c'è il tuo nome sul giornale. Non mi hai detto che ti occupi del caso del lupo mannaro».

Lo disse con una espressione mista di rimprovero e rammarico. Non si era sentito abbastanza considerato, e ci era rimasto male. Zainab si rivolse bruscamente al figlio.

«Essam, non disturbare il signor Bacci che deve lavorare».

Solo allora mi accorsi che mi aveva sempre chiamato così. Come Julia Rodriguez. Glielo disse in italiano. Davanti a me e a Mara, sapendo che non lo conosciamo, Zainab e Essam non parlano arabo. Avevo una gran voglia di riparare col ragazzo e avrei fatto qualunque cosa per non farlo sentire così.

«Ascolta Essam. Vuoi occupartene anche tu?».

«Io? E come?».

La madre subito gli domandò se aveva fatto i compiti per la sera.

«Oggi vorrei fare un passo in un bar per raccogliere qualche informazione. Magari ci troviamo qualche tua conoscenza, qualche tuo amico africano o sudamericano che può aiutarci. Vuoi accompagnarmi?».

Non stava più nella pelle dalla contentezza. Lo invitai ad andare a fare i suoi compiti, mentre io avrei provato a dormire qualche ora. Zainab continuava a guardare il figlio con un sorriso che esprimeva tutto l'amore e l'orgoglio per quella sua creatura che era la copia precisa di suo padre. Un ragazzo cresciuto nei vicoli della casbah tra Porta Soprana e Porta di Vacca, dove i nuovi padroni dello spaccio e della prostituzione controllano eserciti di ragazzotti e di bagasce dalla pelle nera e dall'anima in affitto come una camera d'albergo. Intelligente e scaltro come uno scugnizzo. Capace di annusare i pericoli della vita urbana più degradata e di scansarli col sorriso e la sicurezza d'un figlio della strada, nuotava in quell'acqua impestata senza farsi neppure sfiorare da quella merda. Grazie alla sua curiosità e al suo buon carattere conosceva un numero imprecisato di immigrati di ogni provenienza e di ogni età che, incontrandolo per la strada, lo salutavano come se fosse la loro mascotte.

«Non sarà pericoloso, signor Bacci?», mi chiese Zainab, preoccupata.

«Non credo».

«Non credo non basta a farmi stare tranquilla. Hanno ammazzato un uomo».

«Non sempre chi ammazza un uomo ne ammazzerebbe due».

«Anche questo non basta a mettermi il cuore in pace».

Intervenne Essam.

«Sempre a preoccuparti, tu. Non hai proprio fiducia in tuo figlio».

«Fiducia o non fiducia non c'entra niente. Questi sono assassini senza pietà».

«Ma c'è Bacci. Lui sa quel che fa».

Zainab rispose squadrandomi di traverso dalla testa ai piedi. Con uno sguardo che radiografava tutta intera la mia precaria condizione di detective senza assistente e di uomo senza mutande. Per poi tornare a sfiorare i miei occhi in una intesa che covava un po' di complicità e un po' di rimprovero. Era il suo modo per dirmi che fiducia o non fiducia adesso erano un problema tutto mio.

Sfruttando il suo innato senso della solidarietà femminile, Mara si accodò.

«Bacci sa quel che fa? Questa poi...».

«Va bene, va bene. Stai pure a casa, Essam. Non sarò certo io a farti rischiare la pelle».

«Non vorrai dar retta alle donne, Bacci».

«Ancora una parola, ragazzino, e te ne resti davvero a casa. Impara a portare rispetto a tua madre».

«Va bene a sua madre. Ma non sono una donna anch'io?».

Zainab non perse l'occasione per ricambiare la cortesia a Mara.

«La signora Mara ha ragione. Chiedi subito scusa, Essam».

«Scusami mamma. E scusa anche tu, Mara».

«Non è con te che ce l'ho, Essam. Ma con quel caprone del tuo detective che non sa cosa sia il riguardo verso la donna con la quale ha appena trascorso la notte».

«Mara, questa tua suscettibilità mi sembra davvero esagerata. Hai sempre paura di non ricevere abbastanza considerazione. Anche quando la considerazione non c'entra niente. È con Essam che ce l'avevo...».

«Vai a farti fottere. Tu hai la delicatezza di un caprone. Con me meno parli e meno sbagli».

Zainab era andata al lavello di marmo della cucina e aveva cominciato a pulire le acciughe, senza aggiungere una parola. Per lei quel discorso era stato chiuso da quella occhiata complice con cui mi aveva spedito il suo messaggio conclusivo. Uomo avvisato... Mentre trafficava con le mani sotto il bronzino facendo defluire via acqua, sangue e le interiora dei pesci, mostrava la sua lunga schiena e il suo culo alto e compatto come inequivocabile segnale del suo perfetto disinteresse per quella bega similconiugale. Una bega uguale a infinite altre alle quali aveva presenziato con la stessa estraneità di un elettrodomestico spento. Dopo quasi tre anni di silenzio. Questo per Zainab voleva dire discrezione, riservatezza. Aplomb. Per un momento mi domandai dove tutte queste scenate con Mara fossero andate a fissarsi e a registrarsi nella sua memoria di donna che aveva condiviso il mio letto. E quali sentimenti le provocassero. Perfino se le provocassero dei sentimenti. E chiedermelo mi serviva a quietare la mia coscienza di coccodrillo svogliato, ingordo e senza pace.

Con Essam ci accordammo di rivederci nel pomeriggio, alle cinque. Sarei passato da casa sua, in vico dietro il Coro delle Vigne. Era sulla strada della Maddalena. Mi accorsi che Mara stava guardando Essam con uno sguardo che non le avevo mai visto. Lo sguardo trasognato di una donna che vorrebbe avere un figlio. Ma lo vorrebbe già fatto. Bello e grande. Quasi un doppio di se stessa, adolescente sfacciata e del tutto immedesimata nella sua insolente fisicità. Lei, sempre impegnata a curare i suoi tanti bambini sofferenti. O a curarsi attraverso di loro. Cosa poteva mai dare a un piccolo bambino sano? Quella scomoda domanda, maledettamente azzeccata, schiacciava come un macigno ogni sua spaventata velleità di diventare la madre carnale di un figlio partorito dalla sua pancia soda e calda. E di uscire dal difficile ma ben collaudato ruolo di madre simbolica di tanti bambini che le succhiavano le tette, le mordevano i capezzoli, la sporcavano di cacca. Ma lo facevano metaforicamente. In una fantasia condivisa nella stanza delle sedute di psicoterapia. Essam sorrideva, gratificato da quello sguardo di Mara. Forse appena a disagio per la mia presenza. Ma i suoi occhi incollati all'accappatoio rosso lasciavano intuire che volentieri avrebbe ricambiato quel trasporto materno con ben altra moneta.

# Capitolo nono
## MANIMAN

Dormire, sognare. Morire, forse.

Dormire male, un'ora o poco più. E svegliarsi di soprassalto in preda a un'angoscia acuminata come un bisturi. Una sensazione che forse ho provato qualche volta da bambino, nel delirio della febbre. Svegliarsi con un soffocante senso di nausea che dallo stomaco sale alla gola e la chiude in un nodo che toglie l'aria.

Mi ci vuole qualche tempo per accorgermi che dietro tutto questo c'è lui. Il magone. Un bisogno di piangere ricacciato indietro, giù nel profondo. Un sentimento che è diventato sensazione fisica ed emozione violenta. E ha dato il segnale di allarme che mi ha svegliato. Ho sognato qualcosa che mi ha addolorato al punto di spaventarmi e di interrompere il sogno.

Vado nel bagno e resto immobile a guardarmi davanti allo specchio. Ho bisogno di rassicurarmi che Bacci Pagano esiste ancora. Che posso sempre contare sulla sua vecchia carcassa. Guardo quel corpo asciutto, ancora efficiente nonostante il carico degli anni. Qualche capello bianco. Qualche ruga sul volto pallido e tirato. I denti ingialliti dal fumo. Ma nel complesso non posso lamentarmi. La magrezza nervosa del torace, dove netta si intravede la sagoma delle costole, lascia emergere la rotondità dei muscoli del petto e dell'addome. Una delle costole è incrinata. Col brutto tempo si fa sentire. Più invecchio, più si fa sentire. Si vede anche la cicatrice di una pallottola. A un pelo dal cuore. Il disegno dei bicipiti e dei tricipiti spicca sotto la pelle compatta delle braccia. Anche qui un'altra vecchia sutura. Lama di coltello, diciotto punti. Ferite che tracciano sul corpo una tortuosa geografia che rinvia al dispiegarsi di una storia. E raccontano di tutta una vita spesa a fare questo improbabile mestiere. L'investigatore privato. Forse per caso. Come tutto il resto. Ritrovandomi con una pistola in mano senza mai ricordarmi del momento in cui ho deciso di impugnarla. Qualcuno lo chiama destino. Quando sono di cattivo umore mi dico che sono un coglione. Ma il mio corpo resiste. Nonostante tutti gli infortuni sul lavoro, posso ancora guardarlo senza disgusto e con l'idea che, in fondo, merita di essere desiderato e amato da una donna. Una donna che, a sua volta, mi presenti un corpo desiderabile da amare. Come quello di Mara, di Zainab o di Jasmìne. Un corpo come quello di Julia Rodriguez.

Ecco, ora il sogno cominciava ad affiorare alla memoria. Ancora quel vecchio albergo cadente. Davanti al mare. Blu. Immobile. Come un lago. E questa volta c'era lei, Julia Rodriguez. E mi diceva: «Señor Bacci, me gusta da morir».

– *Da morir.*

Io stavo scrivendo qualcosa sopra un quaderno di scuola. Forse i compiti di matematica. E poi ci ritroviamo abbracciati. Io la frugo sotto il vestito e sento la sua pelle nuda. Ma sento anche un ringhio sordo, un pericolo farsi sempre più vicino. Non vedo niente, ma so che è il lupo e che ora la sbranerà, lì, sotto i miei occhi...

Provai a chiedermi cosa fosse quel brusco risveglio. E cosa significasse quella specie di film intimo, privato, che si era dipanato dalla mia anima. Avrei potuto chiederlo alla dottoressa Sabelli. Dopotutto interpretare i sogni fa parte dell'armamentario del suo mestiere. Ma se ne era già andata via senza salutare. E poi ci avrebbe messo del suo. Le sue parole avrebbero finito per intossicare la lucidità professionale con la stizza della sua disillusione. Anche se questa volta ci aveva acchiappato. Era vero che quella donna mi era entrata dentro. Al punto che l'avevo messa al posto di mia madre. Salvarla voleva dire salvare qualcosa di profondo, che per me valeva la ragione stessa di vivere. Non potevo che spiegare così il mio accanimento nel pensarla innocente. E ora capivo anche la mia determinazione a trovare l'assassino. Non era mossa dalla volontà di punire una colpa. Era spinta dall'urgenza di salvare lei. Pensai all'albergo cadente davanti al mare. Un albergo non è una casa. E infatti sentivo di occupare la mia vita con lo stesso senso di precarietà con cui si alloggia in una camera d'albergo. Al cospetto di tutte le giovani donne del mondo che ormai mi sarebbero passate davanti senza che potessi fare altro che guardarle nella loro olimpica, indifferente serenità.

Allora decisi di cercare Rivoli. Mentre componevo il numero del giornale cercavo di immaginare le imboscate che la carogna della vita stava preparando a quello che restava del mio amor proprio. Rivoli non si trovava. Ci volle qualche tempo prima di riuscire a mettermi in contatto con lui. La voce asettica di una donna che al telefono pareva altrettanto asettica mi costrinse a uno sforzo di immaginazione. Chiese il mio nome e io subito pensai che quello fosse il suo cerbero per tenere lontani gli importuni. Così finii per alzare la voce e trattare la signora non proprio comme il faut. Questo la fece uscire dal suo professionale distacco per stabilire con me un rapporto strettamente personale. Cominciò a urlare che ero un gran maleducato e che potevo andare a farmi fottere. Aggiunse però che, essendo pagata per trovare quelli come Rivoli che stanno più spesso al bar che in ufficio, avrebbe fatto fino in fondo il suo dovere. Allora conclusi che era un cerbero che montava la guardia senza proteggere nessuno. Finalmente, la voce di Rivoli al telefono.

«Ciao, Rivoli. Sono Bacci Pagano».

Nella breve pausa che seguì avvertii il suo impercettibile irrigidirsi. Il disagio di un bambino beccato con le mani nella marmellata. Tuttavia ostentò un cameratismo tanto improbabile da rasentare la cialtroneria.

«Oh, Pagano, che piacere sentirti. Mi telefoni per il caso del lupo mannaro?».

«Lascia perdere le stronzate. Dimmi solo chi ti ha informato».

Faceva finta di non capire.

«Hai fatto il mio nome. Come hai saputo che mi occupo di questa faccenda?».

«Pagano, lo sai. Le fonti hanno diritto all'anonimato...».

«Se è per questo anche gli investigatori e i loro clienti hanno il diritto di non finire sui giornali. Specialmente gli indagati, quando c'è di mezzo il segreto istruttorio».

«A ognuno il suo lavoro. E poi i cittadini devono essere informati...».

«Infatti non ti ho chiamato per farti la morale. A ognuno il suo lavoro. Tu fai il giornalista e io faccio l'investigatore. Voglio solo sapere chi ti ha fatto il mio nome. Resterà fra noi due».

«Sì», bofonchiò con un riso nervoso. «Tu e Pertusiello siete culo e camicia...».

«E tu sei uno stronzo. Sai che di me puoi fidarti. Resterà tra noi e basta».

Era sul punto di cedere. Rivoli in fondo è un buon diavolo, e anche un discreto cronista di cronaca nera. Con me aveva avuto a che fare molte volte e non lo avevo mai fregato. Per questo adesso si sentiva un po' in colpa e faceva lo stronzo. Solitamente, quando in qualche articolo voleva mettermi di mezzo, si prendeva la briga di avvisarmi con una telefonata. Non bazzicava casa mia con la stessa frequenza di Pertusiello ma, in qualche occasione, aveva anche lui avuto modo di apprezzare la mia cucina e di gustare qualcuna delle preziose bottiglie della mia dispensa.

«Va bene, Pagano. Ma mi raccomando, io non ti ho detto niente. Anche se te lo chiede un magistrato in udienza. D'accordo?».

«D'accordo».

Tanta scena solo per salvare la faccia. In realtà parlare non gli costava quasi niente. Sapeva che con me andava sul velluto. Ma mi conveniva abbozzare e fare finta di berla.

«Ieri pomeriggio ho ricevuto una telefonata da un certo Matrakis. Leonida Matrakis. Uno che sembra greco e invece è italiano. Italianissimo. E parla come un libro stampato. Un tizio tanto ricco che io e te insieme dovremmo lavorare trecento anni per mettere insieme i suoi soldi. Ho scoperto che è il titolare di una grossa agenzia di import-export del porto. Mi ha detto che aveva alcune informazioni di prima mano sul caso del lupo mannaro. Sembra che abbia la passione del gioco d'azzardo. Conosceva il pensionato assassinato. Qualche volta si erano incontrati al casinò di Montecarlo, dove il morto andava a giocare con la moglie panamense. È stato lui a indirizzare il Terenzi alla CarPol».

«Ma come ha saputo che l'assicurazione mi ha assoldato?».

«Dice di essere un azionista dell'assicurazione e che, quando ha letto dell'assassinio del pensionato, si è preoccupato. Ha paura che la CarPol possa avere dei problemi a pagare una cifra così alta. Così ha preso informazioni. Non posso dargli torto. Al suo posto avrei fatto altrettanto».

Ecco un altro seduto sulla riva del fiume ad aspettare il famoso cadavere. Il corpo di Julia Rodriguez.

«Il presidente della CarPol gli ha assicurato che la vedova sarà riconosciuta colpevole. Tutti gli indizi sono contro di lei. E gli ha anche detto che non ci sono altri eredi. Matrakis mi ha chiesto di non fare il nome dell'assicurazione e io lo ho accontentato».

Poi, con l'aria di giustificarsi, aggiunse: «Peraltro, anche le mie fonti della questura sono dello stesso avviso. Tu cosa ne pensi?».

Fastidio. Rabbia. Ansia. Non so quale di questi sentimenti prevalse quando gli risposi.

«Sono tutte stronzate».

«Vuoi dire che secondo te la vedova è innocente?».

Maledizione, Rivoli mi aveva subito preso sul serio. Troppo sul serio. I giornalisti non mi sono mai piaciuti. Ho un mucchio di ottime ragioni per tenerli alla larga. Ma la più importante di tutte riguarda le indagini più pericolose. Mafia, droga, criminalità organizzata. Dove le parole sono bombe innescate a scoppio ritardato. Loro scrivono e se sbagliano rettificano. Io se sbaglio ci lascio la pelle. Così mi pentii di quella battuta, maturata sopra elementi che a un processo avrebbero pesato quanto un due di coppe a briscola. Ma ormai la frittata era fatta. Risposi con un tono che poteva significare tutto e niente.

«Forse».

Ora toccava a lui incalzarmi.

«Pagano, tu non sei un novellino. Se uno come te mi parla così, contro l'interesse di chi lo paga...».

Dovevo troncare subito quella conversazione. Stava diventando scivolosa e rischiava di crearmi più problemi di quanti me ne avesse risolto.

«Ascoltami bene, Rivoli. Pan per focaccia, oggi a me e domani a te. Se vengo a capo di questa matassa, ti prometto che il primo a esserne informato sarai tu. Potrebbe essere uno scoop. Ma io e te oggi non ci siamo sentiti, intesi?».

Con quella impegnativa promessa lo avevo sufficientemente rincuorato. In un impeto di gratitudine aggiunse che il mezzo-greco gli aveva riferito che Terenzi si era arricchito prestando soldi a strozzo a una moltitudine di sfigati che giocavano d'azzardo nei bar del centro storico. Dopo di che ci salutammo. Come due buoni amici.

Pensai che questo mezzo-greco e mezzo-italiano meritava la mia attenzione. Probabilmente era uno di quelli che avevano fornito a

Caviglia le informazioni su Terenzi. Adesso si cagava sotto per la paura. C'era il pericolo che l'assicurazione andasse a fondo sotto il peso di un esborso milionario. Caviglia non mi aveva riferito di alcuna difficoltà finanziaria della CarPol. Ma il fatto che la sua "derivata" non navigasse nell'oro semplicemente aumentava il suo interesse perché la vedova finisse in galera. Mors tua, vita mea. Ma la domanda che mi martellava nella testa era un'altra. A quale scopo questo mezzo-greco aveva telefonato al giornale? Quale interesse aveva che si conoscessero i retroscena di questo delitto, in barba al segreto istruttorio? Qualcosa mi sfuggiva. E sentivo il bisogno di agire subito. Presi l'elenco telefonico e cercai il nome. Matrakis Leonida. Non c'era che lui, con l'indirizzo e il numero di telefono. Abitava in corso Italia, il lungomare di Genova. Una lussuosa fila di ville, palazzi e palazzine che ogni mattina si risvegliano con stupore davanti all'azzurra distesa del golfo e alla processione di palme africane che gli fa da corona. Domicili esclusivi dell'alta borghesia genovese. Quanto di più prestigioso si possa immaginare in città. Rivoli aveva ragione. Il greco-italiano doveva essere davvero ricco.

Guardai l'ora. Erano le tre del pomeriggio. Ancora troppo presto per andare al bar di via della Maddalena. A quell'ora non ci avrei trovato nessuno. Composi il numero della CarPol e chiesi di Caviglia. Un'altra voce professionale di un'altra asettica signorina.

«Chi devo dire?».

«Bacci Pagano».

Ancora la nausea e la spiacevole sensazione di avere un chiodo piantato nella tempia destra. Ininterrotta. Come un basso continuo che accompagnava il filo dei miei pensieri.

«Buongiorno, signor Pagano. Ci sono novità?».

La ragnatela della sua voce mi avvolse subito attraverso il telefono.

«Qualche novità ci sarebbe. La polizia ha trovato tracce del lupo nell'allevamento dell'amante della vedova. L'uomo è scappato e la caccia è già cominciata».

Un grido di trionfo.

«Ah, bene! Benissimo! Allora ci siamo, è quasi fatta».

– Povero illuso. Vedrai che bella sorpresa che ti aspetta.

«Dunque c'era un'amante. Vede che avevo ragione?».

Pensavo ad Anna Terenzi, ma dissi: «Può essere. Ma non mi va di mangiar pane a ufo. Mi dia il nome dei clienti che l'hanno informata su Terenzi. Oggi vorrei parlare con qualcuno di loro».

Un silenzio che forse era disappunto, forse soltanto stupore.

«Ma è proprio il caso di grattare il culo alla cicala? Dopotutto le cose sembrano così chiare...».

«Gliel'ho detto. Voglio guadagnarmi le palanche che incasso. E non sono poche».

«Come vuole».

Mi fece tre nomi che segnai sul taccuino della scrivania. Il primo era Matrakis.

«Il signor Matrakis è un nostro socio e può cercarlo direttamente a mio nome. Gli altri due sono clienti e dovrei prima sentirli. Sa, è una questione di discrezione...».

Per me andava benissimo. Continuai a fare l'indiano e chiesi il numero telefonico del suo socio. Ci salutammo e gli promisi che lo avrei aggiornato sugli sviluppi dell'indagine. Prima di riattaccare lo sentii ridere di gusto. E ripetere al mio indirizzo: «Cosa le avevo detto? Ricorda il proverbio? Verso barba canuta...».

Gongolava, lo stronzo. Compiaciuto e divertito. Era un vero spasso.

«Non lo dimentichi, dottore», aggiunse.

Per cominciare avrei cercato di dimenticare subito lui. Chiamai Matrakis. Dopo qualche squillo rispose una voce da orchessa con un vago accento meridionale. Mi ingiunse bruscamente di aspettare. Pochi secondi dopo subentrò la voce di un uomo, rauca e gioviale. Sullo sfondo una vaga aria musicale di gusto barocco. Non ci giurerei, ma poteva essere un concerto per tromba di Torelli. Matrakis non sembrava affatto sorpreso dalla mia telefonata. Mi invitò ad andare subito a casa sua, in corso Italia. Era libero da impegni fino alle cinque. Sembrava quasi che non aspettasse altro. Parlava un italiano perfetto, senza inflessioni. Nonostante il nome, la sua lingua madre doveva essere proprio l'italiano.

Avevo poco tempo. Mi feci un caffè doppio e mentre mi vestivo lanciai un'occhiata fuori. Il cielo era scuro e minacciava pioggia. Per fare presto decisi comunque di rischiare e di andare in Vespa. Mezz'ora dopo posteggiavo il vecchio 200 PX in corso Italia. Stava piovendo e l'asfalto era già scuro d'acqua. Mi ero fermato di fronte a una curiosa palazzina di tre piani. Un'architettura originale, concepita apposta per risucchiare il più possibile luce e angolo visuale dall'esterno. Doveva essere stata costruita negli anni sessanta con una futuristica struttura modulare che la rendeva unica nel suo genere. Si affacciava su un piccolo giardino ben curato che degradava verso la strada e, oltre le palme dell'aiuola spartitraffico, guardava l'universo. Immobile sul marciapiedi, appoggiato alla ringhiera, indugiavo a osservare il mare. Era agitato e si frangeva sulla battigia sotto di me. Uno. Due. Tre. Infinite volte. Un tonfo sordo seguito dalla risacca e dallo strascico spumoso del pietrisco. In quella stagione gli stabilimenti erano ancora chiusi. Le loro bandiere, issate in cima a inutili pennoni, si afflosciavano esauste appena accarezzate dallo scirocco. Respirai profondamente quell'aria umida e salmastra, mentre una sottile pioggerella scivolava sul casco e mi grondava sul volto. La pioggia e la calura avevano attizzato la fragranza dei pitosfori, e dalle loro fioriture arrivavano zaffate dolciastre che impregnavano l'aria di un aroma mieloso. Attraverso la cappa grigia una luce ovattata rischiarava la strada e la passeggiata a mare deserta. Qualche sparuta coppietta. Un anziano signore col cane al guinzaglio. Quest'ultimo aveva aperto l'ombrello e accelerato il passo, determinato a non rinunciare alla propria passeggiata sul mare. Costi quel che costi. Un'altra cappa grigia, ancora più cupa e greve, ottundeva la mia mente snervata dalla stanchezza e dal sonno.

Attraversai di corsa la strada superando anche l'aiuola spartitraffico. Il cancello di accesso al giardino era chiuso. C'era un videocitofono, pigiai il pulsante del campanello e il cancello scattò. Salite le poche scale del giardino, incontrai un uomo in tuta verde da lavoro. Aveva il naso infilato nel giornale aperto. Aveva abbandonato sul prato alcuni attrezzi da giardinaggio e si era riparato dentro il portone. Era un vecchietto che poteva avere sessant'anni come ottanta, con due baffetti sottili e i capelli bianchissimi pettinati all'indietro. Mi guardò di traverso da sopra gli occhialini.

«Da chi deve andare?».

Parlava con un marcato accento genovese e con l'aria infastidita di chi viene distolto da una occupazione interessante.

«Il signor Matrakis mi sta aspettando».

«Allora al terzo piano».

Lanciai un'occhiata al giornale spalancato e riconobbi l'articolo di Rivoli sul lupo mannaro.

«Avete visto che brutta storia?».

Avevo deciso di parlargli in genovese. E in genovese il pronome di cortesia è il *voi*. Mi scrutò, sempre di traverso, con una certa diffidenza. E mi rispose in dialetto scuotendo la testa in segno di disapprovazione.

«Le palanche sono la rovina del mondo... Del resto, come si dice, chi ha capre ha corna».

«Anche una casa come questa sarà piena di gente con le palanche».

La sua diffidenza prese il sopravvento.

«Qui sono tutti galantuomini. Le loro palanche si sa da dove vengono».

«Insomma, tutte capre senza corna».

Non potei fare a meno di pensarlo.

– Maniman.

Una espressione genovese quasi intraducibile. Più o meno significa "non si sa mai". E meglio di qualsiasi altra esprime tutto il carattere di questa città e dei suoi abitanti. L'atteggiamento di Genova e dei genovesi verso il mondo e verso la vita. Non ti sbilanciare, non aprirti troppo, non rischiare.

– *Maniman...*

Poi provai a buttare l'amo e aggiunsi: «Ditemi ancora una cosa. Per caso è già arrivato il mio amico? Sapete chi intendo? Quello con quel grosso macchinone fuoristrada?».

Mi guardò con una espressione stralunata, come se fossi matto.

«Ma sì, il conoscente del signor Matrakis che ha quel grosso fuoristrada...».

«Forse si sbaglia con qualcun altro», mi rispose in italiano. «Io non conosco nessun conoscente del dottore che abbia un fuoristrada».

Sembrava sincero. Forse stavo pescando nel posto sbagliato. Lo salutai e mi infilai su per le scale che profumavano di Chanel N° 5. L'aura lasciata da qualche ricca signora uscita poco prima.

Alla porta dell'appartamento venne ad aprirmi una matrona attempata e rotonda come una pateca. Una cameriera vestita da cameriera, con tanto di crestina e grembiule bianchi su una cappa azzurrina dentro la quale si muoveva con la grazia di un elefante marino. Appena le dissi chi ero chiuse la porta alle mie spalle senza dire altro che un professionale «Mi segua, prego». La voce da orchessa del telefono era la sua. Arrancando davanti a me con l'andatura della sora Lella Fabrizi, mi accompagnò nello studio del mezzo-greco che mi stava aspettando. La stanza era satura di fumo, impregnata di un forte odore di sigaro toscano. Prima ancora che dal mio ospite, l'occhio fu catturato da una vetrata da capogiro spalancata sul mare. Schizzata dagli sbuffi di pioggia. Dove si apriva una sconfinata veduta che doveva spaziare da Capo Mele a Portofino. In realtà, in quella densa foschia, non si vedeva altro che una grigia distesa dove il cielo e il mare si confondevano. Il grandangolo dello scirocco. Un'intera parete affrescata con i colori della maccaia. Mi accorsi anche che, con la stessa delicatezza di un profumo o di un alone luminoso, per la stanza si profondeva una musica che veniva da chi sa quale misteriosa fonte nascosta. Pareva esalata dalle pareti stesse. Vi prestai attenzione e riconobbi un concerto grosso di Händel. Ma tutto questo non era ancora sufficiente a migliorare il mio stato d'animo.

Matrakis era un uomo tarchiato e corpulento, sulla cinquantina. Aveva due folti baffoni brizzolati che gli coprivano completamente la bocca, dalla quale mollemente penzolava un mozzicone di toscano acceso. Aveva un naso adunco e fine che pareva il becco di un gabbiano. Una criniera riccioluta e incolta, anch'essa brizzolata, che gli conferiva un'aria genialoide e stravagante. Da studioso di matematica pura o di fisica nucleare. Invece, a sentire Rivoli faceva lo spedizioniere. Indossava una camicia di flanella a quadrettoni sulla quale spiccavano due bretelle rosse che gridavano vendetta. Mi salutò con una energica stretta di mano. Quindi mi invitò ad accomodarmi su una delle due poltrone di pelle nera sistemate proprio davanti allo schermo gigante della vetrata. Tra esse era appisolato un tavolino di cristallo. Dopo avermi chiesto: «Whisky o brandy?», e aver ricevuto la mia risposta, vi posò due bicchieri e una bottiglia di Cardenal Mendoza. Si sedette sulla poltrona al mio fianco e versò da bere. Io estrassi il tabacco e la pipa ed egli subito prese l'iniziativa. Mi disse che apprezzava le mie preferenze in fatto di alcol e di fumo, e aggiunse: «Chi sa se anche in fatto di donne abbiamo gli stessi gusti».

Gli risposi che a me piacevano le donne belle e intelligenti tra i trenta e i quaranta, per le quali avrei fatto pazzie.

«Allora abbiamo proprio gli stessi gusti, dottor Pagano», concluse alzando il bicchiere e scolandolo con un solo sorso.

Io cominciai a sorseggiare con cautela il mio brandy, attento all'effetto che quel forte liquore provocava sul mio stomaco in subbuglio. Portavo ancora i postumi del pieno di daiquiri con Clara. Il Cardenal Mendoza era buono. Mi procurò un confortevole senso di languore che, come d'incanto, sciolse il groppo nervoso che mi teneva in tensione. Allungai le gambe e accesi la pipa, cercando di rilassarmi. L'ambiente mi aiutava. Quello studio era un capolavoro di garbo e semplicità. La ricchezza non veniva ostentata, ma traspariva con discrezione da certi particolari. Come il tappeto di lana su cui poggiavo i piedi. Intessuto a mano con un complesso arabesco di trame dai colori tenui, quasi sbiaditi. Dove dominavano il bianco e il crème. Era un tappeto sardo. Ne avevo acquistato uno simile al mercato di Mamoiada. Anche la linea del mobilio era elegante e sobria. Le poltrone, il tavolo da lavoro, la grande libreria, le sedie. Pochi pezzi, tutti moderni. Una prevalenza di acciaio e di nero dove il rigore funzionalista era modulato in una versione pacata e intimista, con le pareti e le tende azzurrine fatte apposta per mitigare e restituire al mare e al sole la loro luce. La vetrata aveva il tendaggio spalancato. Era incorniciata sui lati dal verde lussureggiante di due gigantesche piante di ficus benjamina. In mezzo, tra l'una e l'altra, dalla strada sbucavano i ciuffi delle palme. Immobili. Quasi stampati su quel fondo uniforme. Tutto questo contrastava clamorosamente con l'abbigliamento similtirolese di Matrakis. Le sue brache di fustagno marroncino facevano a pugni con le scarpe di cuoio testa di moro. Per tralasciare quelle bretelle rosse... Mi domandai se dietro quell'arredamento non ci fosse la regia occulta di una trentenne o quarantenne bella e di buongusto. Una donna come la moglie panamense di Terenzi. Una donna che aveva circoscritto la sua salutare influenza entro i confini della casa e dell'arredo, senza spingersi fin nella intimità dell'abbigliamento del suo proprietario.

«Caro dottor Pagano», esordì con la sua voce calda e un po' rauca. «Sono a sua disposizione».

«Caviglia le ha anticipato qualcosa?».

«Assoldando lei, Caviglia ha fatto una delle poche cose buone della sua vita. Ho letto sui giornali di alcune sue indagini. Mi creda, sono davvero contento di conoscerla. E soprattutto sono contento che lei si sia messo al servizio della CarPol. Anche se, purtroppo, temo che questo non basterà. Ho forti sospetti che la CarPol non sopravvivérà a lungo allo spirito di avventura del suo presidente...».

Non si poteva definirlo un tipo reticente.

«Spero che sopravviva almeno il tempo necessario a saldare il mio onorario».

«Quanto a questo può dormire tranquillo. A costo di pagarla di tasca mia. Lei forse ancora non lo sa, ma Caviglia ha la fissazione della finanza e della borsa. E considera la CarPol una sua proprietà privata. È vero che ne è il maggiore azionista. Ma in tanti abbiamo investito i nostri soldi nella compagnia di assicurazione. E ci preoccupa il fatto che lui metta così a repentaglio la nostra quota di capitale. Negli ultimi anni ha fatto qualche operazione finanziaria a dir poco spericolata. Al punto che alcuni soci hanno chiesto un controllo più severo da parte dei revisori dei conti. Insomma, lo teniamo sotto stretta sorveglianza».

«Mi sembra di capire che se la vedova di Terenzi dovesse riscuotere la sua polizza le cose per voi non si metterebbero troppo bene».

«Si metterebbero proprio male, caro dottore. Ma non mi sembra che corriamo questo rischio, vero?».

Più che una domanda era una supplica di rassicurazione. Una questione di vita o di morte.

«Al momento tutto gioca contro di lei. C'è di mezzo un cileno, il loro autista. Era il suo amante. Ha un allevamento di cani da guardia, la polizia ci ha trovato tracce di pelo. Appartengono al lupo che ha ucciso Terenzi».

Vidi i suoi occhi illuminarsi di contentezza. Tirò un bel sospiro di sollievo.

«Allora Caviglia è stato galantuomo. Stavolta non ha mentito. Mi ha assicurato che la signora era sicuramente colpevole. Ora tutto starà nel trovare le prove. Conto su di lei, dottor Pagano. Ci aiuti a uscire da questo pasticcio».

E tre, pensai. Il terzo che la chiamava in quel modo. Quasi che Julia Rodriguez diventasse *la signora* ogni volta che intorno a lei si stringeva il cappio della presunzione di colpevolezza. Forse per diventare una signora una panamense deve ammazzare il marito e, rinunciando a un milione di euro, pagare senza sconti il prezzo della rispettabilità.

«La conosce, questa signora?».

Mi guardò con uno sguardo ambiguo, dal quale si poteva almeno desumere che la conosceva. Corrugò la fronte e si lisciò i baffoni grigi. Sotto quell'ispido cespuglio mi parve di scorgere una smorfia. Forse una espressione di rammarico.

«Sì, qualche volta ci siamo incontrati a Montecarlo. In hotel e al casinò. Erano clienti assidui del tavolo dello chemin de fer. Giocavano e spesso perdevano. Anche somme piuttosto forti. Dei due era lei a mostrare più buon senso. Cercava di frenarlo, ma le carte per quell'uomo erano una specie di malattia...».

«Anche lei ha la passione del gioco, signor Matrakis?».

Non fece una piega. Si capiva che non aveva niente da rimproverarsi e che non conosceva il sentimento della vergogna.

«Mi piace giocare. A volte vinco, a volte perdo. Ma la somma da giocare la decido sempre in anticipo. E non mi sono mai fatto prendere la mano. A conti fatti, potrei dirle che dopo tanti anni questa passione mi è costata forse alcune decine di milioni. Non di più».

«Di euro?».

«Oh, no! Di vecchie lire».

«E a Terenzi quanto sarà costata?».

«Forse altrettanto. Ma lui giocava da poco tempo e ha bruciato quella somma in meno di due anni. Inoltre, lui e la moglie alloggiavano in un hotel di lusso. La signora vestiva con una certa classe e indossava gioielli di notevole valore. Venivano a Montecarlo con una Mercedes nuova da oltre cento milioni. Mi sono chiesto come quell'uomo dall'aria così miserabile avesse fatto tutti quei soldi. Caviglia l'altro giorno mi ha riferito che prestava soldi a strozzo».

«Non si può dire che quei due siano passati inosservati».

Si strinse nelle spalle e sollevò le sopracciglia.

«E come potevano? Erano così... improbabili».

«Ma lei che idea si è fatto?».

«Si spieghi meglio».

«Mi piacerebbe conoscere le sue impressioni».

«Le mie impressioni? Sulla signora? Sul marito?».

«Sulla signora e sul marito. Sulla loro coppia così improbabile».

Il toscano si era spento. Dal tavolino prese l'accendino e lo riaccese tenendolo in mezzo alla bocca, con le labbra protruse in avanti. Quasi risucchiato dalla maccaia, il fumo andò a rapprendersi sul vetro della porta-finestra. Ora i suoi occhi inseguivano il ricordo. E col ricordo una melodia mentale ancora più struggente della musica di Händel. L'espressione del volto mi comunicò un'ombra di dispiacere. Forse era proprio rimpianto. E sbocciava non appena i suoi pensieri lambivano l'immagine di Julia Rodriguez. Al tavolo dello chemin de fer non l'avrebbe mai più rivista. Ma fu un pensiero fugace come la brezza del mattino.

«Una coppia stranamente assortita», disse recuperando un certo distacco. «A chiunque veniva da domandarsi perché una donna come quella stesse con quel vecchio. Credo solo per i soldi. In diverse occasioni sono venuti a Montecarlo accompagnati da un giovane sudamericano che gli faceva da autista. Lei mi ha detto che erano amanti. Le confesserò che, da come quell'uomo guardava la moglie di Terenzi, io l'avevo sospettato fin da principio. Peraltro mi pareva che il vecchio si fosse accorto della cosa, perché spesso lo trattava con dispetto e arroganza. Forse voleva rivalersi del tradimento».

Mi chiesi se volesse convincermi di qualcosa di cui neanche lui era convinto. C'era in ballo un milione di euro. Si versò da bere e fece per versarne anche a me. Lo fermai portando rapidamente la mano sul mio bicchiere. La cosa gli dispiacque, come se il mio rifiuto rompesse quel senso di complice intimità che si era creato tra noi. Riaccese il toscano che si era nuovamente spento, mentre io tiravo la mia pipa e la stanza stava diventando nebbiosa come il paesaggio spalancato là fuori, davanti a noi. Finalmente si decise a soddisfare la mia richiesta.

«Terenzi adorava sua moglie. Del resto non poteva essere diversamente. È una donna incantevole e leggiadra».

Ecco due parole che gli uscivano dal cuore.

– *Incantevole e leggiadra.*

«Terenzi sapeva che avevo degli interessi nel settore assicurativo. Forse glielo avevo detto io stesso. Mi chiese a chi poteva rivolgersi per stipulare una polizza sulla vita. Ma vuole sapere cosa lo preoccupava più di tutto? Che la moglie venisse a conoscenza delle sue preoccupazioni. Non voleva in alcun modo turbare la sua serenità. La trattava con una amorosa sollecitudine che qualche volta rasentava la devozione. Quasi fosse la sua figlia prediletta. Ricorda papà Goriot di Balzac?».

Certo che ricordavo papà Goriot. Ma ricordavo anche che Terenzi una figlia ce l'aveva. E la nascondeva come una ladra.

«Di quali preoccupazioni si trattava?».

«Una sera venne a bussarmi in camera, in albergo. Era solo. Era anche molto spaventato e mi disse che in quei giorni aveva ricevuto delle minacce da un rumeno. Telefonate, richieste di quattrini. Si era tenuto sul vago... Gli domandai se aveva avvisato la polizia. Mi rispose di sì, ma credo che mentisse. Fu in quell'occasione che mi chiese un consiglio riguardo all'assicurazione sulla vita. Ma prima di raccontarmi ogni cosa fece una premessa. Mi fece giurare che non avrei detto nulla a sua moglie».

– Tale padre, tale figlia, – pensai.

«Lei non doveva saperne niente. La sua serenità sembrava stargli a cuore più della vita stessa. Quel pover'uomo mi fece una pena infinita. Così decisi di aiutarlo. Chiamai subito Caviglia e glielo raccomandai. Caviglia si occupò sollecitamente della faccenda, e devo riconoscere che fece un eccellente lavoro. Perché, quando due settimane dopo rividi Terenzi a Montecarlo, si era tranquillizzato e non la finiva più di ringraziarmi. Il suo modo di manifestare gratitudine era perfino invadente, eccessivo. Eravamo vicini a Natale. Lo ricordo perché mi fece recapitare a casa una cassetta di bottiglie di champagne. Accompagnato da un biglietto di ringraziamenti e di auguri».

Avevo annotato mentalmente che la misteriosa telefonata c'era stata veramente. L'uomo dell'est europeo era un rumeno. Julia Rodriguez aveva detto la verità. Questa conferma veniva da uno al di sopra di ogni sospetto. Matrakis aveva infatti tutto l'interesse a che la panamense finisse in galera. Bevvi un ultimo sorso di brandy dal fondo del bicchiere e mi persi a guardare i larghi giri di un gabbiano in volo sul mare. Mi parve che, dopo ampie volute, tornasse a posarsi sempre nello stesso punto. Un piccolo scoglio affiorante tra le onde. Anch'io tornai sullo stesso punto, quello che più mi stava a cuore.

«Lei l'ha conosciuta, li ha visti insieme. Riesce a immaginare quella donna che fa uccidere il marito?».

Lo vidi in difficoltà. Forse non riusciva a immaginare. L'immaginazione si nutre di desiderio, e i suoi desideri non lo avrebbero mai portato a quella conclusione. Mentre in lui si agitava un vortice di impressioni e di ricordi non trovò di meglio che versarsi mezzo bicchiere di Cardenal Mendoza, sorseggiandolo con gli occhi smarriti al di là della vetrata. La foschia aveva steso su quella presunzione di mare e di cielo un sudario lattiginoso dove la luce del pomeriggio scivolava come una carezza. Ma non mi facevo illusioni. Tra il suo silenzio e quello che avrebbe potuto raccontarmi c'era di mezzo un milione di euro. E una possibile bancarotta che lo avrebbe coinvolto.

– *Manimàn...*

Cercò di scrollarsi di dosso quell'ingombrante bagaglio di sentimenti confusi e assunse un tono disincantato, da uomo di mondo che non si lascia ingannare dalle apparenze. Proprio come avevo visto fare a Pertusiello. Quindi masticò il suo toscano acceso, lo prese fra le dita di una mano e con l'altra si lisciò nuovamente i baffi.

«Lei ha provato a immaginare come può sentirsi una donna del Centroamerica di fronte a un assegno da un milione di euro?».

«Come chiunque altro, signor Matrakis».

«Via, dottor Pagano, non faccia l'ingenuo. Non come tutti gli altri. Quella donna dal fascino così conturbante aveva un giovane amante. Sicuramente la prospettiva di godersi con lui il frutto della polizza non la lasciava indifferente. Terenzi non era una persona attraente. Poteva suscitare disgusto. Pena. O perfino tenerezza. Ma non certo pretendere di essere ricambiato nei sentimenti che provava per lei».

Per un momento mi tornò in mente la fotografia in cui erano ritratti insieme, a Montecarlo. Incastonato nella cornice d'argento rividi il loro sorriso senza riserve. Un sorriso così improbabile... Mi chiesi se Julia Rodriguez ricambiasse i sentimenti del marito. E quali fossero questi sentimenti. Eppure quella promessa di felicità aveva ancora la freschezza di un sogno possibile. E crederci avrebbe fatto tremare a chiunque le vene dei polsi.

«Se lei lo avesse visto al tavolo dello chemin de fer», continuò Matrakis, «la penserebbe come me. Era un personaggio che, nella sua patetica devozione, aveva qualcosa di sordido. Una vena libidinosa che trapelava ogni volta che vinceva alle carte. Non giocava lui. Voleva che fosse lei a fare le puntate. E la guardava, la guardava. E quando lei vinceva godeva per procura e si esaltava e usciva dalla sua solita compostezza. Quel che a lui piaceva di più era vederla eccitarsi al tavolo da gioco. Come se non potesse farlo altrimenti. E, quando lei perdeva e si avviliva, era come se ugualmente lui godesse a esporla all'oltraggio della malasorte».

Mi sembrava di vederla, quella scena. Proprio come me l'ero immaginata. Quel mezzo-greco non solo parlava un italiano perfetto, ma usava parole affilate come coltelli.

«Tutto questo è molto bello e confortevole», gli dissi indicando lo studio e la vetrata. «Deve costare un patrimonio. Perché non mi insegna come si fa a mettere insieme tanto bendiddio?».

Le mie parole lo colsero di sorpresa e lo costrinsero a schermirsi come poteva.

«Dovrebbe chiederlo a mia madre. Meglio ancora, al mio nonno materno. Ha mai sentito nominare i marchesi Del Bene?».

«Quelli della ditta di spedizioni?».

«Proprio loro. Io non ho fatto nulla. Quando sono venuto al mondo mi sono ritrovato tutto questo come un regalo della provvidenza. Devo solo fare in modo di non lasciarlo andare al diavolo».

«E cosa fa per non lasciarlo andare al diavolo, a parte contenere le perdite al casinò?».

«Affianco mia sorella. Caterina ha una decina d'anni più di me. È lei che dirige la ditta del porto. Tutte le mattine vado in ufficio e cerco di occuparmi dell'agenzia di spedizioni. Se vuole saperlo, lo faccio senza passione. In realtà la mia passione è sempre stata la grande letteratura europea. In particolare la letteratura francese tra otto e novecento. Ho studiato alla scuola normale di Pisa e ho fatto un master alla Sorbona. Nel tempo libero coltivo i miei studi e collaboro con alcune riviste specializzate mandando qualche articolo».

«E perché non ha fatto la carriera universitaria?».

«Gliel'ho detto, dovevo occuparmi dell'agenzia di spedizioni. Mia madre me l'ha chiesto sul letto di morte. Vede, dottor Pagano, la famiglia Del Bene ha attraversato momenti difficili subito dopo la guerra. Per via di una pesante compromissione di mio nonno con il regime fascista e con le truppe tedesche di occupazione rischiammo di perdere tutto, salvo il blasone. Poi, grazie a qualche protezione politica e all'aiuto di mio padre, che aveva avuto una certa parte nella resistenza greca, mia madre riuscì a ristabilire gli antichi fasti della famiglia. Non poteva adattarsi all'idea che il suo figlio maschio non si prendesse carico del proseguimento dell'attività».

«Insomma, un conto in sospeso con la mamma».

«Qualcosa di più. Diciamo una promessa solenne».

Notai che al dito non portava la fede.

«Una mamma e una sorella ingombranti, le sue. Ha anche promesso che non avrebbe mai sposato una bella donna tra i trenta e i quaranta che le facesse perdere la testa? Oppure non ha mai trovato quella che gliel'ha fatta perdere davvero?».

Sorrise, stuzzicato da quella domanda così personale. Ma lui non conosceva il sentimento della vergogna. E versandosi un altro goccio di brandy, rispose con tranquilla franchezza.

«Quanto a questo ne ho trovate, eccome. Ma nella mia vita le donne sono un po' come le carte. Vanno e vengono».

«Anche con le donne si è sempre imposto di fermarsi in tempo?».

«Diciamo che quando perdo la testa mi considero pericoloso per me e per gli altri. Col tempo ho imparato a farlo con una certa misura. Mi piace troppo la libertà, dottor Pagano. E il solo modo che ho trovato per conservarla è concedermela vigilata. A dosi omeopatiche».

Mi venne in mente Rivoli. La telefonata al giornale. Poi guardai l'orologio. Mancava un quarto alle cinque. Essam mi stava aspettando per il suo debutto di aiuto detective. Matrakis non sembrava avere alcuna fretta. Mi alzai dalla poltrona e la buttai lì con finta noncuranza.

«Forse ha ragione. I giochi sono ormai quasi fatti. Peccato che stamattina sia comparso l'articolo sul "Secolo". Senza quel pezzo, chiudere la partita sarebbe stato più facile».

Mi guardò con aria interrogativa, aggrottando le sopracciglia. Folte e brizzolate come i suoi baffi.

«Che cosa glielo fa pensare?».

«Ora la vedova starà sulla difensiva. Purtroppo in questura o in procura qualcuno ha violato il segreto istruttorio».

Mi scrutò con l'aria di chi la sapeva più lunga di me. Gli occhi si strinsero in una espressione quasi sarcastica. Mi parve di scorgere sotto il cespuglio di quei baffoni le labbra contrarsi in una piega maliziosa. Mentre si alzava dalla poltrona infilò i pollici nelle bretelle rosse e le tese facendole schioccare sul petto.

«Secondo lei in questura o in procura sanno che la CarPol l'ha assoldata?».

«Cosa intende dire?», domandai serio.

«Esattamente quello che ho detto», ribatté altrettanto serio.

«Può essere. Il mio amico Pertusiello lo sa».

«Il suo amico commissario non farebbe mai una soffiata alla stampa».

Pensai che con uno come lui tanto valeva giocare a carte scoperte.

«E va bene, dottor Matrakis. Se vuole saperlo io sospetto che la soffiata sia arrivata proprio dalla CarPol».

«Questo mi conferma che lei sa fare il suo mestiere. Sinceramente la cosa mi conforta. In questo momento la mia quota azionaria è nelle sue mani».

Sentire quelle parole e il tono ironico con cui furono pronunciate mi fece salire la merda al cervello.

«Questo significa giocare sporco. Voi non potete assumermi e poi tenermi all'oscuro...».

«È stata tutta un'idea di Caviglia. Non è nel mio stile fare simili giochetti. Le giuro che sono stato solo un esecutore».

«A quale scopo?».

«Diciamo che ci ha fatto un piccolo test. Voleva tarare la sua efficienza investigativa e la nostra fedeltà alla sua causa».

– Brutto figlio di puttana, – pensai. Sicuramente mentiva sapendo di mentire. Ma neanche a me andava giù di essere sottovalutato.

«Tutte balle. Voi volete mettere alle corde la vedova».

«E se anche fosse, che cosa ci sarebbe di male? È un'assassina, no?».

«Dovevate dirmelo che il mio nome finiva sui giornali».

«Glielo ripeto. Non è stata una mia iniziativa. Caviglia non si fida di nessuno. Né di me, né di lei. Forse sarebbe più saggio se cominciasse a non fidarsi anzitutto di se stesso. Questo lo aiuterebbe a combinare meno pasticci. Invece nutre verso le proprie capacità una fiducia smisurata che gli fa correre dei rischi incalcolabili. E purtroppo, come in questa circostanza, li fa correre anche alle persone accorte e prudenti. Come me. E come lei. Che abbiamo avuto la sfortuna di trovarci sulla sua strada. Con questa mossa ha voluto mettere alla prova sia me che lei. Non capisce?».

«No, non capisco».

«Non dimentichi che sono stato io a fargli conoscere Terenzi. Ed io conosco anche la bella vedova di Terenzi, verso la quale non nego di nutrire una sorta di interesse... diciamo estetico. Non mi fraintenda. Un puro apprezzamento di natura contemplativa».

– *È una donna incantevole e leggiadra.*

«Se io non avessi telefonato al "Secolo" gli avrei dato la prova che non sto dalla sua parte. Ne avrebbe dedotto che remo contro la sua creatura, la CarPol. E lo stesso vale per lei, dottor Pagano. Caviglia ha una paura fottuta che lei non sia convinto che la panamense sia colpevole. Sospetta perfino che lei lavori per dimostrare la sua innocenza. Questa innocenza significherebbe la fine per la CarPol e per Caviglia. Capisce?».

«E per lei no?».

«No, la fine no», rispose con risentito puntiglio. «Ma certo molti, molti problemi. Questo non posso negarlo. Se Caviglia non fosse così ottusamente diffidente lo capirebbe anche lui e sul mio conto si metterebbe il cuore in pace».

Ecco, anche questa volta avevo visto giusto. Davvero una bella soddisfazione quando l'intuito ti serve ad accorgerti che ti hanno menato per il naso e non puoi farci niente.

Uscendo da quel confortevole studio pervaso dalla musica di Händel, dal fumo e dai colori della maccaia masticavo una rabbia rancida destinata a covarmi dentro come un topo morto. La raffinata semplicità di Matrakis adesso mi suonava fin troppo semplice e troppo raffinata. E la sua signorile condiscendenza mi faceva girare ancor più le palle. Avevo una gran voglia di tornare indietro, afferrarlo per la sua camicia di flanella e le sue bretelle rosse e sbatterlo contro quella vetrata panoramica spalancata sullo scirocco. E urlargli nelle orecchie che la panamense non c'entrava niente con la morte di suo marito. E che la piantasse di intrigare per salvarsi il culo e la faccia di fronte all'austero perbenismo degli illustrissimi marchesi Del Bene. Che se l'andassero a prendere nello streppo anche loro.

Ora pioveva forte. E l'aria fradicia del pomeriggio mi restituì la familiare sensazione di sonno e nausea che fin dal mattino mi perseguitava senza posa.

# Capitolo decimo
## Battute di caccia

Il tergicristallo del taxi si alzava e si abbassava con la regolarità di un metronomo. E, mentre spazzava via la pioggia che grondava sul parabrezza, scandiva il ritmo della mia incazzatura. Quell'acqua non mi aveva lasciato altra scelta. Avevo abbandonato la Vespa sul lungomare e avevo chiamato un taxi. Superate le bandiere di piazzale Kennedy, l'auto imboccò viale delle Brigate Partigiane. A quell'ora cominciava a riempirsi di traffico. Lanciai un'occhiata distratta al bianco e nerboruto pescatore marmoreo che scruta il mare. Un obbrobrio della retorica fascista eretto in fondo a quella larga strada affiancata da una lunga fila di palazzi di gusto fascista. Forse per questo dopo la liberazione questo viale lo hanno dedicato alle brigate partigiane. Sotto ci scorre il Bisagno, giusto prima di finire in mare. Un rigagnolo fetido che di tanto in tanto diventa grosso e minaccia di allagare mezza Genova con la sua piena di bratta color cioccolato.

Passai davanti alla questura e mi venne in mente di chiamare Pertusiello.

«Ciao Totò, sono Bacci».

Mi rispose con un saluto che pareva un grugnito.

«Novità?».

«Hanno trovato la macchina del cileno abbandonata vicino a Grugliasco. La vedova di Terenzi ci ha detto che Verda da quelle parti ha dei conoscenti. Questo è tutto quello che sa. Come vedi, quella donna non ci è di grande aiuto».

«Mi raccomando, Totò. Di' agli agenti di andarci con la mano leggera. Probabilmente quel poveraccio non c'entra niente col delitto».

Tutta la sua irritazione fibrillò in una domanda secca. Inappellabile.

«E tu come fai a dirlo?».

«Sono sulle tracce dell'assassino. Quello vero.».

Fu come accendere un cerino dentro una stanza satura di gas. Scoppiò a urlare dentro il suo piccolo cellulare che, in quella mano ciclopica, doveva sembrare ancora più minuscolo.

«Eh, già. Perché noi invece stiamo qui a giocare a fare la guerra agli innocenti. Noi sbirraglia un po' ottusa che perdiamo le nostre notti dietro alle farfalle. Mentre il signor Sherlock Holmes ha già capito tutto. E si diverte a farci fare la figura degli imbecilli...».

«Per ora non posso dirti di più. Vengo stasera in questura».

Riattaccai lasciandolo solo con la sua rabbia impotente. E me lo immaginavo mentre si accaniva col suo enorme dito indice sul microscopico tasto rosso del cellulare.

Appena il taxi imboccò la centralissima via Venti Settembre, il mio telefonino cominciò a trillare. Era di nuovo lui.

«Che cosa hai scoperto?».

«Te lo dirò quando sarà il momento. Io non sono mica un servitore dello Stato».

«Perché vuoi farmi fare delle figure di merda?».

«Chi, io? Ma tu sei matto. Io faccio solo il mio lavoro».

«No. Tu ci godi a farci fare delle figure di merda. Mi prepari le cenette, mi fai cantare come un usignuolo e poi mi fai fare delle figure di merda. Dove sei?».

«Sono sulle tracce di un rumeno. L'assassino di Terenzi. Ci vediamo stasera».

Riattaccai e chiamai subito Essam. Dopo avergli dato l'appuntamento spensi il telefono cellulare.

Il taxi mi lasciò in piazza De Ferrari, proprio davanti alla bella facciata neoclassica del Carlo Felice, il teatro dell'opera di Genova. Facciata neoclassica con grande cubo incombente. Restaurato anch'esso per le Colombiane, cinquant'anni dopo essere stato distrutto dai bombardamenti alleati. Cinquant'anni. Mezzo secolo per il teatro. Vent'anni per pochi chilometri di metropolitana. Genova è fatta così. Una città che ai suoi cittadini chiede di vivere a lungo. Attraversai la strada e infilai salita San Matteo, un vicolo che scende dritto nel cuore del centro storico. Davanti alla fontana di Campetto Essam mi aspettava sotto l'ombrello aperto. Mentre camminavamo veloci sotto quella fitta pioggia gli spiegai cosa doveva fare.

«Io entrerò nel bar. Tu arriverai qualche minuto dopo, facendo finta di non conoscermi. Se la faccenda diventasse pericolosa è meglio che non ci vedano insieme. Devi essere molto prudente. Se trovi qualcuno che conosci, qualcuno di cui ti fidi, avvicinati e cerca di sapere qualcosa. Altrimenti lascia perdere. Mi interessa sapere se in quel bar bazzica un rumeno. Informati su come si chiama, dove abita e cosa fa nella vita. Chiedi anche se per caso ha un fuoristrada».

Mi ascoltava attento e curioso.

«Perché cerchi questo rumeno?».

«Perché probabilmente è lui che ha ammazzato il vecchio pensionato. È un assassino, una pelle gramma come l'aglio. Dunque tu fai domande solo a persone che conosci bene. Devi essere sicuro che nessuno gli riferisca che hai chiesto di lui. Hai capito bene, Essam? Non commettere imprudenze o questa è l'ultima volta che ti faccio lavorare per me».

«Bacci, ho capito. Sembri mia madre».

«Ragazzino, a tua madre ho promesso che non era una faccenda pericolosa. E invece ora so che lo è».

«E allora perché mi hai portato?».

E poi si dice che l'adolescenza e il buon senso sono incompatibili. Essam smentiva almeno cento volte al giorno questo stupido luogo comune. Gli piantai il dito indice tra le costole.

«Perché altrimenti ci saresti rimasto male. Mi sbaglio?».

«Tu sbagliarti? Bacci Pagano non sbaglia mai».

Gli spiegai com'era fatto il bar ed egli capì subito. Evidentemente lo conosceva perché mi disse: «È un posto dove alle carte si giocano un mucchio di soldi».

Prima di svoltare tra vico Lavagna e via della Maddalena ci separammo. Se avesse scoperto qualcosa mi avrebbe chiamato più tardi, dopo la scuola.

Il bar era ampio e pieno di fumo e di gente. Si entrava in una grande sala centrale col banco e cinque o sei tavolini. Da qui si accedeva a due sale laterali, una col biliardo e l'altra con altri tavoli, tutti occupati. Come fuori dalla porta, anche sopra al banco svettavano due grandi stemmi. Il grifone rossoblu e il baciccia blucerchiato, con tanto di rispettive bandiere. Pensai che il padrone del caffè doveva essere uno di quelli che non vogliono inimicarsi nessuno, ottenendo esattamente l'effetto opposto. Perché un genoano non andrebbe mai in un bar dove penzoli la bandiera sampdoriana. E viceversa. Mi accostai al banco e ordinai un caffè. Intorno sentivo parlare diversi dialetti. Napoletano, calabrese e anche qualche battuta in genovese. Ma anche lingue esotiche parlate forse da un miliardo di uomini, che col napoletano, il genovese e il calabrese hanno in comune il fatto di essere idiomi marginali. Voci soffocate che salgono dalla periferia dell'Impero Globale. L'Impero conosce e parla una sola lingua. L'inglese. E in quella detta le regole dell'Economia, della Scienza e del Potere. Finché durerà. Perché anche gli imperi, come certi individui, preparano con sagacia il loro ineluttabile declino. Gli avventori avevano l'aria di una clientela abituale da bar, di quelli che nei locali ci passano il tempo libero. E dunque la maggior parte del loro tempo. Erano in larga parte immigrati extracomunitari provenienti dall'America latina e dall'Africa. Soprattutto marocchini e senegalesi. Si respirava un'aria rancida di chiuso e di fumo. E un inconfondibile odore di povertà. Il fastidio doveva essere stampato sulla mia faccia, perché vicino a me un mento lungo e mal rasato si protese sopra la mia spalla. Mi voltai. Quattro denti distribuiti a caso nell'incavo della bocca roteavano, facendo girare una cicca spenta tra due labbra quasi invisibili. La bocca era un osceno buco dove il tempo e la trascuratezza avevano scavato senza economia e senza riguardo.

«La gente perbene inviterebbe volentieri i poveri al proprio desco. Se solo non puzzassero».

A parlare era stato un vecchio appoggiato al bancone, vestito come un barbone. Portava un lurido cappotto tutto sgualcito su due spallucce ricurve. Tra le dita nere dalla sporcizia stringeva un bicchiere di cancarone rosso che dava alle sue parole un pestilenziale tanfo alcolico. Non colsi nessuna particolare inflessione dialettale e mi colpì quella parola ricercata.

– *Desco*.

Mi osservava con due occhietti vivaci e cisposi e, quando si accorse che anziché rivolgermi altrove continuavo a prestargli attenzione, si sorprese e si animò.

«Magari una volta al mese, tanto per lavarsi la coscienza. Ma la puzza rovina l'appetito».

Il barista che gli aveva servito il cancarone doveva conoscerlo bene e non gli fece caso. Il vecchio segnò un gruppo di senegalesi che se ne stavano seduti nella sala laterale, alla nostra destra.

«Li vede quei disgraziati? Vengono dall'Africa. Terra povera di acqua e sovrabbondante di calura e di sudore. Da loro non necessariamente ci aspettiamo ignoranza o crudeltà. Ormai è risaputo che non sono selvaggi tagliatori di teste e mangiatori di uomini. Il fatto è che un africano povero puzza anche se ha fatto l'università. E la puzza tira su fra gli uomini barriere ben più alte della lingua e della religione. In fondo, coi gesti ci si può sempre capire. E ognuno può credere al suo Dio, senza disturbare gli altri. Queste sono faccende che riguardano la testa. Ma il corpo, il naso e la pancia sono un'altra cosa».

L'indice scivolò dalla testa al naso alla pancia, a sottolineare tutta la concretezza di quella dichiarazione. Continuava a fissarmi sempre più stupito che avessi ascoltato in silenzio tutta la sua tirata. Un autentico ibrido tra una lezione di antropologia culturale e un'autodifesa per farsi perdonare il fetore che emanava dalla sua persona e il suo alito alcolico. E i suoi lercissimi vestiti di clochard anomalo, tanto raffinato nel linguaggio quanto grossolano nel palato. E trucido nel look. E sembrava stupito anche dal mio stupore per quello che aveva detto. Era un barbone che parlava come un libro stampato.

«Ma non è mica sempre stato così, sa? Da poco più di un secolo l'uomo occidentale ha inventato il sapone. E questa conquista di civiltà gli ha fatto tagliar fuori dall'orizzonte delle sue possibili frequentazioni tutti coloro che non lo usano. Circa tre quarti dell'umanità».

Mi scrutò con curiosità, con l'aria di chiedermi come la pensassi. Feci segno al barista di riempirgli un altro bicchiere.

«Naturalmente nel mondo ci sono ampie zone grigie, come questo caffè. Dove questi due campionari di umanità possono pacificamente convivere grazie al fatto che chi adopera il sapone non lo usa molto più spesso di chi non lo conosce affatto. Un problema di frequenza relativa. Un'ottima barriera contro l'ossessività. Lei invece sembra un damerino. Scommetto che si lava tutti i giorni».

«La puzza di sudore mi fa vomitare».

Si mostrò deluso dalla mia risposta. E anche contrariato perché, evidentemente, dopo l'attenzione che gli avevo prestato si aspettava qualcosa di più. Avrei potuto aggiungere che diffido della pulizia eretta a valore sociale. Avrei potuto dirgli che non mi piacciono quelle case dove per non sporcare non si cucina. E quei centri storici dove tutto è perfettamente lindo e ordinato, e la spazzatura, l'immigrazione e la povertà vengono pudicamente rimossi e occultati agli occhi dei turisti. Dove trovi i fiori in bella mostra e in giro non vedi uno zingaro, una bagascia né un accattone. Dove al restauro delle case vecchie e fatiscenti segue la derattizzazione della dolente umanità che le abita. Come se le città fossero vetrine che vendono scorci da cartolina. Giusto per mandare in vacanza il cervello e dimenticare che il mondo è un'altra cosa. Avrei potuto. Ma non sarebbe servito a niente. Perché quello che il vecchio voleva era solo che bevessi un sorso di cancarone dal suo bicchiere. Infatti trangugiò il suo vino e, senza aggiungere altro, col dorso della mano si asciugò la bocca e mi voltò le spalle. Quindi andò a sedersi vicino a un marocchino che fumava il suo narghilè. Con gli occhi chiusi e la mente persa chissà dove. Il marocchino aprì gli occhi e gli passò la canna di quella diavoleria gorgogliante come se non aspettasse altro.

Il barista era un omone grasso e grosso perennemente sudato e incazzato. Portava un grembiulone bisunto e mi servì il caffè senza neppure guardarmi in faccia. Parlava con un marcato accento napoletano.

«Volete del latte?», mi domandò sperando che gli dicessi di no e non gli facessi perdere tempo. Era uno di quei tipi che, se potessero, piscerebbero camminando. Per fare prima. Dopotutto non aveva una gran ressa di avventori da servire. Per fermare quella fretta con cui si affliggeva l'esistenza dovevo fare una mossa forte che lo colpisse. Dal portafogli estrassi la fotocopia della licenza, la spiegai e gliela allungai sotto il naso.

«Sì, grazie. E vorrei anche qualche informazione, se potete darmela».

Guardò il foglio sporgendosi dal banco, con gli occhi stretti e le sopracciglia aggrottate.

«Siete della polizia?».

Aveva cambiato atteggiamento. Alla fretta era subentrata un guardingo rispetto. Rimase sospeso a guardarmi, con il grembiule tra le mani. In uno stato di quiete che per lui doveva essere piuttosto insolito.

«Sono un investigatore privato».

La mia risposta parve tranquillizzarlo. Fece una smorfia che voleva essere un sorriso.

«Ah, dunque esistono davvero. Anche fuori dai film».

«Vi sembro Robert Mitchum che fa Marlowe?».

«Né Micciù né Marlò, signo'. Che volete sapere?».

«Siete genoano o sampdoriano?».

Mi guardò in dubbio se incazzarsi o se rassegnarsi all'idea che ero uno dei tanti matti che circolano per il centro storico.

«E siete venuto fin qui con la vostra carta bollata per sapere se sono genoano o sampdoriano?».

«Sì. Come si dice a Genova, soffiare e sorbire non si può».

«Se volete proprio saperlo, io sto col Napoli».

«E allora perché non togliete quelle bandiere e ci appendete quella del Napoli?».

Il suo volto esprimeva un crescente disappunto.

«Fate credere ai vostri clienti una cosa per un'altra. Oppure lo sanno che tenete per il Napoli?».

«Quelli più affezionati lo sanno».

«E come fanno a fidarsi?».

«Si fidano, si fidano».

«Allora sono vostri complici. Qui si tifa per una squadra e si mettono in bella vista le bandiere di un'altra. Anche i vostri clienti sotto i colori del Genoa e della Sampdoria tifano per il Napoli?».

«E io che ne so?».

Mi guardò con disprezzo.

«Non sarete mica uno di quei leghisti che ce l'hanno con i meridionali e con i negri?».

«Altro che leghista. Io sono quasi comunista».

«Allora si può sapere chi vi ha mandato a scassare...».

«Spiegatemi piuttosto che razza di bar è questo. Conoscete il proverbio? Di sopra liscio liscio, di sotto merda e piscio?».

L'avevo punto sul vivo e cominciò a ringhiare minaccioso.

«Signo', voi fate il furbo o lo siete veramente? Perché se lo siete, fatemi il piacere. Alzate i tacchi e girate alla larga».

«Al posto dei vostri clienti io non mi fiderei».

«Poco male. Voi non siete un mio cliente».

«Come no? Ho appena ordinato un caffè».

Era sul punto di perdere la pazienza e di uscire dal banco per venire alle mani. Pensai che era meglio fermarlo in tempo.

«Genoano o sampdoriano, sto cercando un rumeno. In questo bar avete mai visto girare un immigrato rumeno?».

Lo vidi cambiare espressione. Era diventato pensieroso, e aveva l'aria di frugare nella memoria. Ma forse più che frugare nella memoria stava valutando il meglio da farsi. Forse anche lui, come me e come Rivoli, aveva il suo codice deontologico da rispettare. I clienti hanno diritto alla loro privacy, soprattutto quando frequentano una bisca clandestina. Ero di nuovo alle prese col solito muro tirato su dal maniman. Anche se, a rigore, lui era meridionale e il loro maniman ha tutta un'altra storia. E si chiama omertà.

«Un rumeno?», ripeteva per prendere tempo.

Annuivo e sorseggiavo il caffè. Meritava proprio, era davvero buono.

«Molti anni fa, ricordo due rumeni. Frequentavano il bar e giocavano al biliardo».

«Molti quanti?».

«Forse dieci anni fa. Me li ricordo bene. Due personaggi un poco strani, ma due brave persone. Credo che fossero dei musicisti... Ma lei perché cerca questo rumeno?».

«E poi non si sono mai più visti?».

«Mai più».

«Per caso non ricordate un rumeno che abbia avuto a che fare col signor Terenzi?».

Nominare Mino Terenzi ravvivò il suo sguardo come se avessi acceso la luce.

«Ah, vi interessate del caso del lupo mannaro».

«Del lupo mannaro e di un rumeno. Conoscevate bene Terenzi?».

«Come no, frequentava il bar da tanti anni. Veniva qui quasi tutte le sere. Era una brava persona che ha aiutato molti poveri cristi che avevano bisogno».

Per lui i suoi clienti erano tutte brave persone. Anche gli strozzini. E chissà, forse anche i loro assassini.

«E non conoscete nessun rumeno che avesse rapporti con lui?».

«Ve lo devo ripetere ancora? Non conosco nessuno», disse in tono conclusivo.

Con la coda dell'occhio vidi un furetto scuro entrare nel bar. Restò per qualche secondo sulla porta e poi si diresse verso un tavolo del vano laterale, dove un senegalese nero come la pece lo aveva chiamato a gran voce: «Essam, amico! Vieni qui».

«Pazienza», dissi.

Il barista aveva ripreso la sua frenetica attività e ora stava servendo un altro bicchiere di rosso al vecchio clochard che si era alzato e mi stava nuovamente vicino.

«Cercherò altrove. Comunque vi ringrazio».

Mi fermò.

«Però non mi avete risposto, signo'...?».

«Mi chiamo Bacci Pagano».

«Perché cercate questo rumeno? Come ci azzecca con la morte del povero Terenzi?».

«È proprio quello che vorrei scoprire anch'io. Del resto, se voi tifate per il Napoli sotto quelle bandiere, come potete pretendere che un genoano come me si fidi di voi?».

«Tenete per il Genoa?».

«Naturalmente».

«E perché?».

«Perché cosa?».

«Perché *naturalmente*?».

«Ve l'ho detto, sono un investigatore privato e sono quasi comunista».

«E allora?».

«Allora sono un perdente. Io sto sempre coi perdenti».

«Bravo, bravo. Continuate così».

«Bravo un corno. Non avete fatto nessuno sforzo per aiutarmi».

Allargò le braccia.

«Signo', come posso aiutarvi se non so nulla?».

Lo salutai, e salutai anche il vecchio con una promessa che era una mezza richiesta di scuse.

«La prossima volta ci facciamo insieme un bicchierino».

Mi cassò con un gesto della mano e tornò dal suo amico africano.

Uscii all'aperto, sotto la pioggia. Con le pive nel sacco e con la debole speranza che a Essam andasse meglio che a me. Era l'imbrunire. Un cupo imbrunire che nello stretto budello di via della Maddalena sembrava ancora più scuro. Con quel tempaccio luvego c'era poca gente in giro, e quella poca andava di fretta sotto la pioggia battente. Erano scoccate le sei del pomeriggio e il campanile delle Vigne cominciò a rovesciare sui carruggi i suoi fragorosi rintocchi. Sei rintronanti rintocchi di campana che si propagarono nei carruggi come un fiume in piena. Avrei potuto andare subito in questura da Pertusiello. Ma non volevo dargli questa soddisfazione. Avrebbe pensato che mi lasciavo intimidire dalle sue minacce. Meglio lasciarlo rodersi di rabbia ancora un po'. Mi ritrovai in via dei Macelli di Soziglia, vicino a Banchi e a via San Luca. Dove la panamense dagli occhi neri come la notte era costretta al domicilio coatto. Come una vigilata speciale. Potevo fare un passo da lei e rivolgerle qualche domanda.

Già, qualche domanda.

«Signora Rodriguez, io non sono della polizia. E lei non è tenuta a rispondere. Ma spero che voglia comunque farlo con sincerità. Se mi avesse conosciuto prima, prima di conoscere Manuel Verda, prima di sposare Giacomino Terenzi, prima che un lupo le portasse via il marito. Prima di venire al mondo, in un'altra vita, le sarebbe piaciuto avere una storia d'amore con me?».

Quella stramba idea mi fece sorridere. La pioggia mi infradiciava i capelli e mi colava sul viso come lacrime di pianto. Ci vuole la pioggia per inondarmi di lacrime. Macelli di Soziglia, Campetto, via Scurreria. E, a due passi dal duomo, piazza Invrea. Piazze e strade strette che salgono e scendono in mezzo agli antichi palazzi dove l'acqua aveva risvegliato l'odore di piscio e di marcio dei carruggi. In piazza Invrea abitava Mara. In una antica casa assai più grande della mia, dove aveva anche lo studio, la saletta d'attesa e una stanza attrezzata per le psicoterapie dei bambini. Un regalo di papà, l'avvocato Sabelli. Il primo uomo della sua vita. Quello che le aveva sempre dimostrato così il proprio interesse. Sganciandole i milioni necessari a frequentare l'università a Padova, la specializzazione a Londra. E ora a partecipare a costosi congressi in Italia e all'estero. Ripagandola a suo modo d'averla lasciata crescere con una madre incazzata e depressa perché lui se n'era andato con una di vent'anni più giovane. Allora Mara aveva otto anni. E suo fratello Sandro poco più di quattro.

D'impulso decisi di andare a trovarla. Suonai al citofono del portone, proprio di rimpetto all'antico palazzo degli Squarciafico. Quello delle famose cantine. Non rispondeva nessuno. Meglio così. Mi domandai cosa mi avesse spinto a suonare. Volevo forse rifarmi per la mancata visita alla panamense? Oppure tacitare qualche misterioso senso di colpa? Provai a pensare che, dopotutto, Julia Rodriguez aveva ragione quando diceva che tradire e uccidere non sono la stessa cosa. Inoltre, per tradire bisogna avvertire un obbligo di fedeltà a qualcosa che assomigli a un legame. Ma quale genere di legame mi vincolava a Mara? Per rispondere a questa domanda avrei dovuto salire forse un milione di scalini. Non i pochi piani che mi avrebbero portato ad averla di fronte, davanti alla sua porta aperta e allo stupore dei suoi occhi.

– *Sei proprio un analfabeta dei sentimenti, Bacci.*

«Forte e chiaro, Fois! Non recitate la litania, che con questo casino non riesco a sentirvi».

Così trovai Totò Pertusiello quando arrivai in questura. Si rivolgeva al suo ispettore, circondato dalla sua squadra. L'ufficio di Pertusiello dava l'impressione di un letamaio intorno al quale, come uno sciame di mosconi, gli uomini e le donne della sezione omicidi si agitavano in uno sciato che ogni volta mi lasciava stupito e interdetto. Mi domandavo quale fosse il fine ultimo di tanta frenesia. Non mi sembrava mai giustificata dalle circostanze. Chi entrava e chi usciva lo faceva con movimenti energici e spediti e sbattendo violentemente la porta. Chi impartiva gli ordini li gridava e chi li riceveva confermava di averli ricevuti gridando. Piuttosto che in un ufficio investigativo, sembrava di stare alla borsa o in un mercato. La cosa peggiore che poteva capitare, in un posto come quello, era non riuscire a farsi sentire. Il disordine regnava sovrano. Un caos cosmico. La scrivania del commissario assomigliava a una piccola discarica dove si ammassavano alla rinfusa fascicoli, fax, cartacce, giornali, posacenere pieni di cicche e lattine di birra vuote. I vecchi armadi di metallo erano quasi tutti aperti e gran parte del loro contenuto era stato via via depositato e dimenticato in giro sui tavoli. Nonostante le finestre spalancate, l'aria era resa irrespirabile da una spessa nuvola di fumo. La luce la inondava attraverso i due ampi finestroni che si affacciavano sulla scalinata e sull'aiuola che da piazza della Vittoria sale lungo la collina di Carignano. Quella con le tre caravelle di Cristoforo Colombo disegnate dai fiori tutti colorati. L'ispettore Fois stava spiegando al commissario che il dottor De Meo della Scientifica lo aveva cercato.

«Ma che vuole ancora da me, 'sto De Meo?», mugugnò con impazienza. In maniche di camicia, col colletto slacciato e il nodo della cravatta allentato, se ne stava seduto alla sua scrivania sbuffando come una locomotiva a vapore. Intorno a lui, oltre a diversi agenti in divisa, stavano in piedi tutti e quattro i suoi ispettori. Fois, Levrero, Mariella Esposito e il giovane Cecchi. In quella baraonda neppure si erano accorti di me. Me ne stavo appoggiato allo stipite della porta ed ero coperto alla vista di Pertusiello dalla corpulenta stazza di Cecchi. Un giovane poliziotto mi riconobbe e mi salutò, e tutti si voltarono a guardarmi.

«Ecco qui il nostro musicista», mi apostrofò acido il commissario. «Che viene a raccontarci chi è l'assassino».

Nel dirlo batté una poderosa manata sul tavolo. Lattine vuote e posaceneri saltarono per aria come ranocchi. Poi si rivolse a Fois.

«Fatemi il piacere. Cercate al telefono De Meo e sentiamo che vuole».

Avanzai verso la scrivania mentre lui mi guardava con un'aria di sfida.

«Tieni proprio una brutta cera, Bacci Pagano. Che ti è successo? Hai incontrato il conte Dracula?».

«Perché il conte Dracula?», domandò la Esposito.

«Perché il nostro detective sta cercando un rumeno».

Non risposi e salutai gli altri. Cecchi, senza farsi sentire da lui, col suo accento toscano mi sussurrò: «Oggi non se ne fa un soldo. Gli è proprio fuori dai gangheri. Ma che gli avete fatto?».

Fois gli allungò la cornetta del telefono.

«De Meo, commissario».

Pertusiello rispose e vidi il suo faccione transitare dal fastidio alla curiosità allo stupore. Non proferì parola, se non qualche grugnito di conferma e alla fine si limitò a ringraziare e salutare. Dopo aver riattaccato disse come tra sé: «Questa sì che è bella! Sai quando lo sapranno i giornali come ci ricameranno sopra».

Mentre gli agenti entravano e uscivano, sempre sbattendo la porta, i quattro ispettori stavano lì, appesi alle sue labbra.

«De Meo si è consultato con quelli del Museo di Storia Naturale. Sapete da dove viene probabilmente il lupo, guaglio'?».

Nessuno rispose.

«Dai Balcani», azzardai.

«Bravo Sherlock Holmes. E più precisamente?».

«Dai Carpazi».

«Complimenti», ringhiò sempre più stizzito. «Vedi che ho ragione? A te piace farci fare delle figure di merda».

Tutti mi guardavano come se fossi un mago.

«Avete trovato Manuel Verda?», domandai.

Mi rispose la Esposito: «È stato visto da alcuni contadini nelle campagne di Roncaglia, nel Torinese».

«Ha i nostri agenti alle costole», aggiunse Pertusiello. «Non credo che farà molta strada. Ci stiamo tenendo in contatto via radio».

«Ha anche telefonato alla vedova», mi disse Levrero con la sua solita voce metallica. «Lei lo ha supplicato di costituirsi, ma lui non vuole saperne. Abbiamo intercettato la telefonata».

Guardai fisso Pertusiello e gli domandai: «Avete raccomandato ai vostri uomini di trattarlo con delicatezza? Quell'uomo è innocente».

«Ma certo. Ubbidiamo agli ordini, noi».

«Come fate ad esserne così sicuro?», chiese Fois. Aveva ancora negli occhi tutta la curiosità insoddisfatta riguardo alla provenienza del lupo.

«C'è di mezzo un rumeno. Credo che sia l'assassino».

Pertusiello guardò l'orologio e sollevò la sua mastodontica mole dalla scrivania. Al cospetto dei suoi centotrentacinque chili quella scrivania faceva la figura di un piccolo banco di scuola.

«Guaglio', qui c'è solo da aspettare. Io ho saltato il pranzo e non voglio saltare pure la cena. Che ne dite di uscire da questo mondezzaio d'ufficio e di andarcene tutti in trattoria?».

«L'idea mi garba», rispose pronto Cecchi.

«Commissario», si scusò la Esposito. «Io tengo famiglia e un figlio di quattro anni che non vedo da stamattina. Se non le dispiace me ne andrei a casa».

L'idea della trattoria aveva già mitigato il suo malumore, e trovò il modo di rispondere con bonaria ironia.

«Espo', se non ci dispiacesse ci rimarreste male. Andate, andate pure. Che oggi ve la siete guadagnata la paga dello Stato».

Gli altri si associarono alla proposta della trattoria e uscimmo dall'ufficio alla spicciolata. Sulla porta il commissario si fermò e si rivolse all'agente che stava alla radio.

«Capocaccia, se ci sono novità chiamatemi sul cellulare».

Aveva voglia di un piatto di trenette al pesto cucinate come Dio comanda. Suggerì una vecchia trattoria sulla collina di Carignano, vicino alla caserma dell'esercito.

«Come cucinano le trenette avvantaggiate in quel buco non le trovi da nessuna parte», sentenziò.

Prendemmo una macchina di servizio e Levrero si mise al volante. Pertusiello gli incombeva accanto. In auto il commissario capo ci dette un saggio delle sue conoscenze gastronomiche applicate alla cucina ligure. Lui, sorrentino, parlava a un toscano, a un sardo e al lombardo Levrero. Ma era chiaro come il sole che quella lezione era destinata al genovese della compagnia.

«Sapete perché le trenette avvantaggiate si chiamano così?».

Fu Levrero a rispondere.

«Non è mica perché alla pasta condita col pesto si aggiungono i fagiolini e le patate tagliate a piccoli dadi?».

«Neanche per sogno! Si chiamano avvantaggiate perché vengono impastate mescolando la farina col cruschello. Di qui il vantaggio di risparmiare sulla farina di grano, che è sempre stata un alimento di lusso. Infatti le trenette avvantaggiate hanno un colore più scuro di quelle normali. In ogni caso le trenette, avvantaggiate o no, si condiscono per definizione col pesto. Avete mai sentito parlare di trenette al ragù o alla pummarola? Le trenette sono pasta genovese. E il pesto è il condimento genovese per eccellenza».

La sua sicumera mi stava restituendo il buonumore. Decisi di provocarlo.

«Mia nonna era genovese fino al midollo e le cucinava coi broccoli».

«Le trenette coi broccoli? Mai sentite. Non c'è libro di cucina ligure che parli di trenette coi broccoli».

«Mia nonna non ha imparato a cucinare sui libri. Ma in cucina ci stava dalla mattina alla sera».

Abbozzò e riprese la sua dissertazione.

«Con buona pace della nonna del detective Pagano, noi ora ci facciamo servire un bel piatto di trenette col pesto. E lui magari le chiederà coi broccoli. E lo sapete che il pesto non si può prepararlo uguale in nessun altro posto al mondo? Non ha bisogno di alcun marchio di origine controllata, perché l'origine si controlla da sé. Perché il basilico non è come la Coca Cola e come gli hamburger. Il basilico della globalizzazione se ne fotte».

Condire la cucina con la politica è sempre stato il suo forte. La tavola lo ispira e lo invita ad aprirsi alle delizie del palato e ai destini del mondo. Anche quella sera fu fedele a se stesso.

«Trapiantato in qualunque altro posto, diventa una specie di disadattato. Perde carattere e prende il gusto della menta. 'Sto fetente è un po' come quelle squadre di calcio che in trasferta perdono sempre. Anche il basilico di Prà, il più pregiato che ci sia, coltivato fuori da Genova cambia sapore e diventa una schifezza. Qualche anno fa ho provato a portare alcune piantine e a trapiantarle giù al paesello. Dovete credermi, guaglio'. Era immangiabile. Deve essere una faccenda chimica legata al clima. All'acqua, all'aria e alla terra. Provare per credere. L'unico modo per gustare il pesto fuori da Genova è prepararlo qui, chiuderlo in un barattolo di vetro e consumarlo già pronto».

Quella dotta lezione aveva stimolato papille gustative e succhi gastrici. E ci aveva messo nelle migliori condizioni di testa e di stomaco per onorare la cucina della trattoria. Quando fummo tutti e cinque seduti a tavola, davanti a una bottiglia di giovane rossese di Dolceacqua e a cinque piatti fumanti di trenette avvantaggiate, riprendemmo il discorso interrotto sulla porta della questura. La trattoria era semivuota e subito ci sentimmo avvolti da una calda atmosfera, appena guastata da alcuni orribili quadri a olio appesi alle pareti. Tra gli altri, l'immancabile versione da modernariato seriale del Sileno ubriaco. Il vecchietto col bicchiere in mano e il naso pieno di bitorzoli. Pertusiello cominciò a scherzare col padrone, che dava prova di una eccellente professionalità. Coniugando tutta la deferenza dovuta al vicequestore con la confidenza che si riserva a un cliente abituale. Il commissario evitò accuratamente di farmi domande sul rumeno e su quello che avevo scoperto. L'orgoglio di un vecchio poliziotto non è acqua. E la suscettibilità del commissario capo della sezione omicidi non era una faccenda da scherzarci sopra. Ma una repressa curiosità lo divorava col la stessa bramosia con cui lui trangugiava le sue trenette al pesto.

Toccò a Fois fare la prima domanda.

«Chi sarebbe questo rumeno, dottor Pagano?».

«Non lo so ancora. Però ho parlato con un tizio, una fonte insospettabile. E ho scoperto che due anni fa Terenzi è stato minacciato e ricattato da un rumeno. Probabilmente fu lui a intascare i trecento milioni».

Pertusiello teneva il grugno nella fondina delle trenette, e non mi guardava nemmeno di straforo. Ma non si perdeva neppure una parola. Infatti con la bocca piena bofonchiò: «E come fai a essere sicuro che sia l'assassino?».

Avrei potuto rispondergli che lo sentivo. Ma mi avrebbe riso in faccia. E avrebbe replicato che più che altro lo speravo.

«E perché l'avrebbe ammazzato oggi, dopo due anni?».

«Questo non lo so».

«Sono già troppe le cose che non sai, detective Pagano».

In realtà qualche vaga idea ce l'avevo. Niente di più che una fragilissima ipotesi che mi fermentava in fondo al cervello. E allo stomaco. Mezza affogata insieme alle trenette nel quarto bicchiere di rossese di Dolceacqua. Ma non potevo parlare dell'esistenza di Anna, dunque dovevo tenerla per me.

Dopo essersi ripulito per bene la bocca col tovagliolo, il vicequestore cominciò a parlarmi con l'aria solenne e un sussiego grottescamente paternalistico.

«Caro Bacci, i peli del lupo nell'allevamento del Verda sono un fatto. Un riscontro oggettivo. Il resto mi sembrano solo vaghi indizi...».

Finii di sorseggiare il vino e presi fiato.

«Io faccio un ragionamento molto semplice. Mi metto nei panni di Manuel Verda. Se decidessi di ammazzare il marito della mia amante non lo farei mai usando un animale».

«Questa è psicologia. Un giudice ti potrebbe obiettare che l'ha ucciso in quel modo proprio perché chiunque avrebbe potuto fare il tuo ragionamento».

«E poi non si preoccupava di far sparire i peli del lupo dall'allevamento? Via, Totò, non fare l'avvocato del diavolo».

«Potrebbe essere ignorante e sottovalutare i mezzi a disposizione della polizia. La sua fuga non fa pensare a un genio del crimine...».

«Verda non è affatto ignorante. Ha studiato veterinaria. Non ve l'ha detto la vedova?».

La notizia parve sorprenderli. Ora ero io a incalzarlo.

«E poi ci sono le impronte del fuoristrada. Il cileno non ha un fuoristrada».

«Anche questo è un debole indizio. Potrebbe avergliело prestato qualcuno. Stiamo indagando tra le sue conoscenze».

«Scommetto che non troverete niente».

Cecchi, finite le sue trenette, tracannò un bicchiere di rossese. Fece schioccare la lingua e disse: «Commissario, a me pare che sul cileno Pagano ci colga. Sarebbe ben bischero se per uccidere il vecchio avesse adoperato un lupo addestrato. Gli è come se un incantatore di serpenti l'avesse fatto mozzicare da un cobra».

«Psicologia, questa è solo psicologia», ripeteva Pertusiello. Aveva la pelle del volto bella rubiconda e l'umore tonificato dalle trenette e dal vino. «E poi Bacci si arrampicherebbe sugli specchi per dimostrare che la vedovella è innocente. Quelli della CarPol non l'hanno capita l'antifona. Lo pagano per farsi fottere e far uscire pulita e miliardaria quella femmina fascinosa. Lo pagano fior di milioni per farselo mettere nel fondoschiena!».

Rise fragorosamente, ma io non ero dell'umore adatto per fargli da spalla. La nausea era stata attutita dalla cena, ma adesso il sonno si faceva sentire con fitte alla tempia che non mi davano tregua. Lo guardai di traverso e gli sibilai a denti stretti.

«Tu continua pure a dar la caccia al cileno, commissario. E lasciami lavorare in pace».

«Capite che una così non è mica facile trattarla come un'assassina», insisteva rivolto ai suoi uomini. «Cecchi, voi l'avete vista bene. Una così fa sognare, non è vero?».

Era proprio vero. Io l'avevo sognata.

«L'è un gran pezzo di figliola che tiene insieme la classe e una energia selvatica che vien su dalle viscere della terra», confermò entusiasta il giovane ispettore.

«E uno come fa a rassegnarsi? Si può pensare che una donna così sia un'assassina che merita di finire in galera?».

Fois rise e disse: «Dopo quello di Terenzi, un altro delitto sarebbe».

«Eh no, non si può. Bisogna pensare che c'è di mezzo dell'altro. Cosa è in fondo un milione di euro?».

Parlava con loro, che gli facevano magnificamente da spalla. Ma lo faceva per provocare me. Quel figlio di puttana voleva farmi perdere la pazienza perché finalmente sputassi fuori quel che sapevo.

Arrivò nuovamente il padrone, esprimendoci tutta la sua compassione per quella bottiglia ormai desolatamente vuota. Con un'espressione ammiccante da vecchio seduttore di palati sempre alla ricerca del sapore non ancora provato, o di quello inseguito sull'onda di una struggente nostalgia gustativa, ci chiese se volevamo qualcosa di speciale. Pertusiello lo assecondò e ne uscì una proposta quanto mai allettante. I bianchetti. Bianchetti bolliti col prezzemolo e bianchetti fritti con la pastella. Le frittelle di bianchetti! E, naturalmente, un'altra bottiglia. Tra un lumassina, un cortese di Gavi e un vermentino d'Albenga, la scelta piegò sul pigato della val d'Arroscia.

«Che i bianchetti sono la morte sua», proclamò a gran voce il commissario.

La deliziosa promessa gastronomica lo aveva entusiasmato e così riprese con maggior lena di prima ad accanirsi contro il suo inconfessato oggetto del desiderio.

«Questa incantevole panamense sposa un vecchio strozzino, si fa un giovane amante, fa stipulare al marito una assicurazione sulla vita da due miliardi...».

«Che cazzo dici, Totò? Il marito non le ha mai detto di avere stipulato l'assicurazione sulla vita!».

«E tu la bevi?».

«Me l'ha appena confermato un socio della CarPol. Uno che conosceva Terenzi e che ha tutto l'interesse a mandare la panamense in galera».

«Può darsi. Può darsi. Ma che un rumeno, magari prezzolato dal Verda, minacciava Terenzi inducendolo a stipulare una polizza sulla vita, questo la tua panamense poteva saperlo?».

Voleva sfidarmi per farmi parlare.

Mi limitai a dirgli: «Sei fuori strada».

«Se sono fuori strada è perché c'è qualcosa che tu mi tieni nascosto per farmi fare delle figure di merda».

«Io non lavoro al tuo servizio».

Si fece paonazzo di rabbia e mi scrutò con feroce malanimo.

«Già. Tu lavori al servizio d'un coglione che ti paga per farsi buggerare da te e dalla bella vedova».

«Io lavoro per trovare il colpevole. Quello vero».

In quel clima arroventato arrivò la bottiglia di pigato, seguita da una bottiglia di olio extravergine della riviera di Ponente. Preparavano l'entrata in scena dei bianchetti bolliti. Il padrone ci consigliò di non mangiarli subito perché di lì a pochi minuti ci avrebbe portato le frittelle che andavano mangiate calde. I bianchetti bolliti si gustano meglio freddi. Levrero fece un giro riempiendo tutti i bicchieri, mentre Pertusiello insisteva.

«Tu escludi la colpevolezza della panamense per partito preso. Attieniti ai fatti, che in tribunale sono la sola cosa che conta».

«C'è una domanda che mi faccio da tre giorni. Perché Terenzi, che sicuramente temeva per la propria vita, ha accettato di andare a un appuntamento dove chiunque poteva ammazzarlo senza testimoni?».

Levrero mi rispose con prontezza.

«Abbiamo scoperto che Terenzi andava spesso a passeggiare nel percorso ginnico del Peralto. È stato visto da diverse persone che ci bazzicano abitualmente. Non era mai solo. Probabilmente è lì che incontrava i suoi clienti e combinava i suoi affari».

Ecco dove lo avevo visto! Perciò la fotografia del giornale mi pareva quella di un volto conosciuto.

«Un conto è andarci di giorno, quando è pieno di gente. Un altro conto è andarci a mezzanotte».

Mi guardavano senza capire.

«Io credo che Terenzi avesse delle buone ragioni per incontrare qualcuno lontano da occhi indiscreti. Forse qualcuno che, come lui, aveva familiarità con quel posto. Per questo si sono dati appuntamento lassù, a quell'ora della notte. L'amante di sua moglie lo vedeva tutti i giorni. Non aveva alcun motivo di incontrarlo di notte al Peralto».

«Ti contraddici, Bacci», replicò secco Pertusiello. «A maggior ragione non avrebbe mai dato un appuntamento a mezzanotte al rumeno che lo aveva minacciato di morte».

«Al rumeno certo no. Ma io credo che lui si aspettasse di incontrare qualcun altro. Qualcuno che al proprio posto ha mandato il rumeno».

«E chi?», domandò Fois fissandomi con uno sguardo implorante.

«Non lo so».

Da buon conoscitore degli uomini e delle cose del mondo, quel volpone di Pertusiello aveva mangiato la foglia.

«Tu sai qualcosa su 'sto rumeno che non ci vuoi dire», mi sussurrò coi denti stretti. Intanto era arrivato il padrone con un vassoio ricolmo di frittelle di bianchetti. Calde e profumate.

«Prima di venire in questura sono stato in un bar frequentato da Terenzi. Non ho scoperto niente. Ma spero che Essam abbia avuto più fortuna di me. L'ho lasciato lì che parlava con un senegalese...».

A quel punto mi venne in mente che avevo spento il telefono cellulare. Lo riaccesi subito. C'era un messaggio sulla segreteria, registrato alle diciotto e trentadue. Lo ascoltai subito.

La voce di Zainab, angosciata.

«Signor Bacci sono Zainab. Essam non è venuto a prendere i libri. E non è andato a scuola. Ha lasciato a casa anche il cellulare. La prego mi faccia sapere qualcosa. Sono preoccupata».

# Capitolo undicesimo
## Padri e figli

Se parallelo alla vita e al tempo si schiude una sorta di buco nero, un'intercapedine dove finiscono le cose che potevano essere e non sono state, e se mai un giorno andrò a frugare in questo ripostiglio del rimpianto, sicuramente insieme a Julia Rodriguez e ad altre dieci o cento donne come lei ci troverò i bianchetti bolliti. Lasciati nel piatto per aspettare quelle maledette frittelle. Arrivate troppo tardi. Quando nel mio stomaco non c'era più spazio né voglia. Perché tutto era stato riempito dall'angoscia che per colpa mia fosse successo qualcosa a Essam.

Mi alzai da tavola, con Pertusiello che voleva a tutti i costi farmi accompagnare da uno dei suoi ispettori. In certe situazioni i distintivi della polizia aprono le porte dell'omertà e del maniman meglio dei biglietti da visita degli investigatori privati. Si propose subito Fois, che uscendo lanciò un'occhiata sconsolata al suo piatto di bianchetti ancora intoccato. Avremmo fatto i conti della trattoria più tardi.

Scendemmo velocemente a piedi lungo la viscida crosa di San Leonardo. La pioggia era quasi del tutto cessata. Senza dire una parola attraversammo piazza De Ferrari illuminata a giorno e ci gettammo giù per i carruggi del centro storico. Io mi sentivo schiacciato da un pensiero che mi atterriva. Avrei voluto piangere. O vomitare. Quella era una responsabilità troppo grande da portare sulle mie vecchie spalle. Non mi sarei mai perdonato. Sarebbe stata la fine di tutto. Ogni pensiero che mi balenasse nella testa mi pareva piccolo e insignificante. Sentivo che Essam era l'unica cosa che contasse davvero. Il fatto che potesse finire gli studi, diventare un uomo. Continuare a mordere la vita coi suoi forti denti immacolati. Mi accorsi che provavo qualcosa di molto vicino a ciò che un padre sente per un figlio. La naturale disponibilità a scambiare la propria vita con la sua. Qualcosa di assolutamente non scelto, non pensato. Un istinto prima ancora che un sentimento. Anche se Essam non era mio figlio. Mia figlia era Aglaja, e non la vedevo da dieci anni.

Arrivammo al caffè di via della Maddalena. Era affollato di gente. Rispetto a quando l'avevo lasciato il fumo e il rumore erano cresciuti. Pensai che con l'avanzare della notte le cose sarebbero ancora peggiorate. Cercai disperatamente nella direzione del tavolo del senegalese. L'uomo non c'era più, ma seduti lì intorno vidi altri neri. Il padrone mi riconobbe e mi guardò pieno di stupore. Presi Fois per un braccio e mi avvicinai.

«Polizia», cominciai a gridare. Fois mi assecondò estraendo il distintivo e agitandolo nell'aria davanti ai loro nasi. Ci puntavano. La sorpresa si toccava con mano, mista ad una attesa carica di tensione.

«Qui c'era un ragazzo dalla pelle scura. È entrato due ore fa. Si è seduto con un vostro compatriota. Qualcuno l'ha visto?».

Si guardavano tra loro. Perplessi. Anche un po' spaventati. Di colpo nel bar era piombato un silenzio che pareva un segnale. Erano arrivati i cacciatori coi loro cani. Fu un giovane marocchino magro e smunto a prendere l'iniziativa. Aveva gli occhi e gli zigomi sporgenti. E baffi nerissimi. Lo riconobbi. Era quello che avevo lasciato attaccato al narghilè col vecchio barbone che parlava forbito.

«Sì, lo conosco. Il ragazzo è egiziano e si chiama Essam», borbottò con l'aria distratta e lo sguardo basso, perso in un boccale di birra chiara. Scrutava dentro quella birra, stringendo il manico del boccale. Forse sperava di ritrovarci il relitto del suo Corano smarrito. Un filo di speranza illuminò il buio angoscioso che mi era piombato dentro.

«È proprio lui. Dov'è andato?».

«È uscito con Mahmoud, il suo amico senegalese. Credo che sono andati alla stazione ad aspettare qualcuno».

«Quando? Quando è uscito?».

«Un'ora fa».

«Quale stazione? Principe o Brignole?».

«Non lo so, amico».

«Forza, chi lo sa?», gridai più forte, rabbioso, rivolgendomi a tutti gli altri. «Volete parlare o preferite che prendiamo le vostre generalità?».

Alcuni fecero per alzarsi e defilarsi. Allora Fois fece qualche passo indietro e allargò le braccia per fermarli.

«Fermi tutti! Di qui non si muove nessuno!».

Si bloccarono ed io cominciai a sentire puzza di bruciato. Eravamo solo in due e io ero disarmato. Quando dall'altra stanza, quella del biliardo, arrivò la voce di un uomo.

«Calma, amici. State calmi. Non problemi. Nessun problema per Essam».

Parlava pacato, tranquillo. Doveva essere un africano. Attraversai la sala del banco e lo raggiunsi. Era un senegalese più vecchio degli altri, con una corporatura pingue e la pelle lucida del colore dell'ebano. Aveva i crespi capelli che si andavano spruzzando di grigio. Alzò il suo viso rotondo e mi puntò addosso due languidi occhi sgranati e un sorriso bonario che mi suonarono abbastanza rassicuranti. Se ne stava seduto col suo borsone pieno di biancheria e di paccottiglia a un lato del biliardo. Vicino a lui c'era il vecchio barbone che sembrava suggerirgli le parole. Teneva il narghilè tra le gambe e continuava a tirare e sbavare. La lunga lampada al neon sopra il biliardo era accesa e i due giocatori avevano interrotto per un attimo la loro partita a stecche. Guardavano anche loro il vecchio senegalese.

«Tu perché preoccupato così? Ragazzo uscito con Mahmoud, e Mahmoud è buono. Con lui tuo amico è sicuro».

«Avete sentito?», aggiunse l'altro. «Non avete motivo di darvi pensiero. Il giovane Essam non corre nessun pericolo».

«Lo conoscete?».

«E chi non conosce il piccolo egiziano? Un furetto. Un vero furetto».

«Lui nostro giovane fratello», aggiunse il nero.

Le loro parole sembravano sincere. Mi avvicinai al senegalese e gli posai una mano sulla spalla. Intanto feci cenno a Fois di lasciar perdere gli altri.

«Amico, conosci bene questo Mahmoud?».

«Certo che conosco. È uno che non fa male al ragazzo. Loro sono amici. Tu trovi Mahmoud sul mare, sulla passeggiata. Lui vende lì. Ogni giorno. Tu sta tranquillo. Lui è buono».

Domandai a entrambi cosa volevano bere. Il vecchio barbone chiese un bicchiere di rosso e il senegalese un cappuccino con la brioche. Andai dal padrone per ordinare le consumazioni e portarle ai due vicino al biliardo. Il padrone non perse l'occasione per dirmi: «Allora siete della polizia».

«Neanche per idea. L'ispettore di polizia è lui», e indicai Fois. «Io sono un semplice investigatore privato».

«Voi tutto mi sembrate fuor che semplice».

Fois rise.

«In un certo senso avete ragione. Per risolvere i casi complicati ci vogliono persone complicate. Il detective Pagano è un consulente della sezione omicidi».

«Gli omicidi sono sempre complicati?».

«Dipende dall'assassino», replicai per darci un taglio. Il vino rosso in una mano e il piattino col cappuccino e la brioche nell'altra, mi avviai verso i miei due informatori che erano rimasti seduti di lato al biliardo. La partita intanto era ripresa. E i loro occhi erano incollati al tappeto verde. Le stecche scoccavano i loro colpi con la precisione cesellata da una consumata esperienza. Anni e anni di quotidiani allenamenti con la stecca in mano e la cicca spenta appesa a un angolo della bocca. Quando gli porsi le bevande si distrassero e la partita aveva già perso ogni interesse per loro. Fois era rimasto al bancone a chiacchierare col barista. Il vecchio agguantò il bicchiere con la mano destra. La sinistra continuava a reggere la canna del narghilè fumante. Il senegalese afferrò il piattino e curvo sulla sedia cominciò a inzuppare la brioche nella tazza e a morderla con avidità. Presi una sedia che era accostata al muro e mi accomodai in mezzo a loro, leggermente discosto dal biliardo.

«Come vi chiamate?».

«Mohamed», rispose il senegalese. «Ma tutti mi chiama Matteo».

«Per forza», gli replicò il vecchio. «Voi avete poca fantasia. Tutti Mohamed. I nomi servono per distinguere, discriminare, discernere...».

Faceva sfoggio del suo bagaglio lessicale come l'altro avrebbe mostrato il suo bagaglio di chincaglieria. In un certo senso anche lui aveva qualcosa da spacciare. Una specie di immagine interiore che non collimava affatto col suo aspetto.

«E voi come vi chiamate?».

«Cosa ve ne importa?».

«Parlate forbito...».

«E allora?».

«Allora niente».

«Lo so cosa volete dire. Nessuno se lo aspetta da uno come me».

«Sarà un luogo comune come un altro».

«Vi sbagliate, amico. Non è affatto un luogo comune. Io vivo al Massoero e vi posso assicurare che quelli come me hanno già dimenticato a leggere e scrivere. Sempre che qualcuno glielo abbia mai insegnato. La miseria abbrutisce. Rende cattivi. E stupidi. Ci si ammazza a pietrate per un posto riparato dove dormire».

Gli strappai di mano la canna del narghilè. Una pendula biscia piegata verso il pavimento con voluttuosa, molle estenuazione. Dal beccuccio qualche goccia di saliva stillava sull'impiantito lercio. Dopo una sommaria ripassata della mano lo portai alla bocca e cominciai ad aspirare. Qualche tiro e l'acqua cominciò a gorgogliare. Un acre flusso di fumo mi arrivò alla gola. Irritante. Come un grumo di peperoncino rosso. Tossii rabbiosamente e finalmente riuscii a parlare.

«Lasciate perdere. Tra i clienti del Massoero ho un mucchio di conoscenze. Il mito del clochard gentiluomo non esercita su di me nessuna suggestione».

«Meglio la suggestione che la pena. Se non altro accorcia le distanze».

«Nessuna pena. Ogni volta che desidero una donna senza essere ricambiato mi sento un clochard anch'io. E con gli anni mi succede sempre più spesso».

«Così mi piacete. Mi chiamo Leandro. Vi basta? O volete anche il cognome?».

«Il cognome mi direbbe qualcosa di più?».

«È possibile».

Lo avevo immaginato. Doveva essere la pecora nera di qualche famiglia di rango. Nobile, magari. Aveva sdegnosamente sbattuto la porta e aveva scelto di vivere sulla strada, ma non fino al punto di farne la sua nuova famiglia. Voleva semplicemente farla pagare a qualcuno. Qualcuno che probabilmente non era nemmeno più a questo mondo. E non perdeva occasione per ricordare a tutti che la sua provenienza era un'altra. Lo faceva ogni volta che apriva bocca.

Mi alzai e stavo per andarmene quando il clochard mi afferrò il braccio per trattenermi.

«Siete stato generoso con noi. Come vi chiamate?».

«Mi chiamo Pagano. Bacci Pagano. E la mia storia è tutta in questo cognome. Un cognome che puzza di fabbriche, di porto e di Genova».

La storia degli uomini sta sempre appesa ai loro cognomi. Testimoniano dove sono piantate le loro radici. Strizzò gli occhi e contorse la bocca in una smorfia che forse schiumava da qualche dolorosa memoria. Con la testa annuì e aggiunse: «Andate a Principe. È là che troverete il ragazzo».

«Come fate a esserne sicuro?».

«Conosco Mahmoud. Quella è la sua stazione».

Tornai al banco e feci un cenno a Fois. Salutammo il barista e uscimmo all'aperto. Finalmente un po' di aria fresca. Estrassi il telefono cellulare e chiamai Zainab per tranquillizzarla. Appena la sua angoscia si fu placata, uscì fuori la sua furiosa rabbia contro suo figlio. Non era andato a scuola. Non la ascoltava più. Forse non gliene importava più niente di sua madre. Ma da come mi parlava, era evidente che ce l'aveva con me. La brillante idea di metterlo in mezzo era stata la mia.

– Maledetto detective del cazzo, non vorrai fare di mio figlio un uomo senza mutande come te?

Con Fois ci guardavamo sollevati. Ma non ci sentivamo ancora del tutto tranquilli. Fu allora che il mio telefonino cominciò a trillare. Era Essam. Non ebbe il tempo di dirmi una parola che lo coprii di insulti. E di rimproveri. Urlavo con tutta la rabbia che avevo in corpo.

«Cosa ti è saltato in testa? I patti non erano questi. Lo sai che tua madre è disperata? Lo sai che per colpa tua stava per scoppiare una rissa nel bar della Maddalena? Lo sai che qui con me c'è un ispettore della sezione omicidi che ti sta cercando?».

Riuscì appena a dirmi che lui non aveva ammazzato nessuno e che era in una cabina telefonica, nella stazione Principe. Con poche monete. Poi cadde la linea.

«Aspettami che arrivo subito» risposi, sperando che avesse avuto il tempo di sentirmi.

Chiamai ancora Zainab e le dissi che andavo a prenderlo, aggiungendo che gli avrei fatto una bella lavata di capo. Avevo la coscienza sporca e lo squisito silenzio che blindava la sua professionale discrezione mi bruciava più che se mi avesse buttato in faccia i peggiori insulti e le più pesanti accuse. Avrei preferito sentirle dire che non c'era paga da colf che mi desse il diritto di mettere a repentaglio la vita di suo figlio. Ma si limitò a ringraziarmi e a chiedermi di accompagnarlo a casa. Fois mi guardava con un sorriso compiaciuto che me lo fece sentire inopinatamente vicino. Anche lui, come me, aveva portato in giro per i carruggi quello spaventoso carico di angoscia. E ora se ne sentiva finalmente liberato.

«Tutto è bene quel che finisce bene», mi disse porgendomi la mano mentre ci stavamo separando. Risposi con una stretta che valeva tutte le parole del mondo.

«Arrivederci, dottore», si schermì. E, nella sua inequivocabile sintassi sarda, lasciò uscire il pensiero che gli pendeva dalle labbra.

«Dovete essere davvero affezionato a quel ragazzo. Negli occhi ve lo si leggeva. Essam non ha più il padre, vero?».

C'era andato maledettamente vicino. Sapevo bene che c'era di mezzo uno scomodo senso di colpa. E c'era anche tutta la mia difficoltà a districarmi in queste faccende. Ma non potevo dubitare di avere provato un sentimento. E proprio *quel* sentimento. E questo mi fece pensare che, dopo quel giorno, il mio rapporto con Essam non sarebbe più stato lo stesso. Per la prima volta pensavo a questo ragazzo come a una parte della mia vita a cui non potevo più rinunciare.

Risalii verso via Garibaldi e piazza Portello per prendere un autobus che in due fermate mi avrebbe scaricato davanti alla stazione Principe. L'autobus era quasi vuoto. Due negri statuari, alti fino al soffitto, erano aggrappati alle maniglie. Vestiti con giacche di una pelle che aveva lo stesso colore della loro. C'erano anche tre sudamericani attorniati dalle loro donne che innalzavano al cielo una lamentosa litania, una specie di coro greco che ricordava più le telenovelas che Eschilo ed Euripide. Con me erano saliti due uomini che dovevano aver passato da qualche tempo i sessanta. Uno lungo e asciutto col fisico da maratoneta e l'altro bassotto con una pancia prominente e due guance rubizze da maratone gastronomiche. Avevano tutta l'aria di essere pensionati del porto. Cominciarono a commentare la situazione in dialetto genovese. Riuscii a cogliere qualche battuta da cui si capiva che non erano d'accordo su niente.

«Guarda te in che mondo ci tocca di vivere. Oramai in giro non c'è altro che questi qui».

«Se vengono e accettano di vivere come bestie è perché là nei loro paesi non hanno niente. E ne verranno ancora di più. Anche se certi contamusse di politici dicono che possiamo fermarli».

A parlare era stato il maratoneta, che evidentemente non si sentiva troppo disturbato dal fatto che, dopo le nove di sera, la città passa di mano e diventa esotica come un bagno turco.

«Non possiamo fermarli?».

«E come li fermiamo? Hai mai guardato una carta geografica? Vedresti come siamo piccoli rispetto a continenti come l'Africa e come l'Asia. E come siamo vicini. L'Italia non è mica la Nuova Zelanda, sperduta in mezzo al Pacifico».

Gli occhi del compare sembravano inseguire il sogno di un misterioso paese di Bengodi senza immigrati, cullato da un oceano vasto e rassicurante come le braccia della mamma.

«Però questo non è mica giusto».

«Non è nemmeno giusto che un africano butti via la sua vita».

Mentre scendevo dall'autobus, queste parole mi risuonavano nelle orecchie. Anche un rumeno, un egiziano o una panamense hanno una vita sola da vivere. E il diritto di provare a viverla al meglio che possono. Entrai nell'atrio della stazione Principe. Quel posto mi ha sempre dato una struggente sensazione di desolazione e di abbandono. Il luogo da cui si parte. Il luogo dove si lascia sempre qualcosa. O qualcuno. Quella che si incontra nelle stazioni è un'umanità in transito che sembra aver perduto ogni senso di appartenenza e di identità. I nomadi della terra. Proprio come gli africani dei due pensionati sull'autobus. A passi spediti passai dall'atrio degli arrivi alla biglietteria. Il cuore mi batteva forte mentre lo cercavo. Disperatamente. Essam. Un ragazzo di quindici anni. Un immigrato extracomunitario che veniva da Assuan.

Finalmente lo vidi, fermo sotto l'orologio della biglietteria. Segnava le nove passate. Gli andai incontro inandiando la faccia più scura che potevo per nascondere i miei veri sentimenti. La smisurata felicità di vederlo sano e salvo nel suo kay-way blu ancora bagnato di pioggia. Mi guardava di traverso, con l'aria di chi sa di averla fatta grossa. Le mani infilate nelle strette tasche dei jeans. Aspettava solo che gli arrivasse addosso la inevitabile strigliata che sapeva bene di meritare.

Lì per lì non trovai di meglio che dirgli bruscamente: «Dove hai messo l'ombrello?».

Ma dietro quel rimprovero per l'ombrello, probabilmente perduto, si rovesciò una ramanzina incazzosa che non ammetteva repliche. E infatti, Essam si guardò bene dal replicare qualcosa. Ammutolito, mi guardava e mi ascoltava sciorinare il catalogo delle sue colpe verso se stesso, sua madre e il sottoscritto. Esprimendomi con gli occhi il suo pentimento e insieme desiderio di dire qualcosa che andasse oltre tutto ciò.

Infatti alla fine gli chiesi: «Allora, non dici niente?».

Mi aspettavo che ammettesse di avere sbagliato e volevo un atto di contrizione.

Invece mi rispose: «Sono venuto qui per incontrare Ibrahim che mi ha detto un sacco di cose sul rumeno».

«Allora non ci siamo proprio capiti, ragazzino! Lo capisci o no che tu dovevi andare a scuola e non venire qui?».

«Sì, Bacci, hai ragione», borbottò mortificato. Ma negli occhi, dietro il sincero dispiacere per quel che aveva fatto, luceva la soddisfazione di chi aveva qualcosa di importante da riferirmi. Essam era troppo intelligente per non sapere che, prima o poi, gli avrei chiesto di raccogliere i frutti della bravata che gli andavo rimproverando. Così aspettava solo che mi decidessi a tuffarmi nell'acqua sporca dove lui si era solo schizzato. Infatti tacque e in silenzio ci avviammo a piedi lungo via Balbi, quasi completamente deserta sotto i suoi nobili palazzi seicenteschi. Gli ultimi cantieri stavano smobilitando e anche questa strada si preparava a sfoderare lo smalto del trionfale recupero dei suoi fasti storici. I muri degli antichi palazzi restaurati erano stati purgati dai graffiti tracciati con la vernice a spruzzo. «Libertà per i compagni arrestati», «Polizia fascista», «No alla globalizzazione», «Produci consuma crepa». Tutto era perfettamente lindo e ripulito. Abili professionisti del restauro avevano ripristinato una storia più antica a scapito di quella che ancora brucia sulla pelle. La rabbia di una generazione ricca di proteine e di carboidrati ma altrettanto cosciente che l'età dell'oro dei loro padri sta per finire sotto la spinta di una globalizzazione selvaggia dominata dal mercato e dal profitto. Mi rimaneva in bocca l'agrodolce di qualche lontano ricordo. Quando le automobili e gli autobus sfrecciavano a senso unico verso la stazione e facevano il pelo agli studenti di Lettere e di Giurisprudenza, ammassati sul marciapiedi. Tra quegli studenti c'ero anch'io. Tanti anni fa. E non certo tra i figli di papà che frequentavano Legge. Con me la Legge si preparava a inandiare il suo tiro mancino.

Camminavo teso e contratto, con Essam al mio fianco. Non sapevo come uscire da quell'imbarazzante situazione. Preso tra l'imperativo di non fornire giustificazioni alla sua scappatella e la necessità di sapere quello che aveva scoperto. Tra la mia surrettizia funzione paterna e il mio ruolo di investigatore impegnato su un caso di omicidio. Potrei quasi dire tra la famiglia e il lavoro. Come spesso mi accade con lui, fu il ragazzo a trarmi d'impiccio. Dopo cinque minuti buoni, quando ormai ci trovavamo vicini al portone della Facoltà di Lettere e Filosofia, ruppe il silenzio.

«Ora posso dirti quel che ho scoperto?».

Annuii, sempre con la faccia scura.

«Il mio amico Mahmoud», attaccò Essam, «ha visto qualche volta il tuo rumeno. Frequentava il bar tutti i giorni. Poi è quasi sparito. Lui non gli ha mai parlato, però lo ha visto spesso parlare insieme a un suo buon amico, Ibrahim. Mi ha detto che Ibrahim va a vendere la sua merce dalle parti di Serravalle e che solitamente torna col treno verso le sette. Allora io gli ho proposto di accompagnarmi da lui».

«E hai fatto male. Non capisci che questo Ibrahim potrebbe informare il rumeno che lo stai cercando? Quell'uomo è un assassino».

«Ti sbagli. Mahmoud mi ha assicurato che Ibrahim è affidabile. Loro due sono molto amici. Io mi fido di Mahmoud».

Lo disse con una sicurezza che non ammetteva obiezioni.

«Siamo venuti qui e, quando Ibrahim è arrivato, Mahmoud gli ha spiegato quel che io volevo sapere. Ibrahim è stato molto contento di darmi queste informazioni perché quel rumeno non piace neppure a lui».

Riprese fiato e mi servì il piatto forte che aveva in serbo. Confortato dal mio silenzio. Un silenzio che puzzava lontano un miglio di ipocrisia. La mia malafede era così grossolana che, bontà sua, Essam non poteva far altro che fingere di non notarla.

«Ora apri bene le orecchie, Bacci Pagano. Si chiama Radu Popescu e non abita più a Genova. Sembra che viva in Piemonte insieme alla sua fidanzata. Ha la passione del gioco e si è anche trovato in difficoltà perché aveva dei grossi debiti. Però deve essere riuscito a pagarli con tutti gli interessi. Due anni fa è sparito improvvisamente dalla circolazione, dopo circa un anno che frequentava regolarmente quella specie di bisca. Dopo di allora Ibrahim lo ha rivisto poche volte. L'ultima volta è stato un mese fa. Il rumeno gli ha spiegato che aveva trovato lavoro come stalliere in un cascinale di campagna, in Piemonte. Dove teneva i cavalli di un tipo molto ricco che lo pagava bene».

Non potei evitare di pensare che aveva avuto più fiuto di me. Ma non potevo mica dirglielo. Mentre mi guardava inorgoglito dalle sue scoperte e si aspettava che mi complimentassi con lui, mi limitai a dirgli: «Interessante».

Freddo. Glaciale. Da vero figlio di puttana.

«Ah, dimenticavo», aggiunse. «Ibrahim mi ha detto che guidava un grosso fuoristrada nero».

Continuavamo a camminare, in silenzio. Passammo davanti alla chiesa della Nunziata, attraversammo la piazza e imboccammo via Lomellini. La città era vuota. Pochissima gente e poco traffico, come spesso accade la sera durante la settimana. Essam restò silenzioso in attesa che gli dicessi qualcosa su quello che aveva scoperto. Si domandava forse se quelle notizie avrebbero meritato la prima pagina del giornale. Avrei voluto dirgli che grazie al suo amico aveva quasi risolto il caso. Avrei voluto anche spiegargli perché. Ma rimandai tutto all'indomani, dopo avere parlato con Zainab e avere chiarito ogni cosa. Mi sembrava fuori luogo gratificarlo per un successo che aveva ottenuto facendo qualcosa di cui doveva vergognarsi. Così lo accompagnai al portone di casa trattenendo con tutte le forze la tentazione di scoprire le carte. Lui forse capì e non mi chiese niente. Anche se non la prese troppo bene. Infatti, quando sul portone di casa sua ci congedammo, mi guardò accigliato e non mi sorrise come al solito.

– Sia pure simbolico o putativo, un padre per fare bene il suo mestiere deve mostrare al figlio di avere le palle.

Davanti al portone chiuso cercai di consolarmi trastullandomi con questo pensiero. Ma subito pensai che mio padre per primo ne avrebbe sorriso. E allora mi tornò in mente la solita cantilena di Mara.

– *Sei proprio un analfabeta dei sentimenti, Bacci.*

Mi ritrovai nuovamente solo in via dei Macelli di Soziglia. A metà strada tra la casa di Mara e quella di Julia Rodriguez. Con dentro la solita, ormai familiare sensazione di sonno e di nausea. In più avevo addosso la giacca umida che, nell'aria fredda della sera, mi fece sentire un lungo brivido lungo la schiena. Avevo un solo desiderio. Andare a casa, farmi una doccia bollente e infilarmi nel letto. I bisogni più elementari di un bambino piccolo. Mi avviai su per via Scurreria passando nuovamente davanti a piazza Invrea. Qui i miei pensieri si avvitarono come tralci intorno a un'impennata di nostalgia. Mara. Chissà se a quell'ora era in casa. Probabilmente c'era. Ma questo non cambiava niente. Le avevo lasciato un altro ricordo amaro. Un'altra buona ragione per dirsi che quei tre anni di silenzio non erano stati vita sprecata. Mi accorsi che l'impennata di nostalgia si era già stemperata in un languido rigurgito, senza speranze e senza volontà. Da piazza Matteotti scesi per salita Pollaiuoli e ripassai davanti al Le Corbusier. In quel bar, quella mattina, avevo conosciuto la figlia di Terenzi. Il bar era aperto e anch'esso deserto. Genova si presentava ai miei occhi come un palcoscenico vuoto sul quale era tempo di calare il sipario, in attesa del nuovo giorno. Ma in tutto quel malessere mi assalì improvvisa la sensazione di una urgenza a cui non potevo sottrarmi. Prima di andare a dormire dovevo ancora fare qualcosa. Quel che mi succedeva da studente alla vigilia di un esame. Dovevo fare un rapido ripasso. Così decisi di entrare nel bar, andai a sedermi allo stesso tavolino dove la mattina avevo parlato con Anna e ordinai un bicchiere di Cardenal Mendoza. Me lo portò un cameriere dall'aria assonnata e annoiata, insieme all'immancabile scontrino del conto. Pagai subito, tanto per tranquillizzarlo sul fatto che ero di passaggio e che non mi sarei fermato a lungo. Con la speranza che mi avrebbe conciliato il sonno di cui avevo tanto bisogno, presi a sorseggiare lentamente quel forte liquore. Lo stesso che avevo già gustato davanti alla vetrata panoramica di Matrakis. Intanto provai a far lavorare ancora un po' i miei neuroni. Almeno quanto era rimasto della pappa del mio cervello nello stato quasi febbricitante in cui mi trovavo.

«Sembri una lattuga bollita», mi avrebbe detto teneramente Mara se mi avesse visto con occhi diversi da quelli con cui, ormai da tempo, si era abituata a pensare a me. Gli occhi tristi che ritrovavo ogni volta che la nostra conversazione, sospesa sul vuoto d'un futuro incerto e pieno di equivoci, precipitava col tangibile e inequivoco tonfo di un «vaffanculo». Per aiutarmi a pensare caricai la pipa e la accesi. Tiravo boccate lente e profonde e per concentrarmi meglio tenevo gli occhi socchiusi. Il fumo azzurrino cominciava a espandersi nella stanza vuota. L'aria lo spingeva contro la vetrina, quasi per indicarmi che era tempo di andare via.

Le informazioni fornitemi da Essam erano come certe figurine dei calciatori di quando ero ragazzo. Quei pezzi rari che tutti cercano per completare la raccolta. Dunque l'assassino di Giacomino Terenzi era l'uomo di sua figlia. Proprio come nel *Don Giovanni* di Mozart, tutto era cominciato da Anna. E anche il movente era chiaro. Far sì che la figlia di Terenzi riscuotesse il milione della polizza, facendo ricadere la colpa dell'omicidio su Julia Rodriguez e sul suo amante allevatore di cani. Due anni prima era stato il rumeno a minacciare e a ricattare lo strozzino. Aveva dei debiti di gioco e quasi sicuramente i trecento milioni erano serviti per pagarli. Aveva frequentato quella bisca per circa un anno, giusto il tempo di indebitarsi per bene. E una volta intascati i soldi del ricatto, era scomparso. Certamente in quel bar aveva conosciuto Terenzi ed aveva avuto a che fare con lui, su suggerimento della sua fidanzata.

Mi domandai quale parte avesse avuto Anna in tutto questo. Nel ricatto, nelle minacce e nel piano omicida. Anna aveva trovato in Radu non solo l'uomo che divideva il suo letto, ma anche l'ombra che sorvegliava da vicino suo padre, informandola di tutti i suoi movimenti. Qualcosa mi diceva che lei fosse al corrente del ricatto e che, accecata dalla gelosia, lo avesse combinato insieme al suo uomo. Magari senza trarne alcun beneficio personale, se non le chiavi della casa di suo padre. Tre anni prima era cominciata la relazione tra Julia Rodriguez e Manuel Verda e, se mai Anna ne fosse venuta a conoscenza, questo avrebbe innescato il suo desiderio di farla pagare alla panamense. Certamente Radu ne era a conoscenza, perché aveva macchinato tutta quella messinscena del lupo apposta per incastrare Manuel Verda e la sua amante. Mi domandai anche su quali minacce si fondasse quel ricatto. Probabilmente su minacce di morte, dal momento che Terenzi aveva stipulato una assicurazione sulla vita. Ma il buon senso mi diceva che ad Anna sarebbe bastato molto meno. La minaccia di far conoscere alla panamense la propria esistenza e i trascorsi del padre sarebbe stata più che sufficiente per ottenere facilmente i soldi per il suo uomo. E dunque perché il rumeno avrebbe minacciato di morte Terenzi? A me continuava a riuscire difficile credere che Anna volesse davvero la morte di suo padre. Ed ero convinto che anche dei suoi soldi non gliene importasse gran che.

Fin qui mi ero interrogato su quanto Anna sapeva e provava per suo padre. Ma che cosa sapeva e provava il padre per la figlia? Sapeva Terenzi che l'uomo che lo minacciava era il fidanzato di Anna? Se lo avesse saputo, risultava incomprensibile la sua decisione di stipulare una assicurazione sulla vita. Infatti, insieme a sua moglie, avrebbero finito per beneficiarne anche sua figlia e il rumeno che già lo avevano minacciato. Con un tipaccio come Radu Popescu di mezzo, stipulare quella polizza era come giocare col fuoco. Del resto, anche andare al Peralto a mezzanotte era stato un azzardo imperdonabile per uno che temeva di essere ammazzato. Mi domandai se Terenzi avesse deciso di espiare così tutte le proprie colpe verso le donne. Ripagando con un milione di euro le due donne della sua vita. La moglie e la figlia. Mezzo milione per ciascuna. Tutta una macchinazione ai danni della CarPol per risarcire attraverso Julia e Anna tutte le vittime dei suoi abusi. Ma poteva invece darsi che Terenzi non sapesse che Radu Popescu era il fidanzato di sua figlia. In questo caso l'assicurazione sulla vita assumeva un significato logico. E diventava la accorta mossa di un uomo prudente che si premurava di tutelare gli interessi delle persone che amava. Già, forse le persone che amava erano due. Perché Terenzi non poteva ignorare che, nel caso lui fosse morto, la figlia si sarebbe fatta avanti per reclamare i propri diritti. O forse pensava che l'esistenza di Anna sarebbe rimasta per sempre nell'ombra e che lei non avrebbe mai saputo niente del risarcimento milionario dell'assicurazione? Questa eventualità mi suonava davvero improbabile. Il destino a volte gioca strani tiri. La figlia negletta sapeva e la regina no. Sicuramente Julia Rodriguez ignorava l'esistenza di Anna. Come nella fiaba di Perrault, Cenerentola si prendeva così la sua rivincita sulla matrigna. Questo avrebbe spiegato un ulteriore enigma al quale non riuscivo a trovare alcuna risposta. Come poteva Radu Popescu sapere che Terenzi aveva stipulato quella polizza? Mi venne anche in mente che il barista di via della Maddalena aveva mentito riguardo al rumeno. Doveva ricordarselo, eccome. Ma pensai che la sua reticenza era esattamente quello che i suoi clienti si aspettavano da lui.

A questo punto potevo anche fermarmi. Potevo finalmente andare a dormire. Anche il brandy era finito e non mi restava che alzarmi e trascinare le mie ossa intorpidite fino al letto. Mi aspettava a pochi metri da quel caffè. Vuoti tutti e tre, il bicchiere, il caffè e il letto. Il brandy mi aveva riscaldato quel tanto da spingermi ad affrontare nuovamente l'aria piovosa della strada. Ma è difficile riposare quando la testa è ingombra di tante domande. Col rischio di inseguire i fili intricati di quei pensieri per tutta la notte. Per sciogliere questi nodi non c'era che una cosa da fare. Parlare con Anna. Non so se fu la voglia di farmi ancora un po' di male. Forse dovevo scontare l'angoscia procurata a Zainab e il debito che avevo in sospeso con Essam. A quel tavolo di marmo scuro e metallo quella mattina avevo inserito il numero di Anna nella memoria del mio telefono cellulare. A quel tavolo lo ripescai e la chiamai. Rispose quasi subito.

«Buonasera signorina. Sono Bacci Pagano».

«Oh, dottore! Non mi aspettavo di sentirla così presto».

Rispose come se l'avessi colta di sorpresa.

«Cosa c'è, è successo qualcosa?».

Nella sua voce si agitava preoccupazione piuttosto che curiosità. Decisi di barare per non allarmarla.

«La polizia sta per prendere l'amante della vedova di suo padre. Sapeva che quella donna aveva un amante?».

«Sì, quella bastarda».

«Le devo parlare. Sono vicino a risolvere il caso e a trovare le prove. Ma lei mi deve aiutare».

«Possiamo vederci anche subito», rispose pronta.

Non me l'aspettavo. E sinceramente, nemmeno lo speravo. Troppa grazia.

«Ma lei non è a casa?».

«No, non sono tornata in Piemonte. Ho approfittato che ero scesa a Genova per venire a trovare la zia, la sorella della mamma. Abita in via Molassana».

Il sonno, la nausea e le ossa anchilosate protestarono tutta la loro ripulsa.

«Non potremmo vederci domattina?».

«Veramente domani avrei il treno alle otto. Alle dieci abbiamo appuntamento a Ovada col mio fidanzato. Io non posso avvertirlo perché è al lavoro e non riceve il segnale del telefono».

Afferrai al volo le sue parole e chiesi: «Al lavoro? E dove?».

«Tiene dei cavalli in una cascina dalle parti di Molare. In un posto sperduto tra i boschi. Io non ci sono mai stata. Lui non ha mai voluto portarmici».

Tombola! Un altro tassello andava al suo posto. Non c'era tempo da perdere. Dovevo acchiappare il rumeno prima che Anna potesse avvertirlo. E dovevo chiarire tutto quello che era possibile chiarire con lei. Decisi di concedermi almeno una doccia bollente.

«Se la sente di prendere un taxi e raggiungermi in ufficio?».

«Me la sento. Tra mezz'ora sono da lei».

Prima di uscire dalla caffetteria Le Corbusier mi feci servire un caffè doppio. Il sonno, la nausea e le ossa indolenzite potevano aspettare.

# Capitolo dodicesimo
## Agnizione tragica

Un impermeabile blu. Un maglione di lana pelosa. E un paio di occhiali dalla forma allungata dietro ai quali due verdognoli occhi sfuggenti mi scrutavano di sottecchi. Screziati da una preoccupazione mista a curiosità. Ma accesi da un desiderio di vendetta che impelleva e non tollerava rinvii. Anna era tutta in quegli occhi che la miopia coloriva di un verde quasi torbido, come acqua stagnante. Le mie parole la avevano incoraggiata a venire in tutta fretta da me con la speranza di chiudere la sua partita con la vedova di suo padre.

L'avevo fregata.

Stava seduta davanti alla mia scrivania nella sua gonna lunga, con le ginocchia serrate e le gambe strette coperte da un paio di calze scure di colore blu. Contratta in una postura che lasciava intuire tutto il suo timore per il mondo. Le sue mani corsero lungo le cosce ad accertarsi che la gonna le coprisse per bene. Sentivo che la sua diffidenza era rivolta verso quelli della mia razza. Gli uomini. Sui quali forse si proiettava la sinistra ombra di un animale pericoloso. Un padre pedofilo. Il suo sguardo, come un topo, correva a inseguire ogni linea e a rincantucciarsi in ogni angolo della stanza. E solo di rado e furtivamente incrociava il mio. Quasi che guardarci negli occhi equivalesse ad avere un contatto fisico. Un incontro di corpi. In quel momento Anna Terenzi mi ricordò quei fiori ancora acerbi dalla bellezza già sfiorita. Un fiore fragile. Coltivato in una terra bruciata dalla paura e dalla sfiducia verso l'amore.

Il doppio caffè e la doccia calda mi avevano restituito un barlume di vigore. Nonostante il sonno che da troppe ore continuavo a rinviare, la mia mente aveva riacquistato la lucidità necessaria per affrontare quello che si preannunciava un interrogatorio in piena regola. E non poteva essere che così. Accesi la pipa e per metterla a suo agio le porsi la scatola di legno delle sigarette, aperta sulla scrivania. Con una certa sorpresa la vidi allungare due dita, prendere una Camel e lasciarsela accendere con un sorriso di piacere che faceva trasparire qualcosa di trasgressivo. Come se quella sigaretta fosse un invito a entrare con me in una confidenza che per lei suggellava la nostra santa alleanza contro tutte le panamensi del mondo. Una presunta intesa che dovevo subito smascherare. Se l'inganno fosse durato troppo a lungo, la inevitabile disillusione poteva compromettere ogni cosa.

«Anna, lei mi ha parlato del suo fidanzato. Chi è?».

Rimase interdetta e mi guardò con sospetto.

«Perché me lo domanda?».

«Credo che abbia a che fare con la morte di suo padre».

Nel suo sguardo balenò un lampo di stupore. Poi di contrarietà, e quindi di collera. Appena trattenuta. Cominciava a capire d'essere caduta in una trappola.

«Di cosa sta parlando?».

«È così», ripetei con un tono fermo e tranquillo. «Io sono convinto che quell'uomo abbia assassinato suo padre».

«Ma cosa sta dicendo? Lei è pazzo».

Restò un momento in silenzio, poi schiacciò nel posacenere la sigaretta appena accesa. Il gesto era quello di stracciare la fotografia di un amante sorpreso a letto con un'altra. Mi accorsi che le tremavano le mani

«No, lei non è pazzo. Ora capisco. Si è messo d'accordo con quella là».

Dalla sua espressione capii che alle sue orecchie le mie parole avevano suonato come una insinuazione infondata. Una malevola allusione buttata là solo per confonderla e imbrogliarla.

«Come si chiama il suo fidanzato?».

«Non si aspetti nessun aiuto nei suoi sporchi giochi per salvare quella assassina!».

Stava per alzarsi dalla sedia ed io provai a fermarla.

«Anna, aspetti. Il mio compito è trovare chi ha ammazzato suo padre. Lei è convinta che sia stata la panamense. Mi spieghi perché e provi a convincere anche me».

«Come perché? Non faccia l'ingenuo, Pagano. Lo sa benissimo il perché. Voleva incassare il milione e goderselo col suo amante cileno».

«Quando l'ha saputo..?».

«Che cosa?».

«Che la panamense aveva un amante».

Restò un momento incerta sul da farsi. Le mie parole le avevano offerto un appiglio per avvalersi ancora del mio aiuto.

«L'ho saputo quasi subito. Appena quell'assassino ha cominciato a vederla di nascosto da mio padre».

«Come ha fatto?».

«Cosa gliene frega a lei? L'ho saputo e basta».

Ogni volta che il discorso lambiva il suo fidanzato, Anna tirava giù la saracinesca. Solo nominarlo o parlare di lui equivaleva a offrirmelo in ostaggio. Pensai che, una volta morti i suoi nonni, Radu rimaneva l'unica persona su cui potesse contare. Ma non c'era tempo per la compassione. Dovevo fare il mio lavoro. Prendere un assassino e salvare due innocenti. Le parlai bruscamente e quella era la prima volta che lo facevo.

«Glielo dico io come l'ha saputo. Da un immigrato rumeno che si chiama Radu Popescu. Lui frequentava suo padre, lo teneva d'occhio e la informava su tutto quello che faceva. E teneva d'occhio anche la panamense. Così ha scoperto che tra lei e il cileno c'era una relazione».

«Certo! Appena mio padre usciva per andare nel bar quell'assassino correva subito a casa dove lo aspettava la sua puttana. Succedeva quasi tutte le sere. E pensare che mio padre l'aveva riempita di soldi e di lusso, quella morta di fame... Ma a lei tutto questo non bastava. No, voleva ancora di più...».

La rabbia esplose in un pianto dirotto. Un pianto che non aveva niente di liberatorio. Nelle sue lacrime bruciava un risentimento così esacerbato che mi parve proprio senza speranza. Non le venne neppure di domandarmi da chi avessi saputo il nome del suo fidanzato.

«Quella cagna voleva essere libera di godersi anche i soldi della assicurazione. Già, perché con la vita che faceva, i soldi risparmiati da mio padre non le bastavano più. Con i suoi vestiti e i suoi gioielli, la macchina, il casinò e tutto il resto. Le sembra giusto?».

Potevo mai dirle che sì, che dal punto di vista di Julia Rodriguez era giusto? Avrei dovuto ricordarle che suo padre non aveva mai confessato alla moglie, né a nessun altro, di avere una figlia. Ricordarle che lei era stata cancellata dal mondo. Nella vita di suo padre lei aveva rappresentato solo una commissione da sbrigare in tutta fretta, di nascosto, una volta al mese. In qualche remoto ufficio postale da cui partivano i vaglia che le spediva in segreto, gettando via la ricevuta perché non ne restasse traccia.

«È per questo che due anni fa lei e Radu lo avete ricattato? Per prendervi nel solo modo possibile quello che le spettava?».

Si asciugò le lacrime col palmo della mano, come una bambina presa in castagna. Le lenti degli occhiali si appannarono. La vidi indifesa e impacciata mentre cercava di ridarsi un tono. Le porsi un fazzoletto di carta, ma lei lo rifiutò.

«Sì, Radu aveva dei debiti di gioco. Anche lui aveva quel maledetto vizio, come mio padre».

«Perché dice aveva? Ora non l'ha più?».

Un lampo di fierezza.

«No. Gli ho fatto promettere che quei centocinquanta milioni sarebbero stati gli ultimi. E lui è stato di parola».

«Centocinquanta milioni? Non erano trecento?».

«Quando li ha portati a casa li abbiamo contati. Erano centocinquanta».

Ebbe un attimo di esitazione. Appena una défaillance.

«Dovevano essere trecento?».

Non aveva alcuna ragione per mentire. Centocinquanta milioni. La metà della cifra sborsata da Terenzi.

«Suo padre due anni fa ha prelevato trecento milioni in contanti. Quindi o Radu l'ha imbrogliata, o li ha divisi con qualcun altro».

La vidi sconcertata. Forse dubitava che volessi farla cadere in un'altra trappola.

«Fu lei a chiedere quella somma a suo padre?».

«No, è stato Radu. Io non ho avuto alcun contatto con mio padre».

Arrossì. E aggiunse: «Per quei soldi».

«Come ha avuto i soldi Radu? Glieli ha dati direttamente suo padre?».

«Glieli ha fatti avere attraverso qualcuno di sua fiducia. Mio padre aveva paura di Radu».

«Lo credo bene. Lo aveva minacciato di morte. È per questo che suo padre ha stipulato una assicurazione sulla vita».

Sussultò come se l'avessi morsicata.

«Certo che lo ha minacciato! Lo ha fatto al telefono, davanti a me. È stato quando gli ha chiesto le chiavi della casa. Quei soldi non erano che una miseria rispetto a tutto quello che aveva dato alla sua panamense».

«Dunque tra Radu e Terenzi c'è stato un intermediario. Qualcuno che si è tenuto la metà dei soldi».

«Può darsi. Ma io non ne sapevo niente».

«E quando ha saputo che suo padre aveva stipulato una assicurazione sulla vita?».

«Due o tre settimane fa. Me lo ha detto Radu. E mi ha detto anche del piano».

«Quale piano?».

«Il piano per assassinare mio padre».

Ora fui io a restare interdetto. Anna aveva pronunciato quelle parole con convinzione. La guardai con curiosità invitandola a continuare.

«Radu lo ha saputo da un amico del bar. Questo amico conosceva bene il cileno. Gli ha detto che la panamense e il cileno volevano uccidere mio padre».

«Questo è molto strano. Radu da tempo non frequentava più quel bar».

«Radu non voleva incontrare mio padre. Infatti ci andava sempre in orari in cui era sicuro di non trovarlo».

«E cosa ha fatto quando ha saputo del piano?».

«Ho fatto quel che potevo per salvarlo. L'ho avvertito del pericolo. Ma non sono arrivata in tempo».

Chinò nuovamente il capo per nascondere un pianto addolorato. Appena percettibile. Il mugolio di un animale ferito.

«Come lo ha avvertito?».

«Gli ho scritto una lettera. E Radu gliela ha fatta recapitare attraverso l'amico del bar».

Le sue parole uscivano in un sussurro. E le mani bagnate di lacrime le raccoglievano come acqua piovana.

«Lo conosce questo amico? Sa come si chiama?».

«No».

«Cosa ha scritto nella lettera?».

«Non ricordo le parole. È stato Radu a suggerirmela. Era l'unico modo per salvarlo».

«Per favore, Anna», la supplicai. «Mi dica cosa ha scritto in quella lettera. È importante».

«Non era una lettera. Era un semplice biglietto. Gli ho scritto che si trovava in pericolo. E che volevo incontrarlo per parlargli. Anzi, per essere sicura che accettasse di incontrarmi, l'ho minacciato di raccontare tutto alla panamense».

«Questo gli ha scritto? Che voleva incontrarlo per parlargli? Altrimenti avrebbe raccontato tutto a sua moglie?».

«Proprio questo».

«Senza precisare da chi venisse il pericolo...».

«Radu ripeteva che non mi avrebbe creduto. Glielo avrei spiegato a voce».

Fu come quando, in una stanza scura, si spalancano le persiane e la luce dilaga facendo affiorare le cose dal loro informe guscio d'ombra. Nella mia mente quelle parole dissiparono dubbi e domande che fino a quel momento erano rimasti in sospeso. Ecco come il vecchio era stato attirato nella trappola! Ecco perché era andato a mezzanotte al Peralto senza prendere alcuna precauzione! Si aspettava di incontrarci sua figlia. Finalmente si spiegava la ragione di quello strano appuntamento, in quel posto e a quell'ora. Terenzi non voleva essere visto con Anna. Quel figlio di puttana avrebbe corso qualunque rischio pur di tenere nascosta la sua esistenza agli occhi del mondo.

«Qual è stata l'ultima volta in cui vi siete parlati?».

«Io e mio padre?».

«Sì, lei e suo padre».

«Gliel'ho già detto. Due anni fa, poco prima di Natale. Quando ci siamo visti a Ovada e lui mi ha dato le chiavi della casa».

«E in questi ultimi giorni?».

«In questi ultimi giorni i contatti li ha tenuti il mio fidanzato attraverso il suo amico».

«Con quel biglietto lei ha condannato a morte suo padre. Il suo fidanzato lo ha usato per attirarlo all'appuntamento e farlo sbranare dal lupo».

Mi guardò incredula, in bilico tra le sicurezze cementate dalla diffidenza e dall'odio e l'angoscia incombente del dubbio. Gli occhi le si riempirono di nuovo di lacrime. Ma fu un attimo. Poi la sua espressione si fece dura, e guardandomi fisso negli occhi mi parlò con un tono gelido e inespressivo. Non sembrava più lei.

«Lei mente perché sta con la puttana. Il vostro è tutto un complotto».

Seguì un lungo silenzio su cui i nostri sguardi danzarono senza gioia, incrociandosi e sfilando via tra l'apprensione e lo sgomento. In quell'interludio vidi molte cose. Una bambina senza speranza che lotta contro qualcosa più grande di lei. Qualcosa che non comprende ma che le procura un dolore che non può sopportare. Tanto vale allora cercare scampo in una realtà parallela dove le familiari abitudini del quotidiano sopravvivono alimentate dal pensiero illusorio del sogno e della favola. Una favola creata perché il mondo intorno non si sgretoli e non rovini come un castello di carte. Perché il sole del mattino non perda l'energia che riscalda la terra e fa sbocciare i fiori nei prati. Capivo che Anna, piuttosto che accettare quella verità, era disposta a rifugiarsi in un mondo che non esiste. Mi chiesi se toccasse proprio a me convincerla a non farlo. Io che, dal suo punto di vista, ero in combutta con chi voleva strapparle tutto questo. Avevo vestito i panni del soccorritore, quasi del seduttore a cui si era pericolosamente avvicinata fondendo il fumo della sua sigaretta con quello della mia pipa. Per poi tradirla e mollarla a se stessa. E però cosa mi restava da fare se non provare a riportarla coi piedi per terra? Mostrandole il mondo com'era e non come lei avrebbe voluto che fosse?

«Non confonda i suoi desideri con la realtà. Il lupo che ha sbranato suo padre non è stato addestrato dal cileno. È stato Radu Popescu».

«Ma cosa dice? Radu non ha mai avuto nessun lupo».

«Sì, invece. Il lupo è stato addestrato nella cascina dei cavalli. Per questo il suo fidanzato non ha mai voluto portarla là».

«Non è vero!».

«E sono pronto a scommettere che due anni fa Radu ha avuto contatti con gente del suo paese. Magari lui stesso è andato in Romania. Mi sbaglio?».

Mi guardò senza rispondere. Ma non negò. Il suo sguardo era vitreo e continuava a non esprimere alcun sentimento. Era lo sguardo di un automa. Vuoto.

«Lo ha fatto per procurarsi il lupo».

Con una voce inespressiva sillabò: «È stato via quasi un mese. È partito in macchina».

«Radu possiede un fuoristrada, vero?».

Annuì.

«Sa che vicino al luogo del delitto ho trovato le impronte di un grosso fuoristrada?».

«Di fuoristrada ce n'è tanti in giro», provò a obiettare facendo un estremo sforzo su se stessa. Cercava di mantenere un contatto con me. Ma altri pensieri la schiacciavano. Lontani. Troppo lontani. Un insondabile silenzio la isolava dagli insignificanti brandelli di un dialogo che proseguiva per conto suo, tra due allibite comparse. Sulla scena di quel confortevole ufficio pieno di libri e di fumo. Forse si stava perdendo nel buio freddo e umido della notte. In una irraggiungibile solitudine dove nessuno poteva più toccarla e farle male. Nuovamente provai a trattenerla. A non lasciare che la sua mente volasse via come un uccello delle tenebre.

«Radu era con lei la sera del delitto?».

«Non era con me. Era a lavorare».

«Non era a lavorare, Anna. Era nel parco del Peralto. Con un grosso lupo dei Carpazi al guinzaglio. Il lupo che ha sbranato suo padre».

Le mie parole andarono a segno come una bottiglia incendiaria. Seguì un urlo di disperazione e un profluvio di pianto, questa volta sì, liberatorio. Anna era tornata in questo sporco mondo dove per i soldi si imbroglia, si tradisce. Qualche volta perfino si ammazza. E adesso era di nuovo tutta intera in quella stanza con me. Forse la sua mente non riusciva ad accettare l'idea di essere stata lo strumento inconsapevole di cui l'uomo che amava si era servito per uccidere l'altro uomo che per tutta la vita lei aveva inutilmente inseguito. Suo padre. Una presenza amorevole che era poi diventata un fantasma minaccioso e perverso. Ai suoi occhi di bambina qualcosa di simile all'orco delle favole. Mi accorsi di provare per lei una infinita, desolata tenerezza.

Aspettai che si calmasse e le chiesi: «Quando vi siete conosciuti, lei e Radu?».

«Quasi quattro anni fa, durante l'estate. Lui allora viveva qui, a Genova. Io ero venuta a trascorrere un periodo di vacanza dalla zia. L'ho conosciuto per caso in un caffè del centro storico, una domenica pomeriggio».

«Vi siete conosciuti e lei gli ha raccontato la sua storia».

Annuiva senza ascoltare.

«Lui già conosceva Terenzi?».

Scosse il capo cogli occhi bassi, arrossati dal pianto.

«Fu lui a informarla che si era sposato?».

«Ha cominciato a frequentare il bar. Si sono incontrati e hanno fatto conoscenza. Mio padre gli ha anche prestato seicentomila lire per pagare dei debiti di gioco».

«Naturalmente suo padre non sapeva che eravate fidanzati».

«In un primo tempo non lo sapeva. Lo ha saputo solo più tardi. Radu diceva sempre che avrei dovuto fargliela pagare. Che non era giusto che io accettassi l'elemosina delle sue trecentomila lire. Quando quella puttana che lo tradiva si intascava milioni e si permetteva di vivere nel lusso più sfrenato».

Da come lo disse capii che anche la rabbia era ormai scemata. Come dopo un incendio. Restavano solo cenere e devastazione. La verità che le avevo sbattuto sulla faccia s'era ingoiata d'un colpo l'odio e la speranza. Se fosse stata una partita di biliardo avrei potuto dire di avere fatto filotto. La vidi arresa alla inevitabile necessità di ricominciare tutto da capo e provai a farle coraggio.

«Anna, suo padre le lascia mezzo milione di euro. Sicuramente quando ha stipulato quella polizza pensava anche a lei...».

Non gliene poteva fregare di meno. I soldi per lei non significavano niente. Di nuovo chinò il capo e portandosi le mani aperte sul volto ricominciò a piangere, in silenzio. Emetteva deboli gemiti trattenuti a fatica. Quel pianto mi parve sciogliere il groppo di un magone che veniva da molto lontano. Perché ora Anna si trovava a perdere un altro uomo. Ancora una volta costretta a riconoscere che coloro che amava erano indegni del suo amore. Io mi sentivo sulle spine. Da un lato dovevo trovare al più presto il rumeno, prima che sapesse e scappasse. Dall'altro non mi sentivo di mollarla così, su due piedi. Le chiesi se potevo offrirle da bere. Rifiutò.

«Mi chiami un taxi per favore, che vado a casa».

«Devo andare in questura. Se non le dispiace la accompagno con la mia macchina».

Accettò passivamente e si fece portare fino alla casa della zia come un inerte fagotto di stracci. Correndo lungo la strada che costeggia la riva sinistra del Bisagno, il Maggiolino sollevava schizzi di acqua e di fango. Procedeva veloce tra il torrente e una interminabile fila di capannoni industriali e commerciali illuminati dalla luce arancione dei lampioni. In quell'aria fradicia di pioggia, l'asfalto bagnato riverberava strisce oblique di azzurro e di giallo. Anna al mio fianco taceva. Le chiesi se sapeva dirmi il nome della cascina dei cavalli. Come mi aspettavo, mi rispose di no. Non sapeva nemmeno a chi appartenesse. E credo che fosse sincera.

All'altezza del Geirato attraversammo il ponte sul Bisagno e lei mi mostrò il vecchio palazzo popolare dove abitava la zia. Accostai e fermai l'auto. Mentre scendeva dalla macchina cercai con lo sguardo i suoi occhi verdi nascosti dietro le lenti. Li trovai e mi accorsi che ora non aveva più paura di guardarmi. Che altro male potevo farle, ormai?

«Questa mattina mi ha cercato di sua spontanea volontà o su suggerimento di Radu?».

Pensò un attimo e rispose con la stessa voce monocorde.

«È stato Radu a comperare il giornale. Ha letto l'articolo e me l'ha fatto vedere. Poi mi ha detto di venire a cercarla. Insisteva che probabilmente lei ci avrebbe potuto aiutare».

«Radu compra "Il Secolo" tutte le mattine?».

Stava in piedi, leggermente china. Appoggiata alla portiera aperta della mia vecchia Volkswagen. Dava l'impressione che, senza quel sostegno, si sarebbe afflosciata sull'asfalto bagnato della strada. Una strada che aveva l'aria grigia e anonima che hanno tutte le strade di periferia, transitate dal dissesto dell'industrializzazione selvaggia a un sublime degrado postmoderno. Più salubre. Più ecologico. Ma ancora più mortifero.

«Dopo l'assassinio di mio padre, compra un mucchio di giornali. E si legge tutti gli articoli sull'omicidio».

«Lei mi ha chiesto di non parlare a nessuno della sua esistenza. Lo ha fatto su suggerimento di Radu?».

Annuì senza parlare. In quel silenzio c'era tutta la desolata rassegnazione di chi realizza che le stesse cose ritornano. Ineluttabilmente. Spietatamente. Anche Radu, come suo padre, le aveva chiesto di nascondere al mondo che lei esisteva. Rabbrividii al pensiero del calvario processuale che l'aspettava. Avrebbe dovuto dimostrare la propria estraneità ad un delitto del quale era stata involontaria ma decisiva complice. Un delitto del quale poteva diventare l'esclusiva beneficiaria. Pensando a quanto tutto questo le fosse indifferente e lontano, rabbrividii di nuovo. La vidi persa nella sua grigia e anonima solitudine. La salutai e le augurai buona fortuna. Non rispose e chiuse delicatamente la portiera. La portiera non scattò. Mentre si allontanava, la riaprii e la richiusi con un colpo secco.

Mentre andavo verso la questura, ripercorrendo a ritroso lo stesso tragitto dell'andata, provai ad addolcire l'amaro che mi era rimasto in bocca. Pensavo che i soldi della polizza non avrebbero guarito le sue ferite ma, col tempo, ne avrebbero probabilmente lenito il bruciore. E l'avrebbero almeno portata lontano da tutte le strade di tutte le periferie di questo sporco mondo. E da quelli che non le permettevano di esistere, trattandola come qualcosa di vergognoso da nascondere. Anche lei, a suo modo, clandestina come la matrigna panamense che odiava a morte. Mi venne anche di pensare alle micidiali geometrie del destino. Quel padre che aveva creduto di poter cancellare dal mondo sua figlia si ritrovava a lasciarle in dote, con mezzo milione di euro, il rimorso di averlo fatto cancellare dalla faccia della terra.

Per mantenermi sveglio, caricai e accesi la pipa. In macchina non lo faccio quasi mai. L'odore di fumo rancido che si deposita nell'abitacolo mi fa vomitare. Ormai avevo quasi risolto il puzzle. Tuttavia qualche pezzo ancora mancava. Terenzi sapeva che Radu era il fidanzato di sua figlia. Rimaneva dunque da capire perché avesse fatto quella stupida mossa di stipulare una assicurazione sulla vita. Ma soprattutto come avesse fatto Radu a sapere di quella assicurazione. La storia che un amico del bar lo aveva informato era sicuramente una balla. E dava l'idea di come quel delinquentello fosse tanto spietato quanto stupido. Perché Terenzi era una persona molto diffidente e riservata, e non avrebbe mai raccontato in giro di avere stipulato una polizza sulla vita. Possibile che Anna conoscesse così poco suo padre da non rendersene conto? In ogni caso, era evidente che Radu Popescu non poteva avere agito da solo. Doveva esserci un complice. Quello che aveva intascato i centocinquanta milioni del ricatto e che teneva i rapporti con Terenzi. Quell'uomo doveva godere di una spropositata fiducia da parte di Terenzi. Fino al punto di convincerlo ad andare a mezzanotte al Peralto a incontrare sua figlia. In giro c'era un tagliagole come Radu Popescu. Chi poteva essere capace di tanto?

Cosa è l'intuito?

Qualcosa che noi spesso possediamo senza saperlo. Noi sappiamo molte più cose di quelle che crediamo di sapere. E facciamo molte cose azzeccate senza farlo apposta. Percepivo il mio corpo come un greve peso che mi trascinavo dietro. Nel torpore ovattato su cui galleggiava il tenue filo dei miei pensieri mi balenò una confusa possibilità. Appena arrivato in questura dovevo fare subito qualcosa. Non una cosa qualsiasi. Una cosa precisa. Il mio intuito mi diceva che ero vicino a risolvere quell'enigma e a trovare la tessera mancante che metteva a posto tutti i pezzi del mosaico.

Con la pipa accesa tra i denti arrivai nell'ufficio di Pertusiello verso mezzanotte. Ci trovai Levrero che montava la guardia assonnato e stravaccato sulla poltrona del commissario. Era solo e stava sfogliando un giornale con l'aria di aspettare che il tempo passasse. Appena mi vide si ricompose e mi disse: «Ho saputo che è andato tutto bene al ragazzino».

«Per fortuna sì. Notizie del cileno?».

«Ancora niente», replicò sconsolato. Il sonno aveva restituito alla sua voce, solitamente metallica, una inusuale morbidezza che la rendeva più simpatica.

«Restate qui tutta la notte?».

«Purtroppo».

«Levrero, dovete farmi un piacere. Avete rapporti con la Guardia di Finanza?».

Mi guardò stupito.

«Di che genere di rapporti parlate, dottore?».

«Rapporti diciamo... riservati. Confidenziali».

«Collaboriamo e abbiamo degli amici».

«Temo che qui servano gli amici. Siete in grado di avere i dati di un modello sette-e-quaranta?».

Mi guardò ancora più sorpreso, come se dessi di matto.

«Un modello che?».

«Mi serve conoscere l'indirizzo di un immobile. Un rustico di proprietà di una mia vecchia conoscenza. Quella cascina dovrebbe essere indicata sulla sua denuncia dei redditi».

«Quando?».

«Stanotte. Prima dell'alba. In quel cascinale c'è l'assassino di Mino Terenzi. Domani mattina alle dieci ha un appuntamento a Ovada con la sua fidanzata. Ho paura che la ragazza gli dirà abbastanza da farlo scappare. E non lo prenderemo più. Volete provare a cercare quell'indirizzo?».

«Va bene, dottore. Datemi nome e cognome del vostro conoscente».

Gli dissi il nome e il cognome. Diligentemente, l'ispettore lo trascrisse su un foglio volante raccattato su due piedi dalla scrivania di Pertusiello. Gli chiesi anche di controllare se Radu Popescu avesse dei precedenti penali. Gli lasciai il mio numero telefonico di casa e quello del cellulare. Subito il funzionario dello Stato impugnò una rubrica telefonica come se fosse la spada di un cavaliere di Artù e si mise al lavoro.

«Levrero, io vado a casa. Appena avete trovato qualcosa chiamatemi».

Lasciai la Volkswagen malamente posteggiata in Sarzano, a ridosso del cantiere della metropolitana. Sulla piazza addormentata si era alzato un vento freddo che stava dissipando l'umidità della notte. Lo feci quasi per scaramanzia. Speravo che di lì a poco Levrero mi avrebbe chiamato. Ero tornato a casa con uno scopo preciso. Rimediare a una svista. Dovevo tirare fuori dal cassetto la mia pistola, inserire il caricatore e portarla con me. La vecchia Beretta 8000 Cougar 9 millimetri. Dopo varie peripezie giudiziarie la mia amica Gina Aliprandi era riuscita a farmela restituire. Con il porto d'armi, la licenza e tutto il resto. C'è chi dimentica gli anniversari, la scadenza delle rate del frigorifero, gli acconti delle tasse. Chi lascia a casa le chiavi della macchina, gli occhiali da sole o il portafogli. Io mi dimentico la pistola. Un atto mancato. Tutt'altro che casuale. Dietro c'è tutta la mia storia e il mio imbarazzo nel trattare con le armi da fuoco. Quella così sofferta difficoltà a riconoscere che potrebbe toccarmi di usarle. Perché una pistola, nel migliore dei casi, è un deterrente che scoraggia gli stronzi a fare stronzate troppo grosse. Ma solo fino al momento in cui ti trovi davanti qualcuno che ne impugna una. Da lì in poi non si sa mai come andrà a finire. E purtroppo, qualche volta non è finita bene. Ho sparato. E ci sono buone probabilità che, se non avessi sparato, adesso non sarei qui a farmi tutte queste domande. Anche se, ogni volta, dopo ho vomitato. E mi è venuta la febbre. La Beretta è uno strano attrezzo da lavoro. Fredda. Dura. Quasi cocciuta nel ricordare che il mondo non è come sarebbe bello che fosse. E forse anch'io non sono quello che avrei voluto essere. Lavoro, nobili cause o legittima difesa, uccidere resta una faccenda talmente sporca da lasciare dentro un odore che non se ne va mai più. E tuttavia, in quella circostanza non mi sembrava il caso di affrontare una pelle gramma come Radu Popescu senza la mia 8000 Cougar. «Non bisogna imbarcarsi senza biscotto», recita un vecchio proverbio genovese. E anch'io avevo bisogno di una polizza sulla vita che mi assicurasse contro gli incerti del mio mestiere. Perché in fin dei conti resta vero quel che diceva sempre mio nonno Baciccia.

«Morire è l'ultima mussa che si fa».

Mi restò giusto il tempo di entrare in casa, controllare i messaggi sulla segreteria telefonica, sperando inutilmente di trovarne uno di Mara. Farmi un altro caffè e infilare la fondina della pistola nella cintura dei calzoni. Quindi il telefonò squillò e Levrero mi fornì l'informazione che in cuor mio speravo di ottenere.

Speravo, senza esserne sicuro. Perché quell'idea era sbocciata come un fiore di scarpata ferroviaria. Da chissà quale recanto del mio cervello collassato dall'infinito rinvio di una promessa di sonno.

Ma avrei potuto sbagliarmi.

E invece non mi sbagliavo.

Parlava con la sua voce che era tornata fredda e metallica. Secco e asciutto come un verbale della polizia.

«La cascina è indicata col nome di Cavagnina. Sta in una località chiamata Bric del Lové, nella frazione di Costa d'Ovada. Fa ancora parte del territorio del comune di Ovada. Provincia di Alessandria».

Inforcati gli occhialini, annotai tutto per bene e lo ringraziai. Aggiunse che nel frattempo era arrivato anche Cecchi. Entrambi si offrivano di venire con me accompagnati da un agente. Che fare? Giocare a far l'eroe non è mai stato uno dei miei sport preferiti. Anche se nel mio mestiere qualche volta bisogna rischiare la pelle. E non si può evitare di farlo. Ma la voglia d'essere io ad acchiapparlo era più forte di tutto. Trovai un compromesso accettabile.

«Chiamate Pertusiello e informatelo. Io intanto vado e cerco di prenderlo. Domattina ci troviamo là».

«Lei ha idea di dove sia questa cascina, dottore?».

«Credo di sì».

Gli dissi quel che ricordavo di quei posti. E riattaccai. Andai a recuperare le mie preziose carte militari a scala 1 per 25.000. E mi misi a cercare. Trovai quasi subito il Bric del Lové, proprio sul crinale di confine tra il Piemonte e la Liguria. A leggere quel nome mi venne da sorridere. In piemontese significa Lupaio. Trovai anche l'indicazione della cascina Cavagnina e mi parve di ricordare anche la strada per arrivarci. Ripiegai la carta e me la infilai in tasca. Quando mi tirai dietro la porta di casa era l'una passata. Uscito dal portone mi accorsi che l'aria si era fatta ancora più fredda. Dalle loro aste oblique protese sullo Stradone, le bandiere di Architettura sventolavano in direzione del mare. Alzai gli occhi al cielo e, oltre il muro del convento di San Silvestro, mi parve di scorgere alcune stelle che brillavano in quel nero profondo. Forse la maccaia mollava, e si stava levando un vento che avrebbe restituito allo scenario di Genova la chiarità solare delle giornate di tramontana.

# Capitolo tredicesimo
## L'ALBA E IL TRAMONTO

Un tormentoso dormiveglia popolato da immagini frammentate e pensieri confusi. E interrotto dal rombo delle auto e dei camion che entravano nell'area di rifornimento. Rari e rumorosi. Mi ero fermato sull'autostrada, poco prima del casello di Ovada, e avevo accostato sulla piazzola del distributore di benzina. Volevo riposare fino all'alba. Era ancora buio fondo e sapevo che col buio avrei avuto difficoltà a trovare quella strada sterrata. Tanto valeva provare a dormire qualche ora e a recuperare le forze.

Fatica sprecata. Quell'intermittenza di sonno e di veglia, di pensieri e di sogni, fece schiumare tutte le angosce che la stanchezza aveva depositato negli angoli oscuri della notte. La notte squarciata dai fanali delle auto e dei camion sull'autostrada. Ma anche la notte che, come una voragine, si era spalancata dentro di me dopo quella lunga giornata. Il sogno del lupo. La preoccupazione per Essam. L'interrogatorio di Anna. Ferite che ancora mi bruciavano sulla pelle e dolevano nelle ossa. A ondate, irrefrenabili brividi di freddo attraversavano il mio corpo. Battevo i denti e mi sentivo tutto indolenzito. Come se avessi l'influenza. Pensai che la stanchezza si stesse sfogando in febbre e che il mio corpo si stava così vendicando per quella ottusa negligenza. Trattarlo come se non esistesse era stata una pretesa eccessiva. Per un uomo della mia età, anche un atto di imperdonabile presunzione. Così ora quella sensazione di freddo mi faceva sentire tutto il peso della mia solitudine. E mi metteva in contatto col gelo della paura. In questa specie di agonia continuavo a guardare l'orologio. Aspettando solo che quella interminabile notte finisse. Quasi fosse l'ultima notte della mia vita. Mi pareva che l'unico modo per dissolvere quell'atmosfera da incubo fosse agire, fare qualcosa. E per agire dovevo aspettare che facesse giorno.

Poi, finalmente, l'alba arrivò.

Scesi dall'auto tutto intirizzito, stringendomi nella giacca come se fosse l'abbraccio di mia madre. Sentivo tutte le ossa scricchiolare. L'aria pungente del mattino mi rinnovò un incontenibile sussulto per tutto il corpo. Attraversai il sottopassaggio e andai a fare colazione nell'autogrill di fronte. Focaccia del giorno prima, cappuccino bollente e un caffè. Doppio. Per resistere sveglio ancora qualche ora.

Respirai l'aria fredda e pulita che sapeva di erba bagnata. Un'erba fradicia della rugiada che la notte aveva seminato sulla campagna. Il blu cupo del cielo era rapidamente schiarito fino a dissolvere la luminaria delle stelle. Dietro alle montagne, vaste masse d'ombra emergenti dall'oscurità, un bagliore arancione cominciava a inondare il chiaroscuro dell'alba. Solo Venere restava appesa a uno sfondo ormai azzurro, anch'esso terso e gelido. Ultima testimone dell'irresistibile ascesa del sole che annunciava il nuovo giorno. L'autostrada era deserta. Per farmi coraggio, prima di ripartire chiamai Pertusiello. Mi disse che stava uscendo dalla questura per raggiungermi con Cecchi, Levrero e tre agenti su due campagnole della polizia. Ci demmo appuntamento alla Cavagnina.

Ripresi il viaggio. Uscito dal casello, entrai a Ovada e imboccai il viale alberato che porta alla stazione. La luce accarezzava le cime degli alberi invogliandoli a un morbido risveglio. Le auto posteggiate erano le sole tracce umane nella strada deserta, affondata in un silenzio spettrale. In quella luce incerta mi sorprese la vetrina illuminata di un forno. Passato il cavalcavia della ferrovia, presi la strada per Acqui Terme. La percorsi per meno di un chilometro senza incontrare anima viva. Sulla sinistra si apriva la strada asfaltata che porta alla frazione della Costa e che sale tra una fila di casette a schiera inerpicandosi lungo la collina. La Costa è un paesino che si srotola lungo quella strada stretta, con le sue casette basse restaurate a nuovo. In bella vista spiccano le facciate intonacate di bianco e di giallino e le persiane verdi e marroni pitturate di fresco. Arrivato in fondo al paese proseguii su uno sterrato che saliva lungo il pendio attraverso ampi prati dove svettavano il bianco e il rosa di numerosi alberi da frutta in fiore. Più avanti cominciava il bosco. Un bosco di querce e di castagni ancora desolatamente spogli. Lo attraversai per diversi chilometri continuando a salire lungo un declivio alternato a falsipiani, incontrando qualche rara cascina. Finché raggiunsi il crinale. Qui si apriva un vasto prato dove sul verde chiaro dell'erba sembravano spruzzate le macchie rosse dei papaveri che incendiavano l'occhio. Sulla mia destra una mulattiera ripida e dissestata saliva verso il Bric del Termo e il Bric del Lové. La imboccai e la percorsi per un buon tratto finché, prossimo alla cima, mi fermai e posteggiai il Maggiolino sul ciglio della carreggiata. Scendendo dalla macchina urtai contro un silenzio così duro da farmi paura. Assordante. Chi vive sul mare non è abituato a certi tassativi vuoti della natura. Sarà stata la stanchezza, ma mi ispirò un oscuro presagio di morte. Cominciai a camminare. Solamente a poco a poco ricominciai a percepire qualcosa. Il canto degli uccelli. Il fruscio della brezza del mattino tra le fronde degli alberi. Intorno, il bosco era così fitto che impediva la vista. Si respirava un profumo intenso di terra e di funghi. Come al parco del Peralto. Era uno di quei paesaggi che dovrebbero infondere serenità e procurare sollievo. Ma in quella circostanza prevalse una oscura apprensione sotto cui covava qualcos'altro. Una sensazione che, nella sua sgradevolezza, mi consentiva almeno di tenere alto il mio livello di adrenalina. E ne avevo proprio bisogno. Perché avevo ormai dato fondo alle risorse della mia vecchia carcassa. Tutte le impressioni mi arrivavano come ovattate da una spessa bruma, attraverso un torpido ottundimento che mi faceva avvertire ogni immagine, ogni rumore e ogni odore indifferente e lontano. Continuavo a camminare cercando di orientarmi con l'aiuto della mappa. La Cavagnina doveva trovarsi sulla mia destra, poco sotto la strada. Infatti, percorsi qualche centinaio di metri, vidi un viottolo che scendeva nel bosco. Lo imboccai e intanto tolsi la sicura, caricai il colpo in canna e riposi la pistola nella fondina. Osservavo il terreno alla ricerca delle orme del fuoristrada. Non ci volle molto a trovarle. In un tratto più umido e fangoso segnavano il terreno come un nitido filo di Arianna che presto mi avrebbe portato fino al mio uomo. Si incrociavano a tratti con le impronte di zoccoli ferrati e con le tracce di sterco di cavallo. Scesi senza fare rumore, scivolando sull'erba bagnata. I mocassini di cuoio erano già tutti impregnati d'acqua. Finché, in uno slargo piano ai limiti di un bosco di querce tutte contorte e spoglie, vidi il grosso fuoristrada nero. Duecento metri più avanti c'era la casa. Un vecchio cascinale a due piani piuttosto malconcio, col tetto di coppi rossicci e i muri di pietra. La porta era chiusa e le finestre spalancate davano verso sud, sul versante da cui arrivava il viottolo.

Tutto intorno le querce e i castagni gli facevano ombra e lo nascondevano alla vista della strada carrabile.

Arrivai vicino al fuoristrada e lo osservai attentamente. Dalla targa doveva essere stato immatricolato giusto due anni prima. Aveva i parafanghi e le gomme coperte di bratta ancora fresca. Sul retro, una reticella sulla quale era stato steso un lurido plaid scozzese che copriva il baule. Il lupo doveva essere stato nascosto lì sotto, in modo che nessuno lo vedesse. Mi avvicinai alla casa e mi parve di udire dei rumori. Camminavo lento e guardingo, con le orecchie tese e pronto a estrarre la Beretta. Capii che i rumori provenivano dal retro, dove probabilmente c'era la stalla. Girai sul lato alla mia sinistra e vidi che la piccola porta della stalla era aperta. Poco lontano, una montagna di letame e una carriola anch'essa carica di merda di cavallo. Picchiai con le nocche sulla porta.

«È permesso?».

Entrando, nella penombra scorsi un uomo sulla quarantina, piccolo e magro. Indossava uno spesso maglione nero, un paio di jeans consumati e degli stivali verdi di gomma. Mi colpì un caschetto di capelli che dovevano essere stati biondi ma che ora erano bianchi come la neve. Teneva in mano un forcone e stava facendo la lettiera dentro un box dalla porta spalancata. Dal box si affacciava un bel puledro sauro. Nell'altro box si sentiva muoversi un secondo cavallo. Mi lanciò un'occhiata piena di sorpresa e forse di preoccupazione, ma non si scompose. Continuava a fare il suo lavoro senza prestarmi troppa attenzione.

«Buongiorno», rispose con un marcato accento straniero. Un accento dell'est europeo che non aveva niente di slavo. «Vi serve qualcosa?».

«Radu Popescu?».

«Cosa volete?».

«Mi chiamo Bacci Pagano. Il mio nome vi dice niente?».

Vidi una maschera di stupore stamparsi su quel viso tirato e scarno. Aveva la barba incolta e due occhi azzurri intensi che mi fissarono con diffidente curiosità.

«Bacci Pagano? Voi sareste il detective pagato dalla assicurazione?».

«Proprio così».

«E cosa ci fate qui?».

«Sono venuto per arrestarvi. Per l'omicidio di Mino Terenzi».

Rise d'un riso che non aveva niente di allegro.

«Per l'omicidio di Mino Terenzi? Questa è bella».

«È magnifica. Volete raccontarmela nei dettagli? Mi manca ancora qualche particolare».

Mi tenevo alla prudente distanza di cinque, sei metri da lui e dal suo forcone. Pronto a estrarre la 9 millimetri dalla fondina.

«Raccontarvi cosa?».

«Per esempio, quando è stato che il padrone di questi cavalli vi ha cercato per proporvi di ricattare Terenzi e strappargli i trecento milioni».

«Voi avete molta fantasia, signor Pagano».

«E quand'è che vi ha proposto di procuravi un lupo per ammazzare il padre di Anna? Certo dopo che voi gli avevate detto che Julia Rodriguez aveva un amante che allevava cani da difesa. Perché questo lui non poteva saperlo».

«Voi sognate. Avete le prove?».

«Le prove le troverà la polizia scientifica analizzando la vostra macchina e i locali di questa cascina».

«Siete venuto con la polizia?».

Lo chiese come se stesse rimuginando qualcosa. Forse un possibile piano di fuga che gli permettesse di salvarsi dalla galera.

«La polizia arriverà tra poco. Ma io sarei molto contento se mi faceste fare una bella figura raccontandomi come sono andate le cose».

Chiuse il box e passò a quello successivo. Posò il forcone e andò a prendere una balla di paglia dal cumulo che stava sul fondo della stalla. Estrasse un coltello a serramanico, lo fece scattare osservando distrattamente la mia reazione e poi, con calma, se ne servì per tagliare i fili che la compattavano. Quindi lo richiuse e lo infilò in tasca.

«Va bene, d'accordo», disse rassegnato. Prese il forcone e con un gesto energico fece per infilarlo dentro la paglia. Invece lo rivolse contro di me e mi venne incontro dicendo: «Che ne dici di questa spiegazione, poliziotto?».

Come un coniglio nella mano del prestigiatore, nella mia destra comparve la Beretta. Pronta a sparare all'altezza delle gambe.

«Non fare un passo di più o ti spezzo tutt'e due le gambe».

Glielo dissi tranquillo. Davanti a un uomo armato di forcone è facile mantenere la calma con una pistola in pugno. Mi guardò fisso negli occhi con una espressione contrariata. Come se non si aspettasse quella mossa.

«Non credo che saresti capace di farlo davvero».

«Vuoi mettermi alla prova?».

Il mio tono doveva essere molto convincente perché cambiando espressione tornò indietro, aprì il box e cominciò a distribuire la paglia riprendendo il suo lavoro come se niente fosse successo. Mi parlava senza guardarmi.

«Come hai fatto a trovarmi?».

«Mi sono fatto guidare dall'intuito».

«Anna non può avertelo detto».

«Infatti è così. Anna mi ha solo detto che eri al lavoro. Lei è all'oscuro di tutto. Tu e il tuo padrone l'avete ingannata bene. Vi siete serviti di lei giocando sulla sua buona fede e sui suoi sentimenti. Con lei sei stato un vero figlio di puttana».

«Anna è una stupida. Quel bastardo meritava di morire. L'ho fatto anche per lei».

«Non credo che sarebbe d'accordo. Il tuo tradimento l'ha ferita quanto la morte di suo padre».

«Un buon padre davvero».

Sembrava proprio convinto di quello che diceva. Fiero del suo ruolo di angelo vendicatore. Nel tono e nelle sue parole colsi qualcosa di tronfio, come se l'interesse per Anna svanisse sotto quella spavalderia da salvatore di anime pericolanti. Mi irritò vederlo così fatuamente calato nella propria ammirazione di se stesso, perso dentro uno specchio che rifletteva tutta la sua inconsistenza di delinquentello da quattro soldi.

«Ho parlato con Anna, e ho capito che non voleva la morte di suo padre. Quando due anni fa lo avete minacciato lei pensava che tu non lo avresti mai fatto».

«Te l'ho detto che è una stupida».

«È una stupida perché amava suo padre? Tu ammazzeresti tuo padre?».

«Io non ho un padre».

Dalla sua voce non trapelava alcuna emozione.

«E neanche una madre. Non li ho mai avuti. Io sono cresciuto in un orfanotrofio, a Brasov».

Era un bastardo. Come poteva capire i sentimenti di Anna se lui stesso non aveva mai conosciuto niente di simile?

«Ma meglio così, piuttosto che avere un padre come Mino Terenzi».

«Chi ti dà il diritto di giudicare i sentimenti degli altri?».

Mise su una faccia in cui si leggeva disprezzo e derisione per me. E una smisurata crudeltà per il mondo.

«I sentimenti? I sentimenti di un usuraio pedofilo?».

«Era suo padre. E forse l'amava. Forse quando ha stipulato la polizza pensava anche a lei».

Se ne uscì in una rumorosa risata. Eccessiva e fatua. Di nuovo, non c'era divertimento nel suo riso. Solo tanto scherno, come se l'avessi sparata grossa.

«Anche tu, poliziotto, sei uno stupido. Come Anna. Cosa ti ha raccontato?».

«Tutto».

«Tutto?».

Mi guardava di traverso, con una espressione beffarda. Mi irritava, al punto di farmi venire la voglia di spararg1i. Però anche mi incuriosiva.

«Ti ha detto che dall'età di undici anni sua madre non glielo ha fatto più vedere?».

«Sì».

«E ti ha anche detto perché?».

«Mi ha detto di quella brutta storia con la ragazzina di un paese vicino».

Posò il forcone e lo appoggiò al muro. In piedi, immobile, con le braccia abbandonate lungo i fianchi, mi guardò fisso negli occhi senza dire una parola. Ma parlava la sua espressione. I suoi occhi di ghiaccio iniettati di veleno. E quel malizioso sorriso che suonava come un insulto alla mia ingenuità. Mi uscì un confuso balbettio.

«Vuoi dire che quella ragazzina era...».

«Bravo poliziotto. Ora non pensi che io abbia fatto bene? Che lo abbia fatto anche perché mi importa qualcosa di lei?».

Lo disse con tutta la soddisfazione di un miserabile che si prende la sua rivincita dopo una intera vita di umilianti mortificazioni. Perché quando nasci bastardo, in Romania o in qualunque altro posto, non sei proprio nessuno. E non sei nessuno neanche quando ti ritrovi immigrato clandestino in un paese straniero che non ti vuole. Del resto gliela avevo servita su un piatto d'argento. Forse per limitare i danni, avevo almeno provato a fare lo struzzo. E non avevo voluto vedere quello che era chiaro fin dal principio.

Poi non so cosa mi saltò in mente. Feci la cosa più stupida che potevo fare. Le sue parole mi avevano spinto a mollare gli ormeggi. Anche verso quell'assassino così vanesio che, travestendosi da vendicatore di anime perse, sperava inutilmente di ritrovare la sua animaccia frusta di figlio di nessuno. Riposi la pistola nella fondina e rimasi in silenzio. Lo sguardo inchiodato a quello del puledro sauro che mi guardava con una beata indifferenza. Fu quanto bastò a Radu per scattare e mordermi come un serpente velenoso. Fu un attimo. Afferrò il forcone e, con tutta la sua forza, me lo lanciò contro con la punta.

«La vita è una tempesta», mi ripeteva sempre mio nonno Baciccia. «E prenderlo in culo è un lampo». Nella vita, a volte ci ritroviamo in situazioni dove più di tutto può la fortuna. A niente servono l'esperienza, l'abilità o il coraggio. Noi crediamo che tutto dipenda dalla durezza dei nostri coglioni. E invece è solo una questione di culo. Di lì a poco sarebbero arrivati Pertusiello e i suoi uomini. E Radu Popescu era in trappola. Ma avrebbero potuto trovare un investigatore privato moribondo e rantolante, trapassato dai denti appuntiti di un forcone sporco di paglia e di merda di cavallo. Moribondo, rantolante. E inutile. Che forse non poteva nemmeno raccontargli tutto quello che aveva scoperto.

D'istinto riparai la pancia, o forse i genitali. E mi misi di lato, offrendo il braccio sinistro proteso in avanti. Col pugno puntato verso il basso. Speravo di fermare sulla mia carne e sui miei muscoli quei denti aguzzi, proprio come si fa con un cane o con un lupo che azzanna. Questa volta il lupo non azzannò e non uccise. Ma fu una semplice questione di fortuna. Il forcone era piuttosto largo, fatto apposta per raccogliere una grande quantità di paglia. Tra un dente e l'altro, giusto lo spazio per infilarci il mio braccio. La punta mi graffiò sul gomito e la sentii appena mordere contro il fianco. Il forcone cadde per terra. Radu ne approfittò per tentare di scappare, ma tra lui e la porta aperta della stalla c'ero io. E gli chiudevo l'uscita. A testa bassa mi si gettò contro come un ariete infuriato. Sentii l'urto violento contro la pancia e piegandomi caddi all'indietro. Il freddo e il duro del cemento contro la schiena mi rinnovarono brividi e scosse di tutti i muscoli. Ma soprattutto avvertii un crampo acuto allo stomaco, come se qualcuno me lo strizzasse fra le dita. Radu era rimasto in piedi davanti a me. Rapido infilò la mano nella tasca dei calzoni per cercare il coltello, ma io fui più veloce di lui. E di nuovo, come in un gioco di prestigio, la calibro 9 gli si parò davanti impugnata dalla mia mano destra.

«Fermo lì!», gli gridai. Ero meno calmo di prima. Ce l'avevo con lui per via del forcone e di quella capocciata bassa che mi stava facendo venire voglia di vomitare.

«Guarda che stavolta non tiro alle gambe».

«Mi ammazzeresti, poliziotto?».

«Ti ammazzerei come un cane, brutto gondone».

Mi alzai, e tenendogli la pistola puntata sul volto lo afferrai per un braccio e lo spinsi con rabbia fuori dalla stalla. Era minuscolo e leggero, e quasi lo sollevai da terra.

«Forza, Radu», gli dissi spingendolo dentro la casa. «Comportati come si deve e offrimi qualcosa da bere».

Ci ritrovammo in una ampia cucina, desolata e fredda. Al centro era occupata da una grossa stufa spenta e da un tavolaccio di legno dove languivano i resti di una cena solitaria. Odorava di legna bruciata e di fumo. Sulla tavola spiccava un bottiglione di vino rosso mezzo pieno.

«Com'è questo vino?».

«È dolcetto. È buono».

«Vuoi farmelo assaggiare?».

Si accostò a una vecchia credenza sistemata vicino alla finestra, con gli sportelli di vetro appannati dalla sporcizia. Li aperse e con una sola mano prese due sudici bicchieri a gotto. Li appoggiò sul tavolo e versò da bere. Quindi spinse bruscamente uno dei due bicchieri verso di me. Il vino si rovesciò sulla tavola. Afferrai il bicchiere e ingollai un sorso. Era piuttosto asprigno. Troppo tannico per i miei gusti. Il remescio della nausea subito si ravvivò. Sentivo dei conati di vomito salire dalla bocca dello stomaco e li trattenni a fatica. Stavamo seduti uno di fronte all'altro alle due estremità del tavolo e ci guardavamo in silenzio. Tra noi, il piatto vuoto e sporco della sua cena e il bottiglione di vino coi due gotti mezzi pieni. Posai la Beretta sul tavolo e, senza perderlo d'occhio, con calma caricai la pipa e la accesi. Tiravo lunghe boccate profonde e di tanto in tanto schiacciavo il tabacco col nettapipe. Lui frugò sotto il maglione e da una tasca della camicia estrasse un pacchetto di sigarette e un accendino. Prese una sigaretta, tolse il filtro e l'accese.

«Non abbiamo testimoni. Vuoi parlare o ti serve un avvocato?».

Fece spallucce e sbuffò una boccata di fumo.

«I trecento milioni del ricatto te li sei divisi col tuo padrone, vero?».

«Anche lui aveva bisogno di soldi. Come me».

«È stata sua l'idea del ricatto?».

«Le idee erano tutte le sue. Due anni fa è venuto nella casa dove io e Anna ci eravamo appena trasferiti. La casa di suo padre. Ricordo bene, era domenica mattina, subito dopo Natale. Io non sapevo nemmeno chi fosse. Non l'avevo mai visto. Ha voluto parlarmi da solo, senza che Anna sentisse. Sapeva che avevo dei debiti di gioco, sicuramente glielo aveva detto Terenzi, e mi ha proposto di ricattare il vecchio. Diceva che era molto spaventato e pronto sborsare un mucchio di soldi. E aveva ragione».

«Quindi Terenzi gli aveva parlato subito dell'esistenza di Anna».

«Sicuro. Lui sapeva di Anna e delle mie minacce».

«Il vecchio aveva già stipulato la polizza?».

«Credo di sì».

«E perché? Che cosa temeva?».

«Per Anna non è stato facile dirmi la verità su suo padre. Non voleva mai fare l'amore e quando la cercavo mi respingeva. Se le domandavo cosa avesse, piangeva e si chiudeva in un silenzio carico di rabbia. Finché un giorno mi sono stufato e l'ho minacciata di andarmene. Allora si è decisa. E mi ha raccontato quel che le aveva fatto. Io ero molto arrabbiato con lui. Al telefono l'ho minacciato che lo avrei ammazzato. Non gli ho chiesto soldi perché non pensavo di ricattarlo. Ero solo arrabbiato e volevo spaventarlo a morte».

«È stato allora che gli hai chiesto le chiavi della sua casa di campagna?».

«Sì, Anna ha voluto che gli chiedessi le chiavi della casa. Ma quelle chiavi ce le avrebbe date senza minacce. In quella casa non ci andava più da anni».

«Dunque non è stata tua l'idea del ricatto».

«Né quella del ricatto, né quella del lupo. Dopo avere incassato i trecento milioni ce li siamo divisi. Metà noi e metà lui. Allora mi ha detto che quei milioni erano solo l'inizio, perché potevamo incassare i soldi della polizza. Quelli erano molti di più. Bisognava uccidere il vecchio e far cadere la colpa sulla moglie di Terenzi. Io sapevo che la panamense e il loro autista cileno erano amanti e gliel'ho detto. Lo avevo detto anche ad Anna, che già odiava quella puttana. Sapevo anche che il cileno addestrava cani. Gliel'ho detto e lui ha avuto l'idea».

«I peli di lupo li hai messi tu nell'allevamento del cileno?».

«Sì, una sera che loro erano tutti a Montecarlo. Due settimane fa».

«Così sei andato in Romania e ti sei procurato un cucciolo di lupo per addestrarlo qui, dove nessuno poteva scoprirlo».

Annuì con un sorriso di compiacimento. Qualcosa di puerilmente sinistro che mi inquietò e mi spinse a mostrare un certo distacco.

«Ma perché inscenare tutta questa carnevalata? Per ammazzare Terenzi e incastrare il cileno non bastava un pastore tedesco?».

«C'è un mio amico, cresciuto con me nell'orfanotrofio, che lavora come guardia in un parco dei Carpazi. Là è pieno di lupi. Io ho subito pensato che lui mi avrebbe trovato un cucciolo da addestrare».

«E poi», aggiunse con una punta di eccitazione, «un pastore tedesco non faceva tanto rumore».

«Tu hai visto troppi film horror, signor Popescu. E dopo cosa è successo?».

«Lui mi ha chiesto se volevo lavorare qui nella cascina. Aveva intenzione di comperare due cavalli. Mi ha proposto di occuparmene. Mi pagava bene. Mi ha anche procurato una sciarpa di Terenzi, per insegnare al lupo a riconoscere l'odore».

«Dov'è il lupo?».

«È morto. Ho dovuto ucciderlo e l'ho sotterrato nel bosco».

Fu l'unica cosa che disse esprimendo un genuino dispiacere. Solo allora mi accorsi che era capace di rimpiangere qualcosa. Un animale. Come se tra gli uomini non ci fosse posto per la tenerezza e la pietà. Solo odio, soldi e vendetta. Ma il pensiero del lupo, quella belva che aveva sbranato il vecchio come se fosse un agnello, gli procurava un vivo dolore. Nelle sue parole palpitava un sentimento molto vicino alla tenerezza. La tenerezza per una bestiola allevata e pazientemente addestrata in lunghe giornate trascorse in solitudine con lei. Il suo baby killer nutrito dalla pazienza e dall'amore. Provai a immaginare la buia e gelida camerata di un orfanotrofio, a Brasov o in qualunque altro buco di culo del mondo. La vidi in bianco e nero, come forse la ricordavo per via di qualche vecchio film della mia infanzia.

«Anna era all'oscuro di tutto, vero?».

«Sicuro. Te l'ho detto, Anna è una stupida. E continuava a voler bene a quella carogna di suo padre».

«Così le hai fatto credere che la panamense e il cileno volessero ucciderlo»

«Gli mettevano le corna».

«Un'idea geniale. Quello che ci voleva per convincerla a scrivere quel biglietto».

«Anche quella, come tutto il piano, è stata un'idea del signor Caviglia».

La deferenza del servo. Qualcosa di diverso dalla fredda professionalità del sicario prezzolato che uccide su commissione.

«Così quella notte Terenzi si aspettava di incontrare Anna accompagnata da Caviglia».

«Sì. Caviglia aveva informato Terenzi che Anna era molto preoccupata per lui. Gli aveva consegnato il biglietto e lo aveva convinto a incontrare sua figlia».

«Al Peralto. A mezzanotte. In modo che nessuno potesse vederli insieme».

«Già. In modo che nessuno potesse riferirlo alla panamense».

«Ma cosa ci guadagnava Caviglia se Anna riscuoteva un milione di euro?».

«L'accordo era che mezzo milione se lo sarebbe tenuto lui. Questi erano i patti».

«Ma in questo modo mandava in fallimento la sua assicurazione!».

Scrollò le spalle.

«Quella era già bella che fallita. Caviglia aveva in mente di prendersi quei soldi e di scappare all'estero».

«E come poteva essere sicuro che tu e Anna glieli avreste dati, quei soldi?».

Distolse lo sguardo e si strinse nelle spalle. La risposta a quella domanda era scontata. Un servo non si ribella. Per un morto di fame come Radu, mezzo milione di euro bastavano e avanzavano. Ma ammetterlo per lui non era facile.

«Poteva denunciarci. Aveva le prove. Mi aveva anche scattato delle fotografie col lupo. Lui è furbo».

Dalla strada udii il rumore delle campagnole della polizia che si avvicinavano. Radu guardò verso la finestra ed ebbe uno scatto rabbioso. Ma bastò toccare la pistola per quietarlo. Rimase seduto dove era. Sentii gli pneumatici delle camionette frenare e mordere la ghiaia davanti alla porta della cascina. Da fuori arrivò la solita concitazione degli uomini che scendevano e sbattevano le portiere. Poi il familiare vocione di Totò Pertusiello tuonò tra la preoccupazione e l'impazienza.

«Bacci, dove cazzo ti sei cacciato?».

«Sono qui, entrate in casa».

Piombarono tutti in cucina, con le pistole in pugno. Il commissario, Levrero, Cecchi e un agente in divisa. Altri agenti erano rimasti fuori alle macchine.

«Benvenuti ragazzi. Fate come a casa vostra».

Mi guardavano allibiti. Stavo seduto al tavolo e fumavo la pipa. Con la pistola posata vicino al gotto di vino rosso.

«Volete bere qualcosa?».

Pertusiello si avvicinò a Radu e gli appoggiò una delle sue enormi mani sulla spalla.

«Sembra che sia finita, amico».

Quindi tolse il turacciolo di sughero dal bottiglione e annusò il vino.

«Uhm, vino giovane».

Andò alla credenza e chiese il permesso di prendere un bicchiere. A volte Pertusiello sa essere gentile perfino con gli assassini. Radu gli rispose con un grugnito. Versò il vino fino all'orlo.

«Ci vorrebbe della focaccia», aggiunse prendendo una seggiola e sedendosi vicino all'uomo di Anna. Al confronto di quel ciclope, il rumeno sembrava ancora più piccolo e magro. Il commissario appoggiò un braccio sulla spalliera della sedia di Radu e, guardandolo fisso negli occhi, gli disse: «Buongiorno, sono il vicequestore Pertusiello. Squadra mobile sezione omicidi della questura di Genova. Questi sono i miei ispettori. Senti a me. È qui che hai addestrato il lupo?».

Radu, di fronte a quella specie di Golia dall'aria così rassicurante, sembrava intimidito. Forse perché ora si rendeva conto di non avere più scampo. Senza parlare annuì col capo. Pertusiello ingollò un sorso di vino e con soddisfazione fece schioccare la lingua. Fosse anche stato petrolio, avrebbe fatto schioccare la lingua lo stesso.

«Là nel bosco c'è una casetta», cominciò a canticchiare. «La casetta di Cappuccetto Rosso. 'Nu bello fetentone il padrone di questa casetta. Il tuo padrone, amico. E anche il padrone di quello là».

E indicò me.

«Che però è un furbo di tre cotte e alla fine non si è fatto fregare. Anzi, lo ha fregato lui. 'Nu bello fetentone davvero, 'sto signor Caviglia. Mò andiamo a trovarlo nel suo lussuoso ufficio in coppa alla Lanterna e gli facciamo un bello scherzetto. Gli mettiamo due belle manette nuove e lucenti e chiamiamo anche i fotografi. Che lo immortalino a memoria dei posteri. Che poi strilli e strepiti che in Italia non c'è garantismo, 'sto figghie 'ndrocchia».

Poi riprese, rivolto a Radu.

«Tu però una mano ce la dai, vero signor Popescu? Ci aiuti a incastrarlo per bene, quest'assassino. Perché vedrai che numeri farà con i suoi avvocati per tirarsi fuori dall'impiccio. Cercherà di buttare tutta la colpa sopra le spalle tue. Perché tu sei uno sfigato rumeno e lui invece è il padrone di una assicurazione. E loro sono fatti così. Vogliono il pugno di ferro con i disgraziati che immigrano per fame e tutte le garanzie liberali per chi si può pagare gli avvocati».

Avrei voluto ricordargli che stava parlando con un assassino che poco prima aveva cercato di trapassarmi la pancia con un tridente sporco di merda di cavallo. Ma lo lasciai dire. Rimisi la sicura alla mia Cougar e la riposi nella fondina. Il posto giusto dove deve stare una pistola. Mentre gli agenti portavano via il rumeno, raccontai per sommi capi a Pertusiello e ai suoi uomini quello che avevo scoperto da Anna e da Radu.

Tornando in auto verso casa, da solo, riattaccai lo stereo. L'aria di Leporello sorpreso con addosso il vestito di don Giovanni.

*Ah! Pietà, signori miei! Do ragione a voi, a lei. Ma il delitto mio non è. Il padron con prepotenza l'innocenza mi rubò.*

Sembrava scritta apposta per Radu Popescu. Sorridevo. Ma non mi sentivo contento.

«C'è una cosa che non capisco. Mi sfugge proprio».

Seduto sull'orlo della poltroncina di vimini, quasi in punta di piedi come se stesse calcando la scena del *Lago dei Cigni* di Cajkovskij, Pertusiello borbottava con in mano un bicchiere di champagne ben ghiacciato. Un pregiato Veuve Cliquot reserve che aveva portato per festeggiare la felice e rapida soluzione del caso del lupo mannaro. Il caso di cui parlavano tutti i giornali. Gli era già valso il pubblico encomio del questore in persona. Lui, suo malgrado, aveva girato quell'encomio al mio indirizzo, sentendosi rispondere secco.

«Ho avuto solo un gran culo».

I grandi occhi neri di Essam luccicavano raggianti dopo che gli avevamo raccontato ogni cosa. Pertusiello gli aveva anche fatto i complimenti per avere scoperto l'identità dell'assassino. Questa notizia sarebbe finita sul giornale. Così la coppia d'assi diventava un tris. In tre sul terrazzino stavamo stretti. Anche perché la mole del commissario faceva per due. Davanti a noi, l'intrico dei tetti d'ardesia di Genova. Infuocati dal sole, che stava ormai calando dietro la collina di Castello. Lo scirocco aveva mollato e la maccaia si era dissolta. Il profilo dei monti si stagliava nitido contro l'azzurro del cielo. Rare nuvole, bianche e soffici come batuffoli di cotone, venivano spinte verso il mare dalla fresca brezza di grecale. Genova si mostrava ora nella sua versione technicolor. Superba. La luce tornava a splendere sulle moderne strutture della Facoltà di Architettura e i contrasti si erano fatti di nuovo vividi e netti. Anche le bande bianche e nere del duomo ridevano al sole.

Si erano dissolti anche il mio sonno e la mia nausea. Finalmente avevo dormito dalle dieci del mattino alle quattro del pomeriggio. Gustavo quello champagne gelato che cominciava a farmi sentire i morsi della fame. Avevo mantenuto la mia promessa e fatto la telefonata che Rivoli aspettava, raccontandogli in esclusiva i particolari della cattura dell'uomo che aveva guidato il lupo. Avevo chiamato Julia Rodriguez. E la avevo informata di tutto. L'assassino di suo marito si chiamava Radu Popescu. Era un immigrato rumeno ed era stato lui, due anni prima, a minacciare suo marito al telefono. Il cervello che aveva organizzato tutto, colui che tirava le fila del piano, era nientemeno che il mio cliente. Sissignora. Il presidente della CarPol. Il signor Augusto Caviglia. Entrambi erano stati arrestati dalla polizia e ora si trovavano nel carcere di Marassi in attesa di essere processati. Al telefono avevo anche accolto in silenzio il suo pianto dirotto. Un pianto liberatorio di stupore quando le avevo detto che, senza saperlo, aveva una figliastra sua coetanea che la odiava a morte. Un pianto, forse, anche di amarezza. A cui erano seguite calde parole di gratitudine per avere così incrollabilmente creduto alla sua inopinabile innocenza. Perché tradire e uccidere non sono la stessa cosa. In silenzio avevo anche accolto la oscura promessa di una «meritata ricompensa». Della quale non sapevo bene cosa fosse e cosa fare. Quale ricompensa potevo aspettarmi da lei? Mi domandai cosa aveva da offrirmi quella panamense dagli occhi a mandorla, neri e profondi come la notte. Una scopata da sogno oppure, se davvero non era il tipo che andava a letto col primo che incontrava, solo un bonifico bancario. Una cosa era certa. Io non mi chiamo Philip Marlowe e da lei mi aspettavo qualcosa di più tangibile di un semplice attestato di stima; dopotutto dalla CarPol non avrei beccato un centesimo.

Mi pareva di avere fatto quasi tutto quello che dovevo fare e mi sentivo quasi in pace col mondo.

Quasi.

Mara non si era ancora fatta sentire.

«Il senso mi sfugge», riprese Pertusiello. «È chiaro che Caviglia sapeva della nostra amicizia».

«Amicizia? Io e te saremmo amici? Se ripenso a come mi hai trattato in trattoria...».

«Oggi è un altro giorno», tagliò corto continuando il suo ragionamento. «Caviglia ti ha assoldato per controllare, attraverso di te, come si muoveva la polizia. Quello che non capisco è perché abbia fatto in modo che Anna Terenzi venisse a cercarti e ti rivelasse la sua esistenza. Fornirti quella pista non era rischioso?».

«Diciamo che ha fatto né più e né meno quello che hai fatto tu. Mi ha sottovalutato».

«Già», masticò amaro, addolcendo quella spiacevole ammissione con un fresco sorso di champagne. «Ma non mi hai risposto».

«Essam, secondo te perché lo ha fatto?».

Il ragazzino corrugò le sopracciglia pensieroso. Con quella insidiosa domanda mettevo alla prova il suo intuito, e questo per lui era peggio che una interrogazione di italiano. Alzò solennemente il dito indice davanti ai nostri nasi e rispose concentrato.

«Nei film prima che entri in scena un personaggio importante si sente una musica...».

Questo ragazzo non finiva mai di stupirmi.

«Bravo Essam. L'aria del commendatore. Totò, te lo ricordi il *Don Giovanni* di Mozart?».

Andai nello studio e attaccai lo stereo. Leporello e don Giovanni nel cimitero, di fronte alla statua del Commendatore. Preso in mezzo tra la paura dello spettro e quella della spada del suo padrone, Leporello cantava.

*Signor, il padron mio... badate ben, non io... vorria con voi cenar.*

Pertusiello mi guardò e la sua perplessità si sciolse in un largo sorriso che attraversò anche i suoi occhi. Aveva capito al volo.

«Voleva preparare il terreno prima di calare la sua carta vincente?».

«Caviglia è come un ragno. Ha tessuto pazientemente la sua tela intorno alle persone in modo che, muovendosi, servissero i suoi scopi. Inconsapevoli burattini i cui fili lui teneva ben stretti fra le dita. Lo ha fatto con tutti. Con Terenzi. Col suo socio greco. Con Rivoli, con Anna, con me. E anche con te, Totò».

«Diavolo d'un uomo!».

«Radu era il solo che conosceva le pedine che il suo padrone stava muovendo sulla scacchiera. Ma anche lui era preso nella ragnatela. Non avrebbe mai potuto tradirlo, perché Caviglia lo soggiogava. Inoltre lo aveva fotografato col lupo e lo avrebbe denunciato».

Essam intervenne con un'aria fin troppo supponente.

«Se Anna Terenzi se ne fosse uscita fuori dal niente quando tutto era finito, qualcuno avrebbe potuto insospettirsi».

«Eh, già», borbottò Pertusiello. Si versò un altro calice di Veuve Cliquot. «In fondo per Caviglia non era così importante che tu nascondessi la esistenza di Anna alla polizia. Anzi, probabilmente si aspettava che non lo facessi. A quel punto tutti avrebbero saputo che c'era un'altra erede e avrebbero pensato che lui non ne fosse a conoscenza. Così passava per quello che veniva fregato».

«Inoltre era un modo per capire come mi muovevo. E per tenermi in pugno. Quella era un'informazione decisiva per lui. Tacendogliela venivo meno al contratto. Quel segreto mi metteva nei suoi confronti in una posizione di estrema debolezza».

«Diavolo d'un uomo», ripeté Pertusiello.

«Sì, diavolo di un uomo. Ma in fondo è solo un disgraziato che ci ha provato. E gli è andata male. Un pesce piccolo. Per questo non l'ha fatta franca».

Sul suo rubicondo faccione transitò un'ombra di disappunto. Poi aggiunse, come tra sé e sé: «Sai, Bacci, avrai anche avuto fortuna. Ma l'intuizione del modello sette-e-quaranta è stato un vero coup de foudre. Da levarsi tanto di cappello. Come hai fatto a capire che dietro tutto quanto c'era la regia di Caviglia?».

«Ho provato a rispondere a una semplice domanda. Quella che voi avete continuato a eludere. Me l'ha suggerita lui appena ho cominciato a occuparmi di questo caso».

E indicai Essam, che mi restituì un'occhiata piena di compiacimento.

«Chi poteva dare a Terenzi la sicurezza per andare al Peralto a quell'ora, da solo? Lui infatti si aspettava di incontrare Anna. Ma in fondo Anna e Radu lo avevano minacciato e lui non poteva sentirsi così tranquillo da non prendere nessuna precauzione. A una pittima come Terenzi, diffidente e meticoloso, chi poteva togliere qualunque timore riguardo al pericolo di essere ammazzato?».

«Ma certo! Solo uno che avrebbe dovuto sborsare un milione di euro nel caso che lui fosse morto».

«Due anni fa, prima di Natale, Terenzi si era rivolto a Caviglia. Su suggerimento di Matrakis. In un certo senso si era messo nelle sue mani. Gli aveva perfino raccontato di avere una figlia che, d'accordo col suo fidanzato, lo aveva minacciato. Caviglia contattò Radu e imbastì la truffa dei trecento milioni. A quel punto il vecchio non ebbe più alcuna noia da Radu e cominciò a fidarsi ciecamente di Caviglia. Questo è stato il peggiore sbaglio della sua vita».

Mentivo. Ce n'era stato un altro, ben peggiore. Prima. Ma non avevo nessuna voglia di parlarne. Se mai, toccava ad Anna decidere se raccontare al mondo la sua storia.

«Terenzi dovette restare disorientato quando Caviglia, due anni dopo, gli portò il biglietto di Anna. Ma c'era di mezzo la polizza. Questa lo faceva sentire al sicuro».

«Gli scherzi della vita. Quello che doveva ripararlo dal pericolo lo ha fregato», sentenziò il commissario.

«E quella che lo amava, senza volerlo lo ha fatto ammazzare».

Lo scampanellio del portone mi fece sussultare. Corsi al citofono.

Era lei.

Mara.

Il tempo che salisse le scale, mi domandai cosa l'avesse spinta a tornare a cercarmi. Pensai che per lei ero forse diventato un errore di gioventù. Una di quelle eccitanti cantonate che si possono sempre ripescare senza troppi danni, una volta assodato che appartengono al passato. E riesumarle può dare l'illusione di fermare il tempo. Entrò, e vederla mi procurò un tuffo al cuore. Prima ancora che il suo profumo di lavanda e di agrumi allagasse il soggiorno, fondendo la propria dolcezza con quella della musica di Mozart. Era stata al mare. La sua pelle brunita spiccava sotto un corto vestitino rosa. Non portava neppure le calze e aveva i piedi nudi infilati in un paio di eleganti sandali aperti, col tacco. Vide la bottiglia di champagne e con disinvoltura si rivolse a Pertusiello, che la guardava estasiato:

«Vedo che state festeggiando. Non vi sarete ricordati che oggi è il mio compleanno?».

Prese un bicchiere e lo porse al commissario che, stando al suo gioco, le versò da bere e le disse: «Auguri, dottoressa».

Brindammo a un equivoco che si era sciolto d'incanto, con la tensione che l'aveva accompagnato. Anche Essam andò a riempirsi il bicchiere di latte e brindò con Mara.

«Auguri Mara», disse. E la baciò con un certo impaccio.

Lei lo abbracciò, avvertendo quell'impaccio e restandone evidentemente contagiata. Smarrendo quella sua scioltezza felina e quella impudente sicurezza con cui solitamente tratta coi maschi. Li guardavo, e mi parvero due goffi ragazzini che si danno il primo bacio. Sciolta da quell'abbraccio, riuscì a dirgli: «Tua madre al telefono mi ha raccontato cosa avete combinato. Tu e il tuo amico detective. Avete deciso di farla morire di crepacuore, quella povera donna?».

Poi si rivolse a me che la guardavo in silenzio. Imprigionato in un groppo di desiderio e imbarazzo.

«Chissà se qualcuno mi inviterà a cena stasera. Tanto per festeggiare».

«A cena? Dove?».

Mi sentivo ridicolo in quell'apprensione che saliva da chissà dove. Cercai di scrollarmela di dosso.

«Da qualche giorno inseguo un sogno di gamberoni rossi».

«E il sole è un lampo giallo al parabrise», risposi acido.

Anche per lei, come per Totò Pertusiello, oggi era un altro giorno. Mi costrinsi ad aggiungere qualcosa, nello sforzo di bucare quella fastidiosa sensazione di lasciar correre.

«Ma ieri non pensavi che fossi un caprone?».

«Tu *sei* un caprone. Ma oggi è il mio compleanno. E mi è mancato il tempo per rimpiazzarti».

«Tre anni non ti sono bastati?».

«Ho avuto molte altre cose da fare. E comunque credo di avere diritto ad un risarcimento. Ti ho sopportato per sette anni. In fondo non chiedo che un piatto di gamberoni rossi».

«Magari freschi».

«Di pesce congelato ne ho abbastanza».

«Ti cercherai un trentenne fresco fresco da fare lesso?».

«Non lo so. Ho imparato a fare come te. Ci penserò domani. L'importante è che non sia io, a finire lessa».

Andai a cercare l'elenco telefonico per prenotare un tavolo in qualche buon ristorante. Mi sarebbe piaciuto portarla a Nervi.

Don Giovanni cantava.

*Già la mensa è preparata: voi suonate amici cari; giacché spendo i miei danari io mi voglio divertir.*

Ma mi accorsi che avevo anche un altro desiderio. Portare Essam con noi. Ma come dirlo a Mara? Era il suo compleanno, la sua festa. Come l'avrebbe presa? Quel senso di imbarazzo non si era affatto sciolto. Avrei avuto bisogno di rimanere solo con lei e di farci una bella litigata. Che probabilmente si sarebbe conclusa a letto. Senza neanche toglierle quel grazioso vestito dal tenue colore di pesca. Lei andò sul terrazzino con Pertusiello e Essam. Le campane di San Lorenzo e della chiesa del Gesù cominciarono a rovesciare sui carruggi la loro musica gioiosa e altisonante, ricordandomi che erano le sette del pomeriggio e che di lì a poco avrei trovato i negozi chiusi.

«Ho prenotato il tuo sogno di gamberoni rossi in un ristorante di Nervi. Però vorrei prima passare a comperare un regalo».

«Un regalo? Bacci, non mi sembra il caso. O ci pensavi per tempo o...».

La presi da parte.

«Ma cosa hai capito? Non è per te. Voglio regalare un libro a Essam».

«Un libro? Quale? Perché?».

Troppe domande in una volta sola. La sua solita curiosità. Una inarrestabile potenza della natura.

«*Il premio* di Vasquéz Montalbán. Vuole fare il detective. E ha dimostrato di avere talento. Se non ci fosse stato lui, brancoleremmo ancora nel buio».

«Avete risolto il caso del lupo mannaro?».

Tornando sul terrazzino con gli altri le spiegai in due parole come erano andate le cose.

«Sì, dottoressa», disse Pertusiello. «Il vostro fidanzato questa volta ha bruciato i tempi. Soprattutto grazie all'aiuto di Essam, che in questa indagine è stato davvero determinante».

«Commissario, la prego! Bacci non è più il mio fidanzato. La nostra è una storia chiusa».

«Mai dire mai, dottoressa. Io credo che Bacci vi ami, e anche voi...».

«Totò, vuoi anche provare a leggerci le mani?».

– *Una storia chiusa.*

Ma allora cosa era venuta a fare?

Non glielo avrei mai chiesto. Mi pareva già di sentire la sua risposta.

– *Sei proprio un analfabeta dei sentimenti, Bacci.*

Lanciai un'occhiata verso il mare. Oltre la diga foranea l'orizzonte era una striscia blu che pareva tirata con la riga. Tra il mare e l'azzurro del cielo. Screziati da lunghe striature di un rosso vivo, acceso. Quasi ferite di coltello su quello smalto che sfumava dall'indaco al cobalto, al turchese. Scintillava più brillante sulla superficie dell'acqua e più delicato contro il cielo di ponente. Per contrasto, quell'immagine mi ricordò il pallido rosa d'un tramonto intravisto due giorni prima, nel vapore della maccaia. Dalla finestra della casa di Julia Rodriguez in via San Luca. Mi sembrava trascorso un tempo infinito. Pensai a quella donna, in quella casa vuota. Pensai a suo marito, la pittima. E al suo misero destino. Ora che conoscevo la sua storia, la devozione per la moglie mi diventava più chiara. Forse aveva cercato di riparare in quel modo al danno arrecato alla figlia. Abusata. Negletta. Cancellata dal mondo. Mi dissi che aveva sbagliato tutto. Illudendosi di riparare la ferita inferta all'una riversando il proprio amore sull'altra. Ciascuno è se stesso. Coi propri dolori. Le proprie speranze. Il proprio inesorabile destino. Saperlo non aiuta a scamparlo. Non aiuta nemmeno a vivere. Perché per vivere bisogna scantonare le cose spiacevoli. Lasciar partire i treni. Convincersi che potremo sempre scendere alla prossima fermata. C'è sempre una fermata successiva finché non si arriva al capolinea. E Terenzi aveva fatto male i suoi conti ed era arrivato al capolinea dove il destino, con certosina pazienza, lo stava implacabilmente aspettando.

Questi pensieri mi stavano portando lontano. Pompati dal Veuve Cliquot e da una piacevole eccitazione che la musica di Mozart faceva traboccare da quel gioioso presagio di estate. Stretti sul terrazzino, Mara, Essam e Pertusiello avevano continuato la loro conversazione. Leggeri. Li osservavo e mi accorsi che Mara mi stava guardando. I suoi occhi mi dicevano che si sentiva sulle spine. Le rimandai un'occhiata interrogativa e lei si avvicinò e mi prese sottobraccio. La sentivo spingermi dentro l'ufficio.

«Senti Bacci. Ti voglio proporre una cosa. Ma se non ti va non se ne fa niente».

Stavo per allarmarmi. Quale altra sorpresa aveva in serbo?

«Portiamo Essam a cena con noi?».

I suoi occhioni da gatta mi guardavano col candore di una bimba che vuole sembrare maliziosa riuscendo a suscitare una infinita tenerezza.

«Essam a cena con noi?».

«Non credi che gli faccia piacere?».

«Perderebbe un altro giorno di scuola. Cosa dirà sua madre?».

«È così grave?».

No, non era così grave. In fondo Essam era un studente esemplare.

«Bacci, mi stupiscono tutti questi scrupoli. Proprio da te che gli hai fatto rischiare la pelle...».

Era tempo di chiudere quella commedia degli equivoci. Tagliai corto.

«D'accordo. Diglielo tu».

Tornammo sul terrazzino.

«Essam, ti piacciono i gamberoni rossi?».

Annuì guardandola e aggrottando le sopracciglia. Curioso.

«Allora telefona a tua madre e dille che, ancora per questa sera, salterai la scuola. Vieni a cena con noi. Te la sei proprio meritata».

Non se lo fece dire due volte. Dall'alto della sua stazza e del prestigio del suo incarico di dirigente della sezione omicidi, Totò Pertusiello approvò e benedisse quella sacrosanta trasgressione. A donna Elvira che lo supplicava di cambiar vita e di pentirsi, don Giovanni rispondeva invitandola alla sua tavola.

*Lascia ch'io mangi, lascia ch'io mangi; e, se ti piace, mangia con me. Vivan le femmine! Viva il buon vino! Sostegno e gloria d'umanità!*

Uscimmo di casa lasciando il balcone aperto sui tetti di Genova, infuocati dal tramonto che incendiava la città.

# Glossario

*Ancor d'assai*: meno male, per fortuna.

*Bagascia*: prostituta, puttana.
*Barbaggiare*: parlare a vanvera.
*Belìn, belino*: cazzo; usato anche come intercalare.
*Belinone*: minchione, scemo.
*Besagnino*: verduraio, così detto perché in passato gli orti si trovavano prevalentemente nella valle del Bisagno.
*Bratta*: fango, poltiglia.
*Bronzino*: rubinetto.

*Carruggio*: vicolo.
*Crosa*: tipica strada genovese, solitamente stretta e in salita, incassata tra due muri o file di case, pavimentata con mattoni e ciottoli.

*Fantinetta*: ragazzina, nubile.
*Foresto*: straniero, individuo di altra provincia.

*Gondone*: preservativo, lavativo (detto di persona).
*Grammo*: cattivo.

*Inandiare*: avviare, mettere in ordine, preparare.
*Incallarsi*: osare, avventurarsi.
*Lùvego*: tetro, oscuro, poco soleggiato.

*Maccaia*: tempo umido e afoso provocato dal vento di scirocco.
*Magone*: accoramento, patema d'animo.
*Mandillaio*: farabutto.
*Manimàn*: espressione dialettale: non si sa mai.
*Mugugnare*: brontolare.
*Mussa*: vulva, fica. Tronco di mussa: pezzo di fica, detto di una bella donna. Usato anche coi significati di balla, bugia (raccontare o contare delle m.) e di stupidaggine, sciocchezza (fare una m.).

*Palanche*: soldi, denaro. Al singolare: soldo, moneta.
*Pateca*: anguria, cocomero.
*Pelle gramma*: pellaccia, tipaccio.
*Pìttima*: persona sordida e spilorcia.

*Rantegoso*: rauco, di gola che raschia.
*Ravatto*: ciarpame, cianfrusaglia di poco valore.
*Rebello*: sgualdrina, sfacciata.
*Rebìgo*: svolazzo, ghirigoro.
*Recanto*: angolo, canto.
*Refresco, refrescume*: puzzo di marcio (di stoviglie mal lavate, di pesce non fresco).
*Reméscio*: rimescolamento, confusione, anche sollevazione popolare.
*Rumenta*: spazzatura.

*Sanguetta*: sanguisuga, mignatta.
*Sàssola*:, gottazza, cucchiaio per vuotare l'acqua dalla barca.
*Scagno*: fondo, negozio.
*Schittimìri*: persona esile e minuta.
*Scianca*: gara, sfida.
*Sciato*: strepito, subbuglio, concitazione.
*Scivertato*: sconnesso.
*Streppo*: termine marinaresco: stroppo, anello di corda che fissa il remo allo scalmo. Metaforico: ano.
*Stondaia*: bisbetica, lunatica, sventata

## *Ringraziamenti*

Ringrazio i primi lettori del dattiloscritto: Francesco Barattini, Ornella Zavaglia, Lisa Cacia, Cristina Castellari, Susanna Lorenzetti, Giorgio Gazzolo e Pippo Figari. Un ringraziamento particolare per la consulenza linguistica ad Ana Merletti, Glenda Alvarado Meza e al prof. René Lenarduzzi; per quella etilica a Giuse del Roger Café; al solito Gianni Guasto per il prezioso, certosino lavoro di revisione che mi ha risparmiato alcune grossolane cantonate; e a Fabio Masi e Teresa Tacchella, grandi amici di Bacci Pagano.

# Indice

Finito di stampare nell'aprile 2005
DALLA TIPOGRAFIA ME.CA - RECCO - GENOVA
PER CONTO DELLA FRATELLI FRILLI EDITORI SRL - GENOVA

*Printed in Italy*